亭后西栗 **著**

花开半夏暖倾城

中国华侨出版社

图书在版编目（CIP）数据

花开半夏暖倾城／亭后西栗著. —北京：中国华侨
出版社，2015.3

ISBN 978-7-5113-5316-0

Ⅰ. ①花… Ⅱ. ①亭… Ⅲ. ①言情小说—中国—当代
Ⅳ. ①I247.5

中国版本图书馆CIP数据核字（2015）第057488号

花开半夏暖倾城

著 者／亭后西栗

出 版 人／方　鸣

策 划／周耿茜

责任编辑／月　阳

责任校对／王　萍

经 销／新华书店

开 本／880 毫米×1230 毫米　1/32　印张／9.5　字数／300 千字

印 刷／北京中印联印务有限公司

版 次／2015 年 5 月第 1 版　2020 年 5 月第 2 次印刷

书 号／ISBN 978-7-5113-5316-0

定 价／48.00 元

中国华侨出版社　北京市朝阳区静安里 26 号通成达大厦 3 层　邮编：100028

法律顾问：陈鹰律师事务所

编辑部：（010）64443056　64443979

发行部：（010）64443051　传真：（010）64439708

网 址：www.oveaschin.com

E-mail：oveaschin@sina.com

目 录
Contents

第一章
玉 琢 梨 花

身为一名未来知名的服装设计师，齐棽一直认为，她只需要关注人们展露在裙上的光彩，而不是他们私下的生活。

本着这个原则，齐棽本该多彩的设计师生活，反而平淡而规律。

齐棽从圣马丁艺术与设计学院毕业后，从英国跨越 8 个时区回国，落脚一家规模鸡肋、工资鸡肋、老板脾气却不错的设计公司。当时的她，并不清楚前途在哪里，只是知道，国外的生活不适合自己。

2013 年 3 月 27 日，中午。

齐棽从 18 楼的办公室出来，随人流钻进电梯。

还没到一楼，电话就响了，来电显示"小莲"。

"喂，嫂子，我是夏莲啊！周六庆生舞会的请柬你看到没？"

这就是夏莲，声音清朗，语气干脆。

"收到了，我还想给你打电话呢！我行头不全怎么去啊？"

另一头的声音瞬间高了八度快了一倍。

"反正你必须得来，衣服自己想办法，要不我把我们家做饭围裙给你套上。"

"知道了姑奶奶，我这就准备。现在我要去找饭了，不然好吃的都被人抢光了。"

夏莲满意地挂掉电话。

齐棽叹了口气，走出电梯。

她从来不穿裙子，夏莲这次，可给她出了个难题。

大门旋转着，人流和清风鱼贯而入。

孟新宇和柳安然迎面走进来。

孟新宇穿着规矩的灰紫色西装，打着银色领带。

柳安然比齐箖高一头左右，时尚俏丽，鼻孔高傲地扬着。

她正说到兴头上："我还想谁这么牛，好意思限量抢订，往下看才发现是 G·C·Stock！回头你记得给我抢订一件，可千万别搞错了三围啊！嘿嘿……"

齐箖竖起耳朵。

Stock？

那不是她的导师吗？一位钟情时尚女式裙装的英国中老年男性设计师。

2013 年 3 月 29 日。

凌晨 3 点。

齐箖肩上胡乱搭着外套，披头散发地趴在设计台上，不知道睡着多久了。

身边的衣架上，是一条纯白色抹胸式，带着镶边的波纹摆礼服裙。

这便是 Stock 老头的中国版礼服裙。

清晨，齐箖正做着好梦，夏莲便推开了工作间的大门。

短发、皮夹克、皮手套、马裤、皮靴，腋下夹着头盔，摩托车眼镜推至发际，脸上蒙着花色三角巾，像一名来寻仇的飞车党魁。

夏莲走到桌前，伸出手揪住齐箖的耳朵，用力一扯，将她的头揪起了一点。

"谁啊？干吗啊！我今儿个休息！"齐箖闭着眼睛，眉毛拧得紧紧的。

夏莲恶作剧般地眯了眯眼睛，松开手指，齐箖的头"咚"一声砸回桌面。

"干什么！"一声怒吼，齐箖彻底醒过来。

"该起床了。"夏莲扯下三角巾，慢条斯理地回答。

夏莲，其父夏成伟，是齐父齐才厚多年的生意伙伴，其兄夏启，是齐箖青梅竹马的内定未婚夫，在夏莲的概念里，齐箖就是她夏家的女人。

"准备好了吗？该出发了。"夏莲一屁股坐到工作台上，朝裙子漫不经心地瞥了一眼，"你就穿这个？"

"怎么，这还不满意？"

"挺好，改刀的？"

"什么啊！这可是我拼老命做的！"齐綝气得差点跳起来。

"挺好的。走吧！"夏莲跳下桌子，绕到衣架背后动手解裙子，"找个袋子，我把它套上，你收拾一下包，我们两分钟之后出门！不用洗脸了，没人看你。"

齐綝连滚带爬，才跟上夏莲的脚步。

"我好了。"齐綝在机车后座坐稳，闷声说。

"坐好。"

夏莲的话音未落，疾风已经在耳旁呼啸起来，齐綝下意识地抱住夏莲纤细的腰。

眼前是飞速掠过的灰色电线杆、绿色隔离带，还有一个接一个的路灯和斑马线。

机车穿过城区，向着秋山方向一路飞驰，最后停在"发烧友"店前。

这是一家豪华美发沙龙，坐落在进出秋山别墅区的主干道上，一屋子的帅哥美女。

领位员在门口手脚麻利地接过那一大袋裙子，提进店里，夏莲跳下车，扯上齐綝进店。

"不是说好先送东西吗？"齐綝问。

"你那么宅，进了家门还出得来？"

夏莲又转脸对领位员嘱咐："把你们力哥喊下来！"

"好的，夏小姐。"

很明显，夏莲在这里是熟客。

"夏小姐，在楼上就听到你了，今天打算怎么收拾呀？"

甜甜的声音从楼上飘下来，夏莲扬扬头："你觉得怎么好看就怎么弄！"

"呀，那不弄也很好看的呀！呵呵呵呵……"女人笑得容光焕发，飘到两人面前。

这就是夏莲的发型师？！

天啊，夏莲，她的发型师，是个美、美丽的女人……齐綝的下巴都快掉下来了。

齐籴一到夏家的别墅，就跑上二楼，跳进了客房的浴缸。

直到夏莲在外面拍门，她还赖在水里不想出来。

"快出来，不然我进去了！"

"好好！马上！5 分钟！"

10 分钟后，齐籴爬出浴缸。

半个小时后，她被夏莲按坐在床沿，任夏莲托着她的下巴，给她化很复杂的妆。

"莲，有必要这样吗？"齐籴趁着扑粉的空隙问。

"当然，你看看你邋遢成什么样！把眼睛闭上。"夏莲手下不停，手法相当熟练。

"那又怎样，早上你也没嫌我啊？"

"早上是早上，现在是现在，不一样，今天一定要漂亮。"

"为什么啊？"齐籴很好奇，夏莲今天难得地有耐心。

"因为……"夏莲把齐籴的脸扳起来仔细打量，又补了两下腮红，转身开始收拾东西。

"那是因为，你见我好不好看无所谓，见我哥不行！"夏莲说完，"啪"一声盖上箱子。

生日舞会安排在晚上 6 点，因为那时，暮色未浓，黄昏正好。

今天是夏莲 22 岁生日，很多人来贺喜，还有成群的年轻人，个个身着盛装，闲散地坐在沙发上打牌聊天，就等舞会开始。

夏启漫不经心地和客人寒暄着，眼睛却忍不住看向昏暗的楼梯口。

齐籴现在，干什么呢？

齐籴换好裙子，双手背到后面去系裙带。

镜子里，她的侧影，像一枝白白的清秀梨花。

夏莲站在一边，熟练地系好暗紫色的领结，整理好休闲西裤，又从椅背上拎起黑色西装。

"莲同学，你就打算穿这个？虽然叔叔阿姨不在这儿，可是别人……"

"没事，他们都知道。"夏莲套上西装，将一方白手帕塞进胸前口袋，抬手整整发型，一把揽住齐籴的肩膀，"走吧！"

齐森磕磕绊绊地跟着夏莲走下楼梯，她后悔自己穿了这么长的裙子。

"小莲，咱俩能不能别一起出镜？"齐森小声问。

"怎么，你怕变配角？"

"不是啊……"

"放心，今晚你是女一。"

"难道你这个寿星甘当女二？"

"做梦！我今晚是男一。"夏莲冷帅地回了一句。

齐森听后一愣，一脚踩空，直接踏在拐角的平台上，不等她回神，夏莲已经扯着她，出现在灯光下。

音乐戛然休止，众人的目光，跟着灯光的方向看去。

楼梯上，黑色身形旁边，一个素美耀目的身影，缓缓立定。

小园香径，梨花一枝足矣。

第二章
水 下 求 婚

"感谢大家来参加我 22 岁的生日舞会。"夏莲说。

下面传来掌声、口哨声。

"据说'2'是一种不三不四的美……"夏莲适时地停住，全场爆出哄笑声和更大的口哨声，其间还夹杂喊声："莲，旁边的美人是谁啊？"

夏莲等下面安静了，才开口："所以，我希望自己 22 岁的夜晚，能用这种另类的美，让大家玩得高兴！"

伴着欢呼，音乐声再次响起。

夏启一个人坐在沙发上，完全被齐笑吸引了。

微暗的大厅，各色服装、饰物在灯下闪着光，而她的身影，就凸显在芜杂的背景中，强烈的光芒，让夏启有些难以直视。

夏莲扯着齐笑跳了整整两支舞，才把齐笑的手，交给等候多时的夏启。

"交给你了，看好她！"

"可我不想跳了，已经两首了。"齐笑抗议着。

夏莲已经走出两步，回过头笑着说："没事，下一首是慢三。"

夏启牵着齐笑步入大厅，面对面站定。

他小心地握着她的手，仿佛怕弄疼她。

但浪漫的空气转眼破灭，音乐声一起，齐笑就在心里把夏莲骂了一百遍。

那根本不是什么慢三，而是一首快步舞曲，夏启最喜欢的《巴比伦河》。

转眼，夏启已经踏出了快四的第一拍，齐槑也被拦腰带起。

夏启的兴致相当高，他唇角带笑，目光有神，在他娴熟的移动和旋转中，齐槑就像一只光洁的陀螺，不停打着转，灯光和人影，从她身边掠过。

场外，夏莲端着酒杯，细长的眼睛盯着场内的兄嫂，表情和夏启一样愉快。

一个国字脸、浓眉大眼，穿着黑色T恤、黑色马裤的男人，站在夏莲身后。

他叫金博，是当年夏莲汽配的老师，不过现在，他们是最亲密的搭档和合伙人。

"原来是你嫂子，难怪你看得那么紧。"金博小声说。

"是了。"夏莲回头瞪了金博一眼，"不然你还以为我对她有兴趣？"

说着，夏莲喝干杯中酒，冲着金博，伸出舌尖舔去自己嘴角的酒渍，金博不免剑眉一动，欲言又止，夏莲却已经走了神，兀自喃喃：

"要是这次的计划成功就好了……我们哥俩的婚事，定下一个就省心一个。"

巴比伦河枯竭了，齐槑便任由夏启拖着，在悠扬的《I will always love you》中晃动。

"今年小莲不是大生日，怎么办这么大？"齐槑心不在焉地看着周围的人，低声问。

夏启欲言又止，只是低头看着齐槑的发迹。

夏启半晌没有反应，齐槑不禁抬起头，见夏启盯着自己发愣，吓了一跳："你干什么啊跟见了鬼似的，你想吓死谁啊！"

"没，没什么。"夏启窘迫地收回目光，望向别处，却不由自主地抿紧了薄薄的嘴唇。

齐槑连跳四曲后，一个人去场外休息了。

等夏启和夏莲从楼上下来，齐槑正被几个男人包围着。

夏启摆弄着一个长方形绒盒，皱着眉问夏莲："你不是说，只要和你跳过舞，就没人敢动她了吗？"

"总有些地产商爱在太岁头上盖楼。"夏莲整整领结，走了过去。

"齐小姐今天一定要跳。"枣红色衬衫的男人说着，举起酒杯吞了一口红酒。

夏莲猛地从后面重重捶向男人的右肩胛："哎，老张，你这混玩意，来了也不说一声！"

叫老张的男人顿时像只喷壶，"噗"一声，整口酒都喷在齐簌的裙摆上。

齐簌瞪大眼睛。

"咳咳，齐小姐太对不起了，咳咳……我实在……咳咳……"老张窘得脸比衬衫还红。

"不，是我对不起了！"夏莲的语气相当愉快。

老张讪讪地转过脸。

"啊……是啊，是小莲，下手这么重，我用后背都能认出你来。"

"老张，你酒没了，去吧台倒一杯吧！"夏莲冷下脸说。

两秒钟后，沙发旁只留下齐簌和夏家兄妹。

齐簌一手扯着裙摆，努力躲着湿漉漉的酒渍。

"嫂子，要不要洗洗？"

"不了，我上去换件衣服直接休息吧。"齐簌是真的累了。

"那也好，我还要陪客人，让我哥陪你去吧！"夏莲说完转身要走。

"我认识路。"

"楼梯上摆着音箱，过不去，让我哥陪你从外面走。"夏莲解释着，又莫名其妙地附了一句，"哥，你要掌握点儿时间！"

"我们走吧，从花园过去。"夏启说。

齐簌提着裙子，和夏启一起走向外面的玻璃回廊。

"要不要我用领结把湿的地方绑起来？"夏启周到地问。

"不用了，我拎着吧，反正不远。"

齐簌现在，只想尽快脱掉裙子。

走到回廊尽头，夏启脱下西装上衣，搭在齐簌肩上，遮住她裸露的肩膀，接着，他们穿过花园，走过泳池。

前面，就是别墅的后门了。

今晚的泳池，水很满，水面还飘着热气，很显然，池里灌满了温水。

夏启在泳池前停住脚步。

"这么冷的天，你还每天游泳？"齐簌疑惑地问。

"嗯，习惯了。"

"哦……"

夏启在黑暗中捏了捏藏在手里的长盒子，沉默了。

周围很安静，灯光很干净。

"为什么弄脏我？"齐菻突然问。

夏启不解地回过头。

"别装了，我知道小莲是故意的！"

"你不可以跟别人跳舞。"夏启将绒盒握得紧紧的，声音也有些干巴巴。

"这算什么理由……"

夏启又沉默了。

"现在好啦，我裙子脏了，想跳都没得跳了！"

夏启眉毛一挑："你真想跳？"

齐菻站得久了，心情也跟着坏了："想跳啊！想跳光站这儿有什么用，现在怎么办？"

"洗……"夏启慢慢踱到齐菻身旁。

夏启今天惜字如金，诡异得很，齐菻觉得后背毛毛的。

"既然你想跳，那……"夏启扯下齐菻披着的西装，伸手猛地一推。

"啊！"齐菻像断了线的风筝，拖着长长的裙尾，"哗啦"一声头朝下栽进池里。

不出3秒，齐菻便从池水里冒上来。

她的头发贴在头顶，无辜的眼睛瞪得圆圆的。

"你干什么！"齐菻冲夏启吼道。

夏启没有回答，只是抬脚"扑通"一声跳进泳池，落在齐菻身旁。

齐菻吓了一跳："你有病啊！"话没说完，她就被夏启扯着向水下拖去。

齐菻害怕了。

夏启怎么了？难道要在妹妹的生日宴上跟自己殉情？

她不想死！

想到此，齐菻拼命浮出水面，惊慌地向池边扑去，却被夏启一把从后面抱住。

"你要死啊！要死也别拉上我啊！"齐菻在夏启怀里扭动，水花四溅。

夏启不吭声，只是紧紧抱住齐菻，带着她猛地向水下沉去。

齐菻紧闭双眼，手刨脚蹬地挣扎。

忽然，她感到夏启在摇晃自己。

齐桸张开眼睛。

泳池内壁的灯不知什么时候打开了。

蓝色和黄色的灯光透过池水，在眼前模模糊糊的很好看。

夏启松开齐桸，在齐桸眼前打开了手里的绒盒。里面飘出一张字条，上面写着很大的"MARRY—ME?"随着字条的飘出，齐桸看到绒盒里，躺着一枚戒指。

夏启一手拿住字条在齐桸眼前晃着，一手托着盒子，在这种极端的环境里，平时看来既狗血又便捷的求婚方式，突然变得异常诚恳。

齐桸摇摇头，现在她只想浮上去，她急急地指指自己，又指了指上面，夏启却使劲摇头，他生怕齐桸跑掉，索性扔了字条，用手抓着齐桸，晃动着绒盒。

在水下的灯光中，钻戒在闪闪发光，齐桸有种接近昏厥的窒息感。

看着齐桸的眉头越蹙越紧，夏启知道他不能再浪费时间。

有生以来第一次，他勇敢地扯过齐桸，亲了上去。

第一次，夏启离齐桸如此近，近到距离为负 2cm。

在 39 摄氏度的缠绵温水中，他幸福得，几近窒息。

第三章
婚 姻 自 由

就在齐箖快要昏过去时，夏启托着她，浮出水面，两人一起对着灯光，大口大口地喘气。

上岸后，齐箖抬手就是一巴掌，在夏启的左脸打出"啪"的一声清脆。

夏启捡起西装，给齐箖披好，淡淡地说："走吧，我们去换衣服。"

5分钟后，齐箖泡在热水中，长长地出了一口气。

喧哗的舞会，黏稠的酒浆，还有要人命的惊喜，意外太多惊吓太重，短短的几个小时，仿佛过了好几天。

很快，她就在热水的包围下，迷迷糊糊地睡着了。

等齐箖从浴室出来时，夏启正坐在床沿上等她。

"你要干吗?"齐箖有点紧张。

"不干吗，就是想等你出来。"

齐箖走过去，坐到床上。

床垫托着两人晃动了好几下，才平静下来。

夏启突然转过脸："齐箖，嫁给我好吗?"

他问得郑重而诚恳。

齐箖低下头，看着自己的脚尖，沉默了好一会儿。

水珠顺着发丝一滴接着一滴，滑过她的肩臂，落在浴巾上，地板上，床前的毯子上。

"不。"终于，她开口了。

"……"夏启的心仿佛坠了什么重物，被狠狠地向下一扯，竟是一阵恍惚。

"……我很抱歉……"

齐淼想起，生日的晚上，第一次听父母提出她和夏启的婚事，她的惊讶与反感。

她惊讶，原来父母一直想撮合他们；她反感，原来父母只一心要撮合他们。父母之命，商业合作，都让她厌恶。而她和夏启的关系，也因为这些，反而背道而驰地疏远客气起来。

齐淼无声无息地坐在床边，梳理着自己和夏启的回忆，想弄清楚，自己爱不爱他。

看着齐淼苦思的侧脸，夏启在心底深深叹了口气。

她一定是在丈量她的爱情。

但爱情不需要丈量。

空气沉默地凝滞着，夏启忽然站起身。

他只觉得胸口闷得难受，齐淼的沉寂，如同深潭死水，隔绝了空气。

无边的落寞从心底升起，模糊了视线、模糊了思绪，只留下一片空白。

终于，他梦游般迈开腿，想逃离这残酷冷漠的沉寂。

"送我回家吧。"

齐淼的声音，在身后响起。

夏启终于叹了口气，心里，生生地疼。

回城区的夜路，人车稀少，车里的两人，话也很少。

齐淼坐在后座闭目养神，身边还放着一大包裙子。

突然，车身一晃，一阵尖锐的刹车声，齐淼险些扑在前面的椅背上。

同时，刺目的灯光从挡风玻璃照进来，又扫出去。

一辆越野车飞驰而过。

夏启停稳车，回头看齐淼："你没事吧?!"

齐淼摇摇头："我没事，你怎么搞的?"

"弯道……走神了。"

夏启的脸色有些苍白，见齐淼没事，他松了口气，靠在座位上缓缓精神，重新发动车子。

"你能行不啊？不然我来吧。"

夏启摇摇头，答道："没事。"

齐箖忽然想起什么："对了，等下路过我们公司的时候你停一下。"

"怎么？加班吗？"

"不，我去洗裙子。"

"好。"

当齐箖提着裙子，推开"漂亮时光"的店门，店里的值班阿姨，正趴在前台打盹。

齐箖凑上前，边推边轻声叫着："阿姨！阿姨！"

"谁啊……"阿姨眯着眼睛抬起头，"哦，小箖姑娘，这么晚了你还没回家啊？"

"我是路过，正好有条裙子要洗，阿姨能帮个忙吗？我明天上午就想取。"

"这么晚了，浅色衣服不一定能凑上一锅啊。"阿姨有些为难。

"那您就给我单独洗一下呗，我急用的。"齐箖好言央求。

"那……也行吧，我给你想想办法。"阿姨说着，写了张单子递给齐箖，"拿着吧，明天来就行。"

"阿姨太谢谢你了！那我先走了啊！"齐箖拿着单子，乐颠颠出了洗衣店。

阿姨揪出齐箖的裙子，皱着眉头看看酒渍，转身走到一个洗衣机前，打开门，打着哈欠把裙子塞进了一堆浅灰和白色的衣服中间。

夏启陪着齐箖，沿着甬道走向 S-8 号楼的单元门。

甬道很窄，静静地卧在车库大门和密集的树干之间。

月光伴着路灯，透过稀疏的叶子照进来。

夏启忽然停住脚步，幽幽地说："有件事，我一直想问。"

齐箖在几步外停下，转身看着他。

"你不讨厌我，对吧？"

齐箖点头："不讨厌。"

"你挺喜欢我的，不是吗？"夏启又进一步。

齐箖又点头："是呀。"

夏启按捺不住急切的心情，走到齐箖面前："那为什么，你一直都在回避我？一个开始，哪怕就是一个尝试，你都不给我任何机会，为什么？"

齐淼抬起头。

夏启背对着路灯，脸的轮廓有些模糊，急切的神情却好清晰。

齐淼低下头。

她是真的觉得歉疚，可夏启要的，不是歉疚，而是她给不了的心动。

既然这样，不如狠下心，赶他走。

"我为什么要给你留机会，那是我的自由。"

夏启的脸色，唰地白了。

"想让我嫁人的是我爸妈，不是我，你想打着父母之命的旗号来干涉我的婚姻自由吗？"

夏启咬紧嘴唇，不知哪来的勇气，他一把将齐淼推到车库大门上，伸出双臂，将她严严实实地禁锢在身下。

"你干什么？"齐淼吓了一跳。

夏启就这样，一动不动地看着齐淼。

她的小脸在夜的微光下闪烁着点点光亮，夏启不由沉默了，生怕一开口，身下这美好的精灵，就会消失无踪。

齐淼愣住了。

夏启的身上，竟然有浓浓的烟味。

他什么时候开始吸烟了？

这时，夏启开口了。

"我从没想干涉过你的自由，更没想强迫你嫁给我……但是，我一定会娶到你！"

说完，夏启松开手臂，转身走了。

车里，若有若无的，是齐淼残留的气味。

夏启扭头看向后座，后面空荡荡的，只有一张洗衣店的取货单，静静地躺在真皮座椅上。

夏启收起单子，从上衣口袋里摸出一盒烟，抽出一支，点燃了。

如果刚才的有惊无险是因为醉烟，那么回去的路，醉也无妨。

第二天早饭。

"淼淼，和夏启的事，你到底怎么想的？"齐才厚问。

他觉得奇怪，夏启不是说要求婚吗？怎么女儿回来一个字都没提？

"我能怎么想……"齐葇嘟哝一句。

结婚，对齐夏两家说，是一门合作加亲的好事，可她不愿意，她不想一分钟恋爱的感觉都没尝过，就被送上生意的交易台。

"我觉得夏启人不错，妈妈没有催你的意思，但你也收收心考虑一下。"林竹声隔了桌子，将一杯温水推到齐葇面前。

"他……我想再等等。"

齐葇的电话响了，来电显示是"禹他儿子"，是夏启打来的。

他一大早就到洗衣店帮齐葇取裙子，可是，裙子却被人拿错了。

"什么？拿错了？你跟她们说让她们快想办法找回来啊！"齐葇有些着急。

"我都跟她们说了，现在她们也找不到那人电话了，说是个男的，取了好多东西，可能还没发现拿错了，不过她们说一定想办法给你找回来。"

齐葇的眉头皱得紧紧的。

才一夜工夫，她的裙子去哪儿了？

第四章

始 作 裙 者

柳安然对着镜子，脸色一沉再沉。

第一眼看到这条 Stock 款礼服裙，柳安然还以为，这是孟新宇送给她的惊喜。

但现在，看着身上明显小一码的白色裙子……

这绝不是给她买的。

柳安然决定找孟新宇"好好"聊聊。

下班路上，洗衣店的店员小刘拦住了孟新宇。

"先生，等一下！"

"怎么啦？"孟新宇吓了一跳。

被帅哥注视着，小刘的脸一下子红了："先生，您有没有，有没有拿错一条裙子？"

"裙子？"孟新宇下意识地重复着。

"对，一条白色的礼服裙。"小刘仿佛抓住一线希望。

孟新宇努力回忆着，可是，他并不知道有什么白色的礼服裙。

当孟新宇走进柳安然家的客厅，沙发上，摊着一片白色。

"这是什么？"孟新宇看看脸色冰冷的柳安然。

"你说呢？"柳安然用同样的语气反问。

孟新宇走过去，拎起那片白色。

那是一条很漂亮的礼服裙，和他昨天在网上抢订的 Stock 白裙一模一样。

柳安然阴沉的声音在耳边响起："千万别跟我说，这是给我买的。"

"啊？"孟新宇茫然抬起头，看向柳安然。

柳安然的怒火，终于爆发了。

她扯过裙子，在孟新宇脸前使劲抖。

"还跟我装！你拿我爸的工资出去养小三，还把她贴身衣服跟我的一起洗！你这个变态！"

孟新宇不由自主地把脸向后躲："不是……"

"不是？别以为我不知道！"柳安然气急败坏地拿着裙子，往身上没头没脑地硬套，"我让你看看，我让你好好回忆一下这是谁的裙子！"

"哎，你没拉拉链！"孟新宇见柳安然把自己勒得满脸通红，想上去帮忙。

"哈！你还知道有拉链？嗯？"柳安然已经将裙子硬套了进去。

她气鼓鼓的样子，加上乱七八糟的裙子，活像一只被剥了皮的青蛙。

但孟新宇顾不上笑，他忽然想起，洗衣店店员说的白裙子，是不是就是这条？

"证据呢？"柳安然坐在沙发上，冷冷地问。

"证据？！"

孟新宇憋了半天，才想出办法。

"这样吧，等我还裙子的时候，我把对方的取货单拿回来给你看，你看这样行吗？"

4月1日，星期一。愚人节。

8点15分，孟新宇拿着裙子，出现在洗衣店。

洗衣店的阿姨对他千恩万谢："要不是你我就完了，这裙子我想赔都赔不起！"

"怎么呢？这裙子很贵吗？"孟新宇笑着问，其实他心里清楚，这条裙子，比他半年的工资还高37个百分点。

"不不不，你误会了，这是人家姑娘给自己做的。"

"玉姐，她在开会，说等会儿打回来。"小刘从后面跑出来。

"可我还得上班啊！"

"要不你直接给她吧，她也在中云大厦。"小刘热心插话。

"是吗？那我把我电话给你们，等会儿你让她直接找我好了。"

看着洗衣店给的电话，齐箖犹豫了。

今天是愚人节，从早上到现在，她已经被骗了5次。

"您好，我早上给洗衣店打电话要一条裙子，他们说让我跟您联系，您知道这事吗？"

齐箖已经做好充分的心理准备，等着对方说她打错了。

"啊！是林小姐吧！我正等你电话呢！"

"林小姐？"

"你不是小林姑娘吗？"

"是，但我姓齐。"

"哦，不好意思齐小姐！裙子是在我这儿。"

"那你……怎么给我啊？"

"午休时间吧，还有半个小时，我请林小姐，哦不，是齐小姐吃饭。"

"不用了，我拿上裙子就行。"

"不行不行，是我拿错了东西，这顿饭一定要吃，我11点40在楼下餐厅等你，就这么说定了啊！"

11点50分，齐箖和孟新宇对坐在云顶餐厅靠窗的座位上。

孟新宇吃着炒饭，好奇地观察齐箖。

她看上去干净、安宁，自信而有条不紊，可这身休闲装，却和他的想象大相径庭。

"齐小姐是服装设计师？"

"嗯，算是吧。"齐箖偏着头，看向落地窗外的绿地和马路。

夏莲上午打电话说要找她吃午饭，怎么现在还没到？

"齐小姐约了人？"

"是，不过她迟到了。"

"那你先吃点垫垫饥，我们也聊聊，我对你的职业很有兴趣。"

齐箖抬起头，看着孟新宇。

孟新宇比夏启还高一点，身材匀称，脖颈结实，棱角分明的脸上，目光明朗，精力充沛。

"你平时……都穿这个？"

"怎么了？"

"呃……我是觉得……"孟新宇不知道该怎么说。

齐燊忽然觉得好笑："孟先生，设计裙子的人，不一定爱穿裙子啊。"

孟新宇一口饭差点呛出来："啊！……咳咳！咳！……哈哈哈哈……"

齐燊的眉毛挑起来："你笑什么？"

孟新宇缓了口气，笑道："没，没什么没什么……呵呵……齐小姐……你真有趣。"

齐燊脸上闪过一丝怀疑。

孟新宇忙补了一句："我说的是真的。"

看着孟新宇，齐燊忽然觉得，这个男人，其实挺有趣的。

"孟猴子你在这儿干什么！"伴着一声怒吼，身穿黑色 A 裙的柳安然，出现在两人面前。

孟新宇的脸"唰"一下红到脖子根，那强壮有力的脖颈，便越发惹人注意。

齐燊看着孟新宇的窘状，觉得这个女人很过分。

但下一秒，她自己就被柳安然揪住了领子。

不等孟新宇反应过来，他的柳小姐就扯着他新结识的齐小姐，一路缠扭着向外走去。

"你干什么？放开我！"齐燊拼命挣脱，但怎奈柳安然比她高。

"安然，你冷静点！"孟新宇想追上去，却被拦住结账。

柳安然和齐燊已经出了大门。

"我冷静？我怎么冷静？"柳安然狠狠扯着齐燊，向她发难，"小狐狸精，我认识你！前两天咱们还走了个对头碰！别以为我不知道你是谁！"

"你个神经病！疯子！哪个男人找你这么个泼妇，倒八辈子邪霉！"齐燊拧着柳安然的手腕，恶语相加。

"那也比你好！你只配一辈子给人当小三！"

两个女人扭打着，磕磕绊绊地下了台阶，走到跑车前。

柳安然拉开车门，按着齐燊的脖子就往里塞。

"你不是缺男人吗？走！我给你找！"

齐燊的头撞在车顶，疼得差点流眼泪。

她猛地扭过头，狠狠咬住柳安然的右手。

"你敢咬人！你这舔桩子的脏嘴也配咬我！"柳安然推开齐燊，甩手就是一耳光。

齐燊的左脸顿时飘过一片红云。

"啪啪"两声，柳安然的脸颊，火烧一般。

柳安然愣住了。

夏莲站在两人面前，表情阴沉得可怕，细长的眼睛里冰冷一片。

齐燊也愣住了。

这时，夏莲已经握住柳安然的手腕，举起来细细端详。

"你这手，长得不错啊……"她轻描淡写地说，"不过，你要是想留着它，就别碰我嫂子！"

说完，她猛地向后一扯，柳安然踉跄着退后两步，刚好撞掉了挂在机车车把上的头盔。

头盔不偏不倚，直接拍在柳安然的脚面上，发出一声闷响。

不知是因为疼还是委屈，柳安然的眼泪当场掉下来，她晃了两下，靠向赶来的孟新宇。

"安然，没事吧？"孟新宇有些紧张。

柳安然没理他，只顾瞪着夏莲："好啊！你敢打我，你死定了！"

夏莲却旁若无人地转向齐燊："嫂子，走，吃饭去，我位置都订好了。"

说着，夏莲从孟新宇手里抓过裙子，扯着齐燊跨上机车，又忽然想起什么，从上衣口袋里掏出一张薄薄的字条，扔给柳安然，之后，便载着齐燊绝尘而去。

字条轻轻地飘落在地上，孟新宇捡了起来。

那是洗衣店的取货单。

第五章
以 刀 还 牙

傍晚。

柳安然刚把一个花瓶重重砸在地上，孟新宇就按响了门铃。

柳安然打开门："你干吗？"

孟新宇举起一袋子零食，在柳安然眼前晃了晃："吃点东西，然后我送你去参加婚礼。"

"不去了！"

砰一声，柳安然气呼呼地关上门。

孟新宇眨眨眼，无奈地摇着头，等在门外。

5分钟后，房门又开了，柳安然拿着黄色手包，穿着一件水红色连衣裙站在门口。

"这件怎么样？"她的声音还是冷冷的。

孟新宇笑着打量她，点头道："非常好。"

柳安然确实很美，美得很张扬，不隐蔽、不羞涩、不含蓄，目光明朗，精力充沛。

当孟新宇扶着柳安然走下跑车，走进 Teapot 酒吧，已经是晚上9点。

柳安然一身的水红色，在晃动的夜灯下，晕染着彩虹的光泽。

"你打算待多久？要不要我陪你？"孟新宇拿了一杯酒递给柳安然，问。

"不用了吧，我们今天包场，肯定得通宵。"柳安然朝他举了举酒杯，说道。

孟新宇回去了。

柳安然正在角落里独自出神，突然，有人从后面一把揽住她。

"小然然，好久没见你了啊！你在这儿发什么愣啊?!"

她是柳安然最好的朋友：胡沐阳。她们曾经一起疯，一起醉，一起在凌晨的街道游荡。

"小沐沐，我今天遇到个人，我想……你可能会认识。"

第二天一早，从 Teapot 出来，趁着脚还没有消肿，柳安然就去了父亲的办公室。

她走进办公室时，还不到 8 点，柳志却已经开始了一天的工作。

"爸，你跟奇风公司的人熟吗？"柳安然问。

"还行，怎么了？"柳志头也不抬，他很忙，工作时间，即使是自己的女儿也一视同仁。

"没怎么，"柳安然坐进沙发，"有合作吗？"

"有啊，我正催他们给我结账呢。"柳志摘下眼镜，抬起头探询地看着柳安然，"怎么？"

"爸，跟他们终止合作吧，好吗？"

"为什么？"柳志趁机擦擦眼镜。

柳安然伸出右脚，脚面上的红肿还隐约可见。

"你又跟人打架了？"柳志又戴好眼镜。

"我才没有！是他们家人多事。"

"幼稚，这是商业合作，奇风公司的装配技术全市找不出第二家。"柳志站起身，向外走去，"我劝你回家去，如果你需要药膏，我可以给你买，不过你得等一等，因为我现在要和奇风的代表签署下季度的合作协议。"

柳志随手关上门，留下快要气炸了的柳安然。

5 分钟后，来取公章的王秘书在柳志的办公室外遇见柳小姐，她看起来心情不错，还拜托王秘书跟父亲打个招呼，说她先走了，之后便仰着头飘进了电梯。

王秘书走进柳志的办公室取公章，可是，公章呢？公章好像——不见了。

柳安然拿着夏惠集团的公章，每天审查柳志带回来的公司文件，只要是奇风公司的，一律拒签。

公章"失窃",对夏惠集团的运作,并无大碍,但对奇风公司乃至夏家来说,却性命攸关。

它关系着奇风公司下一笔订单的订金,也直接决定了,奇风公司能不能偿清即将到期的高额贷款。

夏成伟是个有魄力的生意人,凭借良好的信誉和过人的技术认资,他从银行贷了大笔投资,修建了自己的装配车间,争取到夏普集团超过 80% 的装配订单,同时,还承揽了不少国产汽车的装配和改造工程。

但是,这样庞大的制造规模,需要大笔资金,在生产和还贷的双重压力下,夏成伟常常寅吃卯粮,用这笔订金装配上一批汽车,交货后资金回笼,再完成这笔订单。

在这种艰难的循环中,夏成伟唯一能凭借的,就是自己的守信和一对儿女的精明强干。

为了接管父亲的公司,夏启选了工商管理专业,毕业前夕,他就已经是公司的负责人,现在,公司几乎由他一手打理。

与夏启规矩的成长轨迹不同,夏莲天生就不是省油的灯,填报志愿时,她的表格里清一色的"汽车学院",夏成伟气得砸废了她的第一台机车,接着砸废了第二台、第三台、第四台,大学期间每年一台。于是夏莲憋着一股劲,偷偷跟着金博去学机车装配。

几年下来,她终于得偿所愿,在父亲的装配车间里,造出属于自己的机车,成为一名真正的高学历汽修汽配人员。

有这样的助手,奇风公司如虎添翼,几年内就抢占了本市的汽配交椅,如果刨去尚未还清的高额贷款,奇风公司可能要比柳家的夏惠集团更富有。

可这次,差就差在这笔贷款上。

夏启本想按父亲的习惯,用夏惠集团的新单订金,清偿最后一期银行贷款,谁料夏莲的玉掌如此值钱,仅仅两个耳光,就将这笔千万订金抵了值。

眼看合同的签署一拖再拖,眼看还款期只剩下三周,夏启真的坐不住了。

代表几次无功而返,夏成伟大发雷霆,扣奖金,扣提成,最后,全公司上下没有一个人敢再去夏惠冒险。

夏启只得亲自出马。

夏启坐下后,直接开口:"柳叔叔,您对我们的合同,是不是还有什么建议？"

看着坐在对面的夏启，柳志心里多少有些尴尬，表情也多了几分为难。

他用不那么确凿的语气说："不，我对合同没有任何异议，可是……孩子，你知道，现在进口生意越来越不好做了，我的资金也没有那么活了。"

夏启点点头，但他的表情仿佛是没听到柳志的解释一样："柳总，那咱们什么时候敲定这个项目呢？"

夏启的判断是对的，柳志口中的资金周转难，根本就是句废话。

柳志被问住了，沉吟一下回答："这样吧，咱们合作了这么久，我尽量给你想办法，你再容我几天，这笔订单，我一定给你们。"

这个"一定"，包含了柳志一如既往的信任，以及对奇风技术和能力的认可。

夏启多少安下心来，至少这个项目不会泡汤，现在唯一能祈望的，就是订金能在还贷之前到账。

夏启回到公司，所有的员工都表情紧张地看着他，他点头微笑了一下，权当安慰大家，可紧张的空气并没有得到缓解，他的助理皱着眉咧着嘴，一副苦脸，指指他的办公室，小声说："老爷子。"

夏启进屋时，夏成伟正绕着夏启的办公桌一圈又一圈地走，见到夏启回来，他站定，等着夏启开口。

"见到了，我们谈过了。"夏启说着，低头不经意地一撇，发现夏成伟立脚的地毯上，有一条浅浅的痕迹，从夏成伟身后一直延伸，绕过桌子不见了，又从桌子的另一边出现，在夏成伟站立的地方重合起来，很难想象，夏成伟围着他的办公桌逡了多久。

"他怎么说？"

"他还想跟我们做，只是眼下没办法马上运作。"

夏启重复着柳志的话，心里却清楚地知道，事情绝没有柳志说的那么简单。

第六章
人 情 翻 覆

离贷款到期还有不到一周的时间，这段时间，夏启的脸上一丝笑容都没有。

齐淼向齐才厚打听商业信贷的事，想让父亲想想办法，帮奇风公司再拖一段时间。

林竹声逛街回来，在门外就听到齐才厚嚷嚷："柳志他摆明了就是想撤伙，他还傻啦吧唧的跟人家等什么？赶紧想办法找钱去啊！"

"淼淼，怎么了？"林竹声见女儿愁眉苦脸地窝在沙发里，担心地问。

齐淼摇摇头："我没有，是夏启那边的事。"说完，她起身径自回了卧室。留下齐才厚站在客厅当中，有些错愕和失落。

"跟你说多少次了，跟孩子说话好好说。"林竹声叹口气，进屋换衣服去了。

齐才厚倒是不生气，他摇摇头，掏出电话，拨了个号码："喂！小春啊……啊啊对，你赶紧把老夏跟咱们的账款捋出来算一下，我明天早上要。"

第二天，齐才厚对着账单琢磨了一个上午，又在办公室溜达了一个中午。

午后2点钟，齐才厚出现在夏启的办公室。

"齐叔叔……"

"夏启啊，最近怎么样？合同延期的事我听淼淼说了。"齐才厚被夏启让着，坐进沙发，笑眯眯地问着。

"还好，勉强应付着吧。"夏启心事重重地坐回去，熟练地点了一支烟，慢慢吸着。

"什么时候学会抽烟了？"

"嗯，没两天的事。"夏启吸了两口，接着问，"齐叔叔，我们两家的项目……现在我们的情况你也知道了，你什么打算？"

"是啊，我们的项目……我就是为这个来的，我的意思是……先不动。"齐才厚说完话，似乎重重地松了一口气。

"好吧，齐叔叔，我明白了。"夏启两大口吸尽烟卷，按进烟灰缸，也按灭了自己的希望。

"叔叔没别的意思，我是看着你长大的，但这是生意，咱们人是人事是事，你要是有什么难处，可以随时跟叔叔开口。"

夏启又点燃一支烟，隔着新腾起的烟雾，看着齐才厚："没什么了。"

晚上8点多，夏莲走进夏启的办公室。

"咳咳！你干什么？"

烟灰缸被烟蒂塞得满满的，屋里烟雾弥漫。

夏莲上前抢下夏启的烟，厉声吼道："别抽了！你想抽死吗！"

夏启抬头，嘴唇紧闭，一声不吭，眼角却有眼泪流下。

齐籴正在加班，孟新宇忽然来了。

"你怎么来了？"齐籴打开门，走回她的椅子。

"我就是来串串门，之前说对你的工作有兴趣，一直也没空过来。"孟新宇走进屋，私下观察着。

"那你请便吧！"

"我能拍几张照片吗，齐小姐？"

"可以，只要别把我的设计稿泄出去就行，还有，我叫齐籴。"齐籴埋头干活。

"嗯，齐籴。"

孟新宇已经翻出单反，对着工作间的一个角落拍了起来。

拍完，孟新宇抬起头，才发现齐籴正看着自己。

他有些不好意思地挠挠头："我特别喜欢摄影。"

齐籴点点头，她对摄影没兴趣，但她想趁这个机会，打听一点柳安然的事。

"那个，你朋友没事吧?"

"哦，她没什么，去医院看过了，脚面有点肿。"

齐森点点头。

"也怪她，动不动就大吵大闹，也不听人解释。"孟新宇边说边摆弄手里的镜头。

齐森客气地笑着:"你朋友脾气不大好。"

孟新宇摇摇头:"岂止是不好，柳安然可是柳家的千金，有仇必报……"

第二天早上，齐森醒来时，耳边还回响着孟新宇的那句"有仇必报"。

今天是 4 月 27 日，星期六，也是齐森的生日。

夏莲一大早就来送礼物，将齐森堵在了浴室里。

礼物很简单，是一款无洞耳夹。

"嫂子，生日快乐!"夏莲伸出手，抱抱浴巾里的齐森。

"谢谢小莲!你今天真早。"齐森擦着头发，接过夏莲的小礼物盒，取出耳钉，对着镜子夹在耳垂上。

耳钉是弯月形状的，和齐森椭圆的脸蛋很配。

"好看吗?"齐森偏着头问夏莲。

"我觉得骷髅的好看，可我哥不喜欢。"

"莲，我可不是你哥的花瓶。"齐森对着镜子打量自己。

"那也比暖瓶强吧?"

齐森在镜子里白了夏莲一眼:"公司那边怎么样?"

"公司?"夏莲愣了一下。

昨天，夏启又喝得一塌糊涂。

但面对齐森，夏莲只是淡淡说:"公司还好。"

齐森很想说些安慰的话，却不知从何说起。

齐才厚买了早点，唱着小曲开门进屋，抬头见夏莲也在，歌声骤停，脸色微变。

离开齐森家时，夏莲的脸色很难看。

柳安然，竟然是柳志的女儿。

而平时健谈的齐才厚，今天居然一反常态，寒暄两句就溜进了厨房。

夏莲隐隐感到不安。

吃饭时，齐燊接到了夏启的电话。

"喂？生日快乐！你今天什么打算？"

他的声音很疲惫，不用猜也知道，项目的进展依旧不顺利。

"我还没打算呢，我刚起来。"

"那没事的话，下午跟我看电影去吧！"

"行啊！"

还没等齐才厚吃完自己的煎鸡蛋，齐燊已经和夏启约好了时间地点。

天气预报说，下午有雨，于是，齐才厚自告奋勇，要捎齐燊一段路。

一路上，齐燊都在埋头看书，等她抬头看向窗外，才发现路边的景色好像不太对。

"爸！你把车开到哪儿了？"齐燊探向前面，焦急地问。

"亿城商道啊！"

"什么亿城！我要去 EBV！"

"那我调头。"

"不用了，你不是约了人吗？我自己走！"

齐燊匆忙跳下车，上了一辆出租车，正想给夏启打电话，却发现手机落在齐才厚的车里。

齐燊只好借司机的手机打给齐才厚："爸，你帮我给夏启回个电话，告诉他我会晚点到，让他进去等。"

下雨了。

起初只是零星，后来却越下越密。

等齐燊赶到 EBV 时，夏启正站在《分手合约》的海报前，已经从头湿到了脚。

"怎么淋成这副德行！不是告诉你进去等吗？"齐燊扯着夏启钻进了影院的门厅，气呼呼地埋怨着。

"没人告诉我啊，你电话一直没人接。"

"我不是让我爸给你打电话了吗！"

夏启愣住了。

在漫长冰冷的等待中，根本没有人给他打过电话。

齐才厚，是故意的吧。

电影已经散场，人群三三两两，夹杂着很多情侣。看着人群，齐燊有些歉疚。

"明天，我们一起来把它补上吧。"

"好。"

第二天一早，齐榃在餐桌上，发现了一张千金难求的Jecc展会门票。

太好了！

齐榃顿时将前一天与夏启的约定抛在了脑后。

"对不起啊夏启，我今天去看展览，才回来，电影的事我们改天再约吧！"

已经是晚上7点，夏启坐在客厅里，看看这条微信，眉头再一次锁紧了。

昨天，还有今天，真的只是偶然吗？

正想着，夏莲杀气腾腾地推开门，还没进屋就大骂："老不死的东西，他也敢跟我们延期？狗眼看人！看我明天不敲断他狗腿！一笔贷款还不上，我们老夏家还不至于找他要饭！"

说着，夏莲已经冲到夏启面前："哥，你就这么干坐着！你怎么不告诉嫂子！我告诉你，你不敢告诉，我敢！我要让她看看她老爹是个什么东西！"

说着，夏莲就要往外走。

"你最好别去。"夏启站起来。

"怎么？他干都干了你还怕说出去？"夏莲回过头，带着气瞪着夏启，"还是因为怕伤了你老丈人的面子不敢说？"

"夏莲，齐榃什么脾气你不知道吗？现在两家面子上还算过得去，你真捅出去了，你让两家以后怎么见面？"夏启沉默了一下，接着说，"这关系到我和齐榃之间的事，所以……"

"我懂！"夏莲的口气很重，摔门的声音，也很重。

第七章
势 利 小 人

5 月初，在黄金色的假日里，柳志在与奇风公司的项目合同上盖了章。

可是太晚了。

收到订金时，夏家的贷款，已经超期 5 天。

别墅被银行收走了，新成立不久的分公司也破产了，一部分员工并入总公司，另一部分人，只能辞退。

对奇风来说，信用度的下降，意味着艰难时期即将到来，这个依靠贷款推动生产循环的公司，将寸步难行。

所幸，公司的大部分资产和装配车间保住了。

夏成伟心脏病发作住院，夏启一个人打理公司。夏莲和金博一起，整天在装配车间加班。

"你还是回家住吧！"

在嘈杂声中，夏启将夏莲拉到车间门口，大声说。

"不用，再干一个星期，就可以交货了！"夏莲回答。

"你不在这儿也一样交货，有金博呢！这地方住得太差！就算咱们要白手起家，也用不着你来干！"

"别扯了，这比我当年强多了！再说，谁白手起家的时候有车间？"

夏莲说完，折回车间，重新爬上脚手架，向夏启挥挥手，趁着焊接间隙，对夏启大喊："你有空去医院看看，把老妈换回家歇歇！"

夏启还想说点什么，却被机器的轰鸣声压住了。

他心里清楚，与其在这里劝夏莲，不如想办法再拉几笔生意多挣些钱。

5 月 11 日，星期六。

雨天的晚上，齐棽无聊地躺在沙发里，想起了夏启。

好些天没有他们的消息，也不知道公司怎么样了。

她掏出手机，拨出夏启的电话，却马上掐断了。

不是不担心夏启，可是，她怕夏启误会。

她没想过要与他同生死共患难，更没想过要和他去到海角天涯，他们的关系，只是因为夏家有一个儿子，而齐家刚好有一个女儿。

寻思半晌，齐棽决定先给夏莲打电话。

电话响了很多声，夏莲才接，周围非常乱。

"喂，嫂子，喂？这回听清了吗？什么事？"

"没什么，好几天没你消息了，问问你怎么样，你干吗呢这么吵？"

"我在车间呢！"

"你那么忙啊！公司那边怎么样了？你哥最近怎么样？"

"我最近忙，这几天也没见着他。"

齐棽叹口气，看来，她只能去问夏启。

忽然，她坐起来，看看书房半开的门。

"爸，夏启他们的贷款，最后是怎么处理的？"齐棽推开书房的门。

"贷款嘛，过期了。"齐才厚眼皮都没眨一下。

"什么？那怎么办？"齐棽愣住了，"你不是……你没帮他吗？"

齐才厚摇摇头："夏惠公司都暂停合作了，我怎么帮？这种事没个深浅，我可不想冒那风险，谁的钱也不是大风刮来的。"

"那你什么也没干？"齐棽无论如何不能相信，父亲居然这般势利。

"是啊，什么都没干，连合作都延了，不过，现在又恢复正常了。"齐才厚指指桌面上的一个文件夹，说，"我周一就和他们签合同去。"

"爸，你怎么这么势利？！你知道什么叫雪中送炭吗！你跟夏叔叔不是合作伙伴吗！"

"合作伙伴又不是生死兄弟，再说亲兄弟还明算账呢，你一个小孩子懂什么。"齐才厚满不在乎地摆摆手。

齐棽瞪着齐才厚，有些不相信，有些愤怒，有些羞耻，还有些怨恨。瞪了一会儿，才突然开口："还口口声声说什么两家亲上加亲！还老想让我嫁给人家夏家，你看看你干的这叫什么事！你好歹算个长辈，你好意思见夏启吗？"

"那有什么，我后天，就周一，我就见到他了。"

"你好意思，我不好意思！我看见人家就想起来你死乞白赖非让我跟夏启好让我嫁到他们夏家去！"

"你要是真不想嫁，也可以，回头我和你妈再帮你物色一个，咱家虽然不算有钱，但你也没必要去跟他们遭那份白手起家的罪。"

齐森愣了一下，才明白齐才厚的意思。

原来，只要奇风公司经营不善，她就可以不嫁夏启，这也太……太功利了！

齐森站在书房门口，看着书桌后面的齐才厚，忽然觉得他很陌生。

这个在她身边存在了 26 年的男人，这个 3 分钟前还是她熟悉的人，竟可以这般陌生。

一时间，齐森的牙根，竟有了种隐隐的痒。

原来夏启的好，也不过是因为夏家的公司；他的不好，也不过是因为公司的不好。

原来父亲并没有要她嫁给夏启，只是要她嫁给一个运营良好的公司，而那个人是谁，怎么样，对他来说并不重要。

齐森沉默着。

她感到自己要气炸了，接着，她冷静下来，甚至是冷漠起来。

看着父亲，齐森更多的是厌恶，以及一种苦涩的、对贪婪人性的绝望的反省。

半晌，她才恶狠狠地挤出一句："你以为你是谁？"

齐才厚不免一愣。

"想让我跟谁好我就跟谁好吗？你想！什么时候轮到我想！我告诉你，你可以坐在你的办公室里继续想，随便，使劲想！但我齐森爱跟谁跟谁，你不用管，也别想管！"

吼完，不等齐才厚反应，齐森便转身夺门而出。

父亲原来是这样……说是为她着想，其实一心只知道钱；说是百般娇惯，其实根本没拿她当人。齐森的心脏，忽然沉得有些难以承受，走在雨里的脚步，也越发沉重。

那天晚上，她冒着雨，在街上游逛了大半夜。

走不动了，就坐在熄灯的商铺门前，蜷缩在台阶上。

星期日一早，齐淼出去找夏启。

她不知道该和他说什么，她只是单纯地，想帮帮他。

可是夏启不在家，不在公司，也不接她的电话。

齐淼在公司里转了一圈，也没想出夏启会去哪里，抱着撞大运的想法，她动身前往别墅。

迎着晨光，绿色的出租车驶过一段蜿蜒的林荫路，停在坡路的下端。

前面就是夏家的小别墅。

齐淼来到院门口，发现大门开着，院子里，停着一辆黑色奔驰，本地车牌，尾号是一连串的四个"8"。

这不是夏启的车。

齐淼正疑惑着，抬头看见柳安然从回廊里走出来。

柳安然穿着一件连身小黑裙，踩着高跟鞋，十分悠闲。

身后不远，是柳志和一个西装革履、毕恭毕敬的年轻男人。

"冤家路窄"——齐淼不禁皱眉。

远远看到齐淼，柳安然柳眉一挑，提高了声音嚷嚷："这么大早，齐小姐被什么风吹来了？"她的声音在回廊里传了很远，又带着回声，消失在大厅的那一头。

"我来找人。"齐淼的声音没半点感情。

"你要找的小情人，他不在这儿！"柳安然笑嘻嘻地走近了。

齐淼白了她一眼："你点的菜不合我口味。"

柳安然在齐淼面前站下，举起右手，竖起纤长的食指摇摇："错啦！我说的不是孟新宇，而是夏启。"顿了顿，柳安然轻声说："他不在这里。"

齐淼的眉头挤得紧紧的："那你来干什么？"

"签合同，拿钥匙。"柳安然抬起左手在齐淼眼前晃了一下。

柳安然，拿着一大串房门钥匙。

齐淼愣了。

夏叔叔的别墅……卖掉了？

第八章

多 此 一 举

不等齐箖回神，柳安然已经擦着她的肩膀出了回廊，走向轿车。

柳志和年轻男人也走了出来。

"放心吧柳总，我们会直接给您转账，这两天就会派人把业务底单送到您公司去。"

齐箖打量着这个毕恭毕敬的男人，忽然明白了什么。

这个别墅，一定是抵押资产里最先被收回的部分，而柳安然，不光是罪魁祸首，还要趁机买下夏家的别墅，来泄心头怨恨。

"怎么样齐小姐，回去的路挺远的，要我载你一程吗?"柳安然扶着车门，站在阳光下。

齐箖回过头。

"安然，你朋友?"柳志一边坐进车里，一边问。

"算是吧，我们见过几次。"

齐箖冷冷地看着柳安然。

柳安然得意地笑笑，晃晃手里的钥匙。

齐箖将牙咬得紧紧的，看着柳安然锁上别墅大门，钻进车里绝尘而去。

只留下她一个人，孤零零地站在别墅门口。

八点半。

齐箖沿着林荫路走着，回城区的路上，几乎没有汽车，更别提出租车。

正走着，一辆车停在身边。

车窗里露出一张一眼难忘的美颜，是夏莲的女发型师，"发烧友"沙龙里的那个女人。

刘芳，很普通的名字，却有着惊人的相貌。

"齐小姐，你想走回城吗？"女人问。

"啊……我……"

"我载你一程吧！"女人伸手打开车门，让齐森坐进车里。

齐森回城后的第一件事，是去找夏莲。

"你来找我哥？"夏莲几乎是吼着问。

齐森喊不过车床的吼声，只好拼命点头。

夏莲掏出手机，写了几行字递给齐森。

"我哥现在情绪很糟，如果你不怕热脸贴冷屁股，可以到德文路'明春'茶社去。"

齐森认真地看了两遍，把手机还给夏莲，挥挥手，跨出车间大门，到路口拦出租车去了。

夏莲见齐森走远，自己也走出车间，拨通了夏启的电话。

"哥，我嫂子奔你那儿去了。我给你两分钟时间，你仔细听好：愚人节那天我去嫂子公司，在停车场碰见她和柳志的女儿……"

德文路在一片小区的后墙外，安静少人，茶社暗棕色的牌匾，上面是绿色的"明春"。

看着牌匾，齐森眼前飘过一片明媚的绿色茶园。

见到夏启，齐森的第一句话就是："你知道吗？所有事都是柳志的女儿干的！"

夏启在浓重的烟雾中点点头。

"你知道？什么时候知道的？"

夏启又点点头，哑着嗓子开口："刚刚。"

齐森看了看桌面，一壶茶，两个茶碗，烟蒂满满的烟灰缸，齐森皱皱眉："你什么时候开始抽烟了？"

夏启没有回答，他抬起头看着齐森："你来干什么？"

夏启现在最不想见到的，就是齐森。

人生可以有失败，可以有低谷，但这低谷，怎能让齐森看见？

夏启按灭了烟，拿起上衣，站了起来："走吧，我们出去转转，顺便透透气。"

"是应该透透气，你都要把自己塞成烟缸了。"齐箖皱着眉，跟着夏启出了小小的包间。

夏启走在前面，他嘴角苦涩的笑痕，齐箖没能看见。

穿过摆放着高山流水盆景的大厅，夏启径直向右边的小廊拐去。

齐箖疑惑地看看左手边，大门明明在那边。

等追上夏启，齐箖才发现，小廊的尽头，是茶社的后门，出去便是运河。

夏启把上衣搭在手上，走进了阳光里。

他们沉默着，一前一后地走过成排的柳树，不知过了多久，夏启开口了。

"你来干什么？"

两人又走过 3 棵柳树。

齐箖终于开口了："抽烟太多不好。"

话一出口，齐箖恨不得抽自己一耳光，她从没听过、更没说过如此没营养的话。

其实她很歉疚，因为自己的裙子，因为一对莫名其妙的倒霉男女，让夏启劳心劳神，如果那天她不和柳安然厮打，夏莲也不会动手，柳志就不会推迟合作，就不会发生现在这些……

但她不知从何说起。

就这样，沉默了好一阵。

久到齐箖已经忘了走过了多少棵柳树，久到齐箖只知道跟在夏启后面，机械地迈着双腿。

河边的风藏着水汽，打在脸上，齐箖忽然有种悲凉的感觉，她忍不住吸了吸鼻子。

仿佛察觉到齐箖的善感，夏启在两棵柳树间，停住脚步，慢慢说："其实我没什么……"

齐箖也站住，抬头看看他："没什么？"

夏启点点头。

齐箖不甘示弱："可你已经把这二十几年欠的烟都抽了。"

"那又怎么样？"夏启没有看她，只是淡淡地看着眼前的两棵树，长势相反地倾斜着。

"你！"齐燊一时语塞。

"我知道你在想什么，但我劝你省省力气，奇风死不了，至于柳安然，柳志，或是你爸爸，这些商业上的事，你根本不用知道。"

夏启的口气很平淡，表情也是冷冷的。

他低头看看表，说："我得走了，回公司一趟。"

"今天是周末，你周日不上班。"

夏启淡淡地看向齐燊："我得再看看合同——明天要跟你爸签的那份。"

齐燊难以置信地瞪大眼睛。

什么啊！在他们眼里，公司！公司！所有的事都比她重要，不管是父亲，还是这个一心想娶自己的男人，只有商业、合作、盈亏、损益，才是他们心里最重要的。

"你要不要跟我一起走？"

齐燊心里升起一片悲凉，她用力地、倔强地摇摇头："我自己会走。"

说完，她毫不犹豫地迈开大步，走开了。

看着齐燊的背影消失在拐角，夏启终于深深叹了口气，又翻出一支烟，点燃了。

晚上十点半。

齐燊回家时，书房的门半掩着，里面传出齐才厚不耐烦的声音："都说八百遍了！就这条件爱签不签！以后也别再说我对他们奇风落井下石！行了就这样，他不睡我还睡呢！"

齐才厚不耐烦地挂掉电话，抬头见齐燊脸色阴郁地站在书房门口，蹭一下站起来："燊燊回来了？不提前说一声呢，我好去接你。"

"你又把夏启怎么了？"齐燊冷冰冰地问。

"我？夏启？我能把他怎么样，我都要被气死了！燊燊我跟你说，条件谈不妥可不是我一方面的责任，你别老觉得我算计他们家。"

"你是没算计！可是爸，你这么做的时候想过我吗？我现在夹在你们中间受双份的气！"

"怎么了？夏启他们欺负你了？"齐才厚从书桌后走出来。

"还用得着夏启他们欺负吗？你就够我把脸皮撕掉三层了！我这几天怎

么过的你问过吗！知道吗！"

"不是，簌簌……"

"你一天天挣钱挣钱，这么多年你管过这个家吗？你管过我吗？"齐簌的眼泪在眼圈里打转，有些发抖地冲齐才厚嚷，"你知道我妈为什么不回家吗？知道为什么她不愿意回家吗？因为这里根本就不是个家！随便哪个澡堂子都比这破地方暖和！"

齐才厚一直和颜悦色，直到说到林竹声，他突然翻脸。

"臭丫头，我告诉你，别有的没的都往上扯！我工作挣钱和你妈有一毛钱关系？我挣钱就不管家了？你妈不在的时候我让你挨过饿吗？"

"那有什么用！我吃了什么几点睡的你问过吗？就像现在，你干了不是人的事我出去遭人白眼你管过吗？"

齐才厚抄起桌上的烟灰缸，咚一声砸在写字台上："我怎么不干人事了！我他妈干的都是正经买卖！"

齐簌先是一愣，继而回过神来，咬牙切齿地说："好，好！正经买卖！奸诈薄情！齐才厚，你就干你的正经买卖，你就自己在这儿烂着吧！"

说着，齐簌冲出书房，一头撞进卧室，打开衣柜，拖出旅行箱扔到床上，气疯了一样往里面塞衣服。

第九章
狼狈出场

"不就是离家出走吗？谁怕谁啊？"

齐森站在酒店的窗口，看着不远处的Ｓ－８号楼逐渐隐入黑暗。

现在，她连呼吸都无比爽朗舒畅。

"今天先这样。"齐森念叨着，"齐宝宝，明天还要上班的，早点休息哈！"

她拉上窗帘，一跃上床。

12点。齐森关掉了手机，看着熄灯后屋顶黑暗的空气，忽然叹了口气。

真的会有人发现她出走吗？

第二天一上班，同事方天华就顶着刚剪的板寸，从外面探头进来："小森，有你的包裹。"

"啊？我没买东西啊！"齐森站起来，迎上去。

"别是什么秘密礼物甜蜜惊喜吧？上面就只有你名字。"方天华翻看着小包裹。

等方天华走了，齐森豁开包裹。

花花绿绿的卡片掉了一地。

齐森低头看看，原来是孟新宇拍的照片，是她的工作间，还有她埋头工作的照片。

其中，还有一张孟新宇自己的照片。

照片里，他还是学生模样，站在一个很大的广场上，身后是古老高大的城楼。

"这张应该是给错了。"齐簶想。

她随手将这张照片靠在台历上，打算再见到孟新宇时还给他。

突然，工作室的门被大力推开，一个粗大胖的女人挤了进来。

"你们的裙子有问题！"

女人看见齐簶台历旁的照片，愣了一下。

齐簶忙把孟新宇的照片收了起来。

方天华也跟进来，他的西装被抓得皱皱巴巴的。

明明是顾客自己长胖撑坏了裙子，不属于质量问题，但最后，齐簶还是将部分制作费退还给了"粗大胖"。

看着工作台上撑破的裙子，齐簶叹了口气，这月的工资，又少了一笔。

2013 年 5 月 14 日，星期二。

因为前一天晚上淋了雨，齐簶感冒了。

一睁眼，她就感到头像针扎一样疼。

她摇摇晃晃地坐起来，看看手机，已经是 11：15。

齐簶果断拨通了老板的电话，扯着沙哑的嗓子说："喂，刘总，咳，是我……我发烧了，今天不去了……可是刘总……那好，好吧，我吃完午饭就去……好，好……"

没等挂断电话，齐簶就向后一挺，躺在床上。

她现在是重病号，居然还让她去服装厂取衣服。

齐簶在床上躺到下午 1 点，才恋恋不舍地离开大床，拖着肉疼的身子，爬上了出租车。

今天，孟新宇没吃午饭。

因为柳安然非常不开心，因为她母亲的朋友王姨说，在一名女设计师的桌上，看见了孟新宇的照片。

午休时间过后，孟新宇一边啃着面包，一边等电梯从楼上下来。

"小孟你今天又没吃上饭？"一个年纪长些的同事拍了一下孟新宇的肩膀，问。

孟新宇点点头，含糊地应了一声。

齐森抱着一大包衣服从大门转了进来，因为头晕，她迷迷糊糊地跟着转门多转了好几圈。

"这姑娘真逗，她是要干吗？学小狗追尾巴吗？"

孟新宇也跟着扭头看过去。

那不是齐森吗？只见她又跟着转门转了一圈，才跌跌撞撞地进了大厦。

出租车再好，也不能把你送进电梯——当齐森抱着衣服走进大厦时，手里的衣服包越来越沉，她的眼皮和头也变得越来越沉。

齐森甩甩头，想赶走眼前渐渐昏暗的阴霾。

"姑娘，就剩18层电梯了，可别现在倒下！加油吧！"她鼓励自己。

只要进了电梯，就可以把东西放下。但通往18层电梯的路，却像走向18层地狱，齐森只觉得脚下越来越轻，仿佛身体失去了重量；眼前越来越暗，好像整个世界都熄了灯。

终于，一阵眩晕，她闭上了眼睛。

等齐森醒来，发现自己躺在卧室里。

奇怪，她不是离家出走吗？怎么又回来了？

齐森坐起来，跑出卧室。

孟新宇正坐在沙发里和齐才厚聊天，听见响动，转过脸来看着她，又连忙把头转到一边。

齐森下意识地低头看看。

天啊！衬衫的领子开了整整4个扣！

直到齐森站在走廊里，陪着孟新宇等下行的电梯，她还在想着，刚才敞开的领口，也不知道被这小子看去了多少。

"我是不是特丢人？"齐森咽了一下口水，开口问道。

"呃，你……你是说刚才？"孟新宇脸有点红，表情有点窘。

齐森的脸涨得通红，瞪着孟新宇。

孟新宇更窘了，他看看齐森，忙着解释："不不不，你别误会，我什么都没看见。"

说完，他转过头去，沉默了。

"我是问白天怎么了。"齐森有些无力。

"哦哦，白天啊，白天你……你发高烧，然后就……走着走着就摔倒了。"孟新宇努力半天，憋出一个不怎么丢人的词来。

"不像真的啊……"

"真的,真的!"孟新宇说着谎话。

恰好电梯停住,开了门。孟新宇钻了进去。

"不管怎么说,今天谢谢你!拜拜!"齐森挥挥手,电梯门关上了。

孟新宇看着齐森的脸消失在越来越窄的门缝后面,嘴角不免勾了一下。

其实,这丫头今天真的挺丢人:

她摔得很狼狈,整个前厅的人都转头看她。当时他已经跑到近前,却没来得及扶住她。

孟新宇到家时,已经是晚上8点多,母亲孟晴还在等他。桌上是简单的晚饭:粥和馒头。

孟新宇随母姓,母亲从来不说他父亲是谁,小时候,他还会问,现在,他也不再好奇了。

看着孟新宇狼吞虎咽地把馒头塞进嘴里,孟晴的表情很复杂。

"又没吃午饭?"

"没有,我吃了。"孟新宇说谎。

孟晴又沉默了。等孟新宇添粥时,她再次开口:"她不适合你……安然的脾气太急。"

孟新宇抬头看看母亲,没有吭声。

"我知道你和她好不是为了钱,但外人不会这么觉得。"

"妈……"孟新宇放下筷子,试图解释。

"我只是想提醒你,也许,你已经厌倦她了,你现在的坚持,只是想证明门不当户不对也能把日子过好。"

孟新宇愣了:"没有的事。"

"我知道你听不进去,没事的时候,好好想想吧……"孟晴说着,捡好碗筷,奔厨房去了。留下孟新宇坐在简陋的桌前,咬着手里剩下的半个馒头。

连着几天,孟新宇日思夜想,不断拷问自己内心最真实的想法。

一开始,柳安然的美,确实让人心动,即使她有脾气,他也心甘情愿地受着。

可是,当脾气成为撒娇的机制,身价变成忍耐的理由,最初的美好感受就完全变质了。他时时被提醒，他的职位和工资，都在依靠柳家的人脉和资源，而他个人的努力，只是陪衬。他时刻被压在公主的坐榻下，仿佛五指山下的孙悟空，心比天高，插翅难逃。

其实他也没想过要逃，人在社会，上位有时靠机缘，有时靠人缘，他也没有底气大声说，自己是单凭努力和才能就拿到月薪8000。

直到和齐箖一起坐在"东西"咖啡屋里，孟新宇还在纠结这件事。

这天下午，他特意请了假，享受着午后难得的悠闲时光。

第十章
滚烫印象

为了感谢孟新宇送她回家，齐燊请孟新宇喝咖啡。

当孟新宇端着两杯咖啡回来时，齐燊正在低头看着夏启发来的信息。

夏成伟出院了。齐燊很想去看看，又因为内疚而不敢去。

夏启一如既往地给她宽心，说夏成伟不知道她和柳安然的事，就算知道了也不会怪她。这种曾经习以为常的贴心，让齐燊心里更加难受。

"砰"。

孟新宇把一杯咖啡摆在齐燊面前。

齐燊抬起头。

"美式的。"孟新宇说。

齐燊点点头，端起杯子闻了闻，问："没加东西?"

孟新宇摇摇头："不知道你喜欢什么，没敢随便放，调料都在那边。"

齐燊顺着孟新宇的手指看去，却先看到他的指尖。

孟新宇一个大男人，手指骨却不是粗壮型的，他的手指长且直，有着淡淡的古铜色。

齐燊看得出神，孟新宇已经收回手，交叉着抵在下巴上，说："自己动手吧!"

吧台旁边，在靠墙的长桌上，安静地排着十几个玻璃罐。

齐燊就像个好奇的小孩子，对着一排瓶瓶罐罐摸来碰去。

孟新宇仿佛从齐燊的后脑勺上看见她的满脸兴致，这让孟新宇的心情也跟着轻松起来，他手脚麻利地掏出手机，将齐箖轻快的背影连拍了下来。

最后，齐箖捧回一个装了白色粉末的小罐子。

"不是糖?"孟新宇诧异地挑了一下眉毛。

"你怎么知道?"齐箖坐下，把罐子摆在面前。

"他家的糖罐子更大一点。"

"喏!"齐箖将小罐子推到孟新宇面前。

"盐?"孟新宇看着标签瞪圆了眼睛，又抬眼看看齐箖，"你放这个?"

齐箖点点头，伸手接过罐子，舀了小小的一勺盐放进咖啡，抬头见孟新宇难以置信地看着自己，便笑着晃了晃罐子："你也来点儿?"

孟新宇摇头："不了，我还是喝绿色无添加的。"

齐箖白了他一眼："老土。"

说完，她捧起杯子，用勺子舀了浅浅的一勺，灌进嘴里。

"为什么加盐呢?"孟新宇问。

齐箖笑笑，又舀了一小勺盐。

"你要干什么?"孟新宇下意识地护住自己的杯子。

"让你试试啊!"齐箖伸出勺子。

"别! 别放别放! 我不喝。"

齐箖的胳膊举在半空，多少有些尴尬，但她嘴角一勾，缩回了胳膊，起身向吧台走去。

"麻烦你，给我拿个小杯子好吗?"

寡言的店主点点头，拿给齐箖一只小巧的白瓷杯子。

齐箖坐回桌前，把自己的咖啡往小杯子里倒了一些，一边嘴里还说着："不就是杯咖啡吗? 放完了不好喝就不喝呗! 怎么那么小气!"

说完，把倒好的小杯咖啡推到孟新宇鼻子底下。

"干吗?"孟新宇有点发愣。

这是要分给他喝吗? 孟新宇有些难以置信。

"给你的啊!"齐箖理所当然地指了指盐，"你不是不敢放吗? 那先喝我的尝尝呗!"

见孟新宇发愣，齐箖催促着："怎么啊? 我这杯是干净的，我还没喝呢! 你倒是喝啊，是甜的。你到底喝不喝? 不喝等会儿凉了就变味了。"

看着齐箖微微皱眉的样子，孟新宇心里一动。

他今年 29 岁，在他的记忆中，只有母亲，会把没动过的食物留给自己。

看着面前的咖啡，他有点不习惯，有点受宠若惊，有点百感交集，有点不知所措。

他觉得心里暖暖的。

于是，他端起杯子，喝了一口。

烫！

孟新宇忍不住倒抽一口气，吐吐舌头。

齐簌有些失望："有那么难喝吗？"

孟新宇连忙摇头："不是不是，喝的时候没注意，太烫了。"

齐簌失笑。

这男人真有意思；哪是男人，分明就是个男孩。

孟新宇也有些不好意思："我再尝尝，再尝尝。"

他端着杯子，小心地喝了一口。

舌头还在轻微刺痛，热腾腾的咖啡流过，甜甜的，还有点儿麻。

阳光从落地窗里照进来，散射在桌面上，对面的姑娘正歪着头，左手托着腮，右手伸出中指，用指尖在桌面上轻轻画着圈。

看着看着，孟新宇忽然尝到"时光静好"的味道。

夏启载着夏成伟和母亲张如秋回到家，已经是 3 点多。安顿好父亲，夏启便出了门。

他先把奔驰停在中云大厦附近的停车场，之后，他沿着街走了 200 米，拐进一条小路。

他打算先到那家叫"东西"的咖啡店坐坐，很久没来了，也不知那家店还在不在。

远远地，夏启看见一个"东"字，牌子的另一面，才是"西"字。

看来小店还在。

夏启走到店外，隐约看到里面坐着一个熟悉的身影，旁边一个高挑的男人，正端着一杯咖啡，从里面的吧台走到她身边，和她聊着什么。

是齐簌吗？她不是……她现在应该在上班啊……

齐簌喝着孟新宇端来的第二杯咖啡，眼角却瞥见窗外有个身影晃动了一下。

那个人影，很像夏启，却一闪就不见了。

夏启在齐箖抬头的瞬间，躲到了她看不见的窗边。

西斜的日光照在脸上，有种淡淡的烧灼感，就像淡淡的哀伤，蔓延向全身的每个角落。

夏启定了定神，掏出手机拨通了齐箖的电话。

齐箖迟疑了一下才接起。

"喂？"

"喂，是我。你在哪儿呢？"

"我啊？我……"齐箖断了一下，"我在外面呢。"

"这么早就下班了？"

"不是，我今天没事，所以提前出来了，请一个朋友喝下午茶。"

"哦，我快到你们公司了，我是去公司等你还是去哪儿找你？"

齐箖一下子站起来，慌乱中刮洒了自己面前的咖啡。

"呀！"

杯子"咚"一声拍在桌面上，大半杯热流直奔孟新宇的前胸而去，"噗"的一声，糊在衬衫前襟，在他的胸口，印上咖啡色的花团。

"没事吧？要不要紧？"齐箖急忙问孟新宇，她想伸手帮他擦掉咖啡，又忽然意识到不妥，只好收回手指。

孟新宇摆摆手："没事没事。"

电话里传来夏启的声音："怎么了？"

"没事，有人把咖啡弄洒了。这样，还是我去找你吧，你把车停哪儿了？"

"老地方。"

"好，我知道了！我这就过去。"

挂断电话，齐箖抱歉地看向孟新宇："你真没事？"

"没事，就第一下最热，现在没事了，回头我换件衬衫就行。"

"那我……"

"你着急就先走吧，我收拾收拾也回公司了，走吧走吧。"

"看来这件衣服是要报废了。"孟新宇回到公司，对着卫生间里的镜子想。

他又解开衬衫的扣子，低头检查前胸。

到底是新煮的咖啡，热力四射，被泼洒过的地方，泛着一片肉红色，就像齐葇留给他的印象，像一朵肉粉色的鲜花，热情洋溢地盛放在胸前。

齐葇出了店门，却没有看见夏启，她一溜烟沿着小路拐出去，向停车场快步走去。

夏启正等在车前，他向齐葇挥挥手，便坐进车里，发动了汽车。

直到齐葇坐进车里，他也没说什么，只是轻轻地点了点头。

倒是齐葇，因为有些心虚，主动开口："你到多久了？"

"没多久吧。"

"你怎么过来了？"

"爸出院了，听说你想去看他，让我来接你。"

"哦……"齐葇顿时感到轻松了许多。

夏启目不斜视地看着前方的路面，眼前却总是飘过落地窗里两个欢快的身影，一前一后，一坐一立。

夏启很想知道那个男人是谁，但他没问，因为，他没有问的资格。

直到和齐葇一起坐在放映厅里，看着最后一场《分手合约》，他眼前徘徊的，还是那两个身影。

看着看着，夏启忽然伸手握住齐葇的左手，凑上去轻轻说："你觉得我怎么样？仔细考虑一下吧！我是认真的。"

齐葇在昏暗的灯光里点了点头："我考虑。"

第十一章
飞 奔 的 花

　　孟新宇帮齐蓁拍完新装的成衣效果图，靠在工作台前，看她忙碌。

　　如果柳安然是多刺的名花，那齐蓁就是一朵飞奔的花朵，想看一下她的内心，都很困难。

　　孟新宇走出工作间时，忍不住回头看了一眼。

　　齐蓁正在埋头工作，她的马尾胡乱扎着，鬓角飞起很多碎发，远远看去，有些朦胧。

　　孟新宇一时兴起，他拿出相机，隔着门缝偷偷给齐蓁拍了一张照片。

　　不一会儿，又有人开门进来。

　　齐蓁以为是孟新宇回来了："你又把什么落下了？"

　　"落下什么？"

　　齐蓁猛地抬头，夏启正站在门口。

　　"你怎么来了？"

　　"我出去办事，刚好路过，"夏启将手里的一袋零食放在齐蓁工作台上，顿了一下，接着说，"正好我妈有件衣服想让你帮忙改改。"

　　齐蓁放下手里的鼠标和铅笔，接过衣服，搭在一旁，问夏启："公司的事怎么样了？"

　　夏启点点头，齐蓁脸上多了一丝放心："那就好。"

　　"之前的项目都捡起来了，跟夏惠集团的，跟你们家的……你就别操心了，又不是你惹的。"夏启宽慰道，"再说我今天来也不是跟你说这个的。"

"那说什么？"

"忘了？才几天啊就忘了？"夏启用玩笑，掩饰着心里的酸涩。

齐榃迷糊地看着夏启。她真的不记得了。

夏启只好向前探过身子，手肘支在桌上，看着齐榃："上次说的事，你考虑得怎么样了？"

"啊？什么事？"齐榃微仰着头，睁大眼睛看着夏启，那眼神比清水还要清澈，嘴巴微张，翘着唇瓣，表情无辜得很。忽然，她眼中闪过一丝诧异，"是……是那个啊……"

齐榃有些不安地转移了目光。

夏启在放映厅里说的话，她都记起来了。

"你说你考虑的，扭头就忘了吧。"

"……"

"那现在考虑吧，我可以等。"

"可是夏启……"齐榃忙不迭地抬起头，面色真诚神情急切，仿佛要吐露压在心里很久的话。夏启看着她，静静地等待下文。

齐榃动了动嘴唇，像个犯错的孩子一样低下头："可是夏启……你已经等了很多年了，你……你应该明白的……"

一阵沉默，只听见电脑的风扇嗡嗡转动，敞开的窗口，飘来渺远的车行声。

夏启咽了下口水，声音有些沙哑："我明白……但我一直在等你改变主意。"

齐榃使劲摇头："你要知道，我绝没有不喜欢你的意思，但我也肯定不是喜欢你，在没有不喜欢和爱之间，有很大的一片空白。"

"那么……你想说什么？"夏启忽然感到疲惫，他撑着桌子站直身子，俯视着齐榃。

"放过我吧，夏启……你会遇到比我更适合的。我连喜欢你都做不到，你何苦要等我。"

齐榃疲惫地用手支着额头，闭上眼睛。

"我考虑一下。"夏启强作平静地说，"你休息吧，我先走了。"

直到工作间的门关上，齐榃才抬起头。

她的脸上是歉意、是内疚，也是释然。

她躺靠在后面的椅背上，觉得刚刚的 10 分钟时间，比一生还要漫长。

面前的屏幕上，是"风采杯"服装设计大赛的征稿启事，硕大的广告写着："每个芳香的生命，都是一朵盛放的鲜花，请拿起笔，为我们，添枝加叶。"

齐森看看屏幕下堆着的一沓纸样，将它们向屏幕的方向推了推，之后拿出剪刀，将面前的这沓图纸全都剪碎了。

之后她抄起电话："喂，是刘总吗？我是齐森……哎哎，知道知道……刘总，我想跟你商量个事，今年的风采新秀我不参加了行不行？"

夏启沿着狭长的路，开车回家。

路旁是一丛连着一丛的蔷薇花，在疾驰的车窗外，只留下带状的色彩。

夏启忽然想到齐森，她也是一朵花，一刻不停地飞奔在路上。从出芽，含苞，到盛放，夏启只能看着，欣赏着，却永远也追不上她。

直到几天后，孟新宇来送照片时，齐森才想起之前他的那张学生照还躺在她抽屉里。

孟新宇着急离开，齐森叫住他："你等一下等一下，我这儿有你东西。"

"什么东西？"

"照片！你上次有张照片拿混了，把你自己的照片给我了。"

"哦，没事，你收着吧，就当我送你的。"孟新宇提了包要走。

"别别别！我一个没成家没对象的单身女子，抽屉里放张男人的照片算怎么回事啊。"齐森站起来在抽屉里翻找，"你等我半分钟，马上就好。"

孟新宇只好把扯着背包带的手松开点，等着齐森翻找。

"哎？哪儿去了？昨天还在这儿呢！哎，不是，怎么没了呢？"

"好了别找了，你就自己留着吧，我知道，你把它藏起来了，放心，我不会笑话你的。"孟新宇嬉皮笑脸地说，"我还有事呢，先走了啊！"

"谁稀罕藏你照片啊！看你天天在眼前晃还不够啊？"齐森气咻咻地抬起头反驳。

孟新宇已经走到门口："是是，你先找吧，你找到了就给我打电话，我上来拿。"

说着，人已经出了门。齐森不满地看着工作间的门关上，不免嘬起嘴。

她将办公桌下的抽屉都拖出来，摊在地上，一边翻找照片，一边收拾抽屉。

终于，在一叠图纸里，她找到了照片。

齐箖拿着照片，打算下楼去送给孟新宇。

刚一出工作间，她就被方天华叫住了。

"啊小箖箖，我正想去找你呢，老大让我转告你，你等一下我看看啊……"方天华说着，低头翻看他皱巴巴的小记事本，"嗯，对，老大让我转告你，参加大赛对你的能力和前途都大有好处，但是如果你真的觉得困难，公司也可以等等，等下届再说。"

齐箖点点头："知道了，谢谢。"之后，她也不管方天华，自顾自地走了。

"你找孟哥吧？"

齐箖刚在17楼的门前站下，一个穿淡绿色西装的小姑娘就从前厅探出头招呼她。

"你怎么知道？"看着小姑娘笑得甜甜的酒窝，齐箖无端生出些许好感。

"我认识你，你在楼上办公，而且上次你……"小姑娘明显顿了一下，"而且上次在电梯里还遇见过你和孟哥一起上楼。"

齐箖本来微笑着倾听，听到小姑娘停了一下，表情也不免僵了僵：不知道她想说的是那次丢人的晕倒，还是之前那次更丢人的厮打。

"对了，我叫小静。孟哥他现在不在，你给他打个电话啊？要不你在这儿等他吧，他应该快回来了。"

"我还是进去等吧，站在这儿感觉自己像只观赏鱼。"齐箖笑笑说。

齐箖的话毫不夸张。

孟新宇所在的贸易公司，秉承"更早更快发现客户"的原则和理念，对外的走廊是整块玻璃。不管谁走到公司门外，都会被看得一清二楚，就像玻璃缸里的金鱼，540度广角观赏。

于是，齐箖走进了孟新宇的办公间。

这是办公隔间组成的一块空间，有大概四五个单人隔间那么大，围绕着四五个电脑桌。

孟新宇的小天地里，有一台电脑，三部电话，一张大表格，各种大小规格的通讯录记事本，还有堆积如山的贸易单。

齐箖的目光顺着一个桌面看向另一个桌面，最后聚焦在一堆缤纷的照片上。

第十二章
天　赐　良　机

　　大部分照片都是风景，其中还夹杂着几张她的工作照片，翻着翻着，齐
籨忽然停住了。

　　面前的照片，不正是夏家的小别墅吗？向上倾斜的小路，精心修剪的花
园，泳池的一角，还有映照在夕阳下的昏暗的大厅。

　　拿着这几张照片，齐籨的脑子有点忙不过来。

　　孟新宇去过那里。

　　他知不知道这别墅是怎么来的？

　　齐籨忽然觉得，她可以为夏启和夏莲做些什么了。

　　"看到什么好玩的了？"孟新宇的声音从后面传来。

　　齐籨连忙转过身："我在看照片。"

　　"要是有喜欢的，尽可以拿走，我这里都有底板，可以再洗。"孟新宇说
着，走进桌子摆成的包围圈，坐在齐籨对面的椅子里，看着她，"干吗站着？
找个地方坐啊！"

　　齐籨环顾左右，能坐人的椅子里，不是摆着镜头，就是摊着表格，于是
她推了推桌面上的文件，一抬腿，坐到身后的桌子上。

　　"这是你拍的吧？你去过这里？"她微微向前探着身子，伸手将照片举到
孟新宇眼前。

　　齐籨今天没有扎马尾，半长的直发自然地散下来，遮住她小巧精致的
耳朵。

孟新宇忍不住看看她，再收回眼神看向照片。

"对啊，这是安然他们家新收的别墅，前些天才交的钥匙。"

"你觉得这里怎么样？"齐桑保持着刚才的姿势，继续问。

"你跟这房子有关系？"

"嗯。你还知道什么？"

"关于别墅吗……安然不大喜欢这别墅，所以打算卖掉它，而且是拍卖。"

齐桑的脸一下子白了。

"怎么了？这房子是你们家的？"孟新宇见齐桑变了脸色，问。

齐桑摇摇头。

"那……"

齐桑用了 5 分钟的时间，就把事情的来龙去脉讲了一遍。

"你告诉我这些干吗？"孟新宇忽然问。

齐桑坐在桌上，低头看着自己的双腿晃来晃去，隔了一会儿，才略带哀求地开口："你帮我把别墅拍回来吧，不管是拍卖还是协商，什么办法都行，只要别墅能回来就行。"

直到那天晚上，当孟新宇吃完晚饭躺在床上，再想起这件事时，心里还是有种奇怪的快感。他，和一个相识不足两个月的女人，合起伙来算计他的现任女友，这种行为，简直比偷情还要刺激。

孟新宇最终答应了。

他觉得，从道理上说，别墅本来就不属于柳安然，而从情理上，他能拿什么理由拒绝齐桑呢？

两个毫无关系的人，会因为一个共同的秘密，而变得亲密。

现在的孟新宇和齐桑，便为了一个共同的目标，紧密地勾结在了一起。

"你知道有句话叫男女搭配干活不累吗？"孟新宇开着自己的宝来小车，问。

他旁边的副驾驶位上，坐着穿衬衫戴墨镜的齐桑。

他们正在路口等信号灯。

"知道又怎样，我们又没干什么。"齐桑嘟哝了一句，看着信号灯一秒秒倒数。

一路上，两人都在为如何行动争执不休。

信号灯转成绿色，灰色宝来拐过街角，远远地朝"瑶台胜景"的大门驶去。

"你要是对安然这种态度，她什么都不会答应我们的。"孟新宇感慨道。

"不是答应我们，是答应你。"

"也对……哎等等，你是做服装设计的呀！"孟新宇猛地将车停在离大门3米的地方。

"废话，我当然是！但是你干吗啊？还没到停车线呢！"

"不是，服装设计！"孟新宇仿佛抓到救命稻草一般，一边启动车子开进大门，一边扭头问，"齐森，你会做裙子吗？"

"裙子？裙子怎么不会？那条白的就……"齐森本来理直气壮的，一想到那条白色的礼服裙，想到夏莲那易主的别墅，便瞬间没了兴致，只淡淡地说，"我会做裙子的。"

"那太好了，这就好办了！你不知道安然多喜欢裙子，我从没见她穿过裤子。"孟新宇显得很兴奋。

"怎么，连内裤也不穿吗？"齐森冷冷地甩了一句。

孟新宇瞪大眼睛，难以置信地看着齐森："你说什么？"

"没什么。"齐森平静地说。

孟新宇把车停在 S-8 号楼下。

沉默了一下，孟新宇定了定神，开口道："我知道你不喜欢安然，出了这种事，想让人喜欢挺难的……"

"你这是要为她开脱吗？比如她其实心地不坏，或者比如她不是有意把事情闹大的。"齐森的语气变得锐利。

"不是，我只是想告诉你，想让安然高兴，是件特别困难的事，如果我们俩不能把她哄舒服了，不要说别墅，就是一颗瓜子你都别想要出来！"

"小气！"齐森愤愤不平。

"也不是小气……她就这脾气，颐指气使……"

却又单纯可爱……孟新宇在心里，默念着后半句。

他看向窗外，恍惚间，看见自己和柳安然的曾经。

那是大一的夏天。

周末晚上，外面下着瓢泼大雨，孟新宇下了晚自习，撑着自己的旧伞，从图书馆回宿舍。

　　走到学校南门时，他看见一条淡黄色的连衣裙，急匆匆地钻进过廊避雨。

　　又走了几步，隔着密密的雨帘，孟新宇认出，这个女生正是系花柳安然。

　　她浑身湿透，活像个刚从洗衣机里钻出来的洋娃娃。

　　柳安然把长发拧在一起，挤挤雨水，一抬头，就看见孟新宇站在雨里，撑着伞打量自己。

　　"你过来一下好吗？"柳安然一边抹着胳膊上的水珠，一边问。

　　孟新宇扭头看看周围。

　　"别看了，这儿没别人，连收发室的大爷都睡了！"柳安然不以为然地撇撇嘴。

　　孟新宇撑着伞走了两步，在过廊下停住脚步："怎么了？"

　　"你送送我吧。"

　　"好啊。"

　　"你干吗站在雨里，上来说多好。"

　　孟新宇抬脚踩了一下过廊的台阶，又收回腿："上面太窄了，站不下两个人。"

　　柳安然低头看看，台阶确实有点窄。

　　忽然，她对这个安分规矩的男孩，多了几分好感。于是她走下台阶，钻进孟新宇的伞下。

　　"你伞还挺大的啊！"柳安然感叹道。

　　两人一伞，在晚上昏黄的路灯下，顶着大雨走着。孟新宇有些紧张，不知说些什么才好。

　　"啊对了，你是哪个系的？"柳安然问。

　　"五系的。"

　　"我也五系的啊！"柳安然兴致勃勃地说着，忽然又想起什么，"呀不行！那你不能送我！"

　　"为什么啊？"孟新宇的眼前立刻浮现出一个膀大腰圆的男人，搂着柳安然，指挥一群打手围殴自己的场面。

　　"因为你们楼比我们楼近啊！我住四号楼。"

孟新宇哑然失笑："没关系，我先送你，然后再回宿舍。"

"那也不行啊，马上就要关门了，你送完我就回不去了，你又不能住女生宿舍。"

"我倒是想啊……"

"哈哈哈哈……"

齐篏饶有兴趣地听着。

"那最后呢?"

"最后，我先回了宿舍，她拿着我的伞自己回去了。"

孟新宇沉默了，仿佛在追忆当初的单纯与美好。

"那后来你们就开始了?"

"没有，我那天连她电话都忘了要。"孟新宇忽然笑了，笑自己当时的傻。

齐篏睁大眼睛："那……那你们?"

"怎么，想听啊?"孟新宇的眼角浮现狡黠的笑纹。

"嗯，想啊!"齐篏眼睛亮亮地瞪着孟新宇。

"今天不早了，下次吧!"

看着齐篏嘟着嘴下车，走进楼门，孟新宇笑着摇摇头。

说来奇怪，他已经忙了一天，却不觉得累。

真的久违了! 这种轻松、闲适、自在的心情!

第十二章 天赐良机

第十三章
阳 关 独 木

周六，齐燊加班了。

正巧孟新宇也加班，而柳安然出门了。

于是齐燊和孟新宇决定一起去喝下午茶。

走到"东西"门口，齐燊忽然停住了脚步。

夏启和夏莲竟然在店里。

"这是夏启，这是孟新宇。"

"你好，我叫孟新宇，就在齐燊公司的楼下。"孟新宇很大方地向夏启问候。

"是夏惠的分部吧？中云 17 层那个。"夏启语气冷淡，但不失礼貌地握手，"我叫夏启。"

"啊？你们公司是夏惠的分部啊？你怎么从来没告诉我？"齐燊很惊讶。

"公司牌子上写着呢，我以为你知道。"孟新宇不禁流汗了。

"哦对了，这是夏莲。"齐燊指指夏莲，向孟新宇介绍，"夏启的妹妹，我跟你说过的。"

孟新宇点点头。

"真没想到能遇见你们俩，我正要给你们打电话呢，我和孟新宇说好了，他答应帮我把别墅要回来。"齐燊坐到桌前，又给孟新宇拉了一把椅子。

"他？他不是柳安然的……"夏莲瞪大眼睛。

"是啊，别墅要拍卖的事还是他告诉我的呢！正好你俩都在，人多主意多……"

齐篍没有注意，夏启的脸色越来越阴沉。

不等齐篍说完，夏启就打断了她："你自己想办法吧，公司那边事情太多，我们没空管房子。"

"可你不想要房子了吗？"齐篍有些着急。

"想，做梦都想。"夏启回答，又看了眼孟新宇，继续说，"但我既不是美男，也求不动哪个美男来帮我……既然你开辟了一条阳关道，那就快走吧，我要去搭我的独木桥了。"

说完，夏启摔门而去。

齐篍不记得自己是怎么回到家的，孟新宇送她到地铁口，叮嘱她到家了告诉他一声。

回到家，齐篍躺在床上给孟新宇发了一条信息："别墅的事今天没来得及商量，你看看有什么打算就去做吧，需要我出力就赶紧告诉我。"

发完，齐篍扔下手机，扯过被子蒙住脸，打算一睡解千愁。

但夏启的话太伤人，即使闭着眼睛堵住耳朵，那声音也依旧在脑海里萦绕不去。

夏启也不好过。

离开"东西"之后，他手里的烟就没断过。

他的感觉非常糟糕，想着齐篍坐在孟新宇旁边兴冲冲的样子，夏启只觉得心如刀剜。

他的事业已经一塌糊涂，现在，他一心想要呵护的女人，落进了别人碗里，还傻乎乎地喊他一起到碗里去。

夏启忽然恨恨地想，觉得，齐篍没答应自己的求婚就对了，幸亏没答应，就应该不答应！

这周，孟新宇很忙。

柳志出差了，孟新宇从他的秘书"王大喇叭"那里，得知了柳安然偷取公章的始末，就连那天她穿了一条水红色的裙子，王秘书也如实说了。

当孟新宇的小车冒雨停在 S-8 楼下，已经是晚上 7 点。

"就这么个情况，你说得没错，这件事，安然确实过分了……"

"那你想好怎么办了吗？那可是你女朋友啊！"齐篍忽然有些不忍，伙同别人的男友算计人家，这事怎么想都有点没人性。

"怎么？当初不是你拉我下水的吗？现在后悔了？"

"我后什么悔，她能不择手段，我就能无孔不入，别墅说什么也不能给她。"

下车回家的时候，齐森又后悔了。

因为，孟新宇对她说："那你做条裙子吧！"

周六，齐才厚难得休息，他带着林竹声和齐森母女，开着SUV，到曲水风景区野营。

当太阳偏西，林竹声一个人坐在树荫下，光着洁白的玉足修指甲，齐才厚则支起小凳子，靠坐在河边悠闲地垂钓。

下游小河的拐角处，有人在戏水，喧笑远远地传来，和头顶的鸟鸣相和，自然和谐。

齐森提着鞋，在离齐才厚不远的河滩上散步。

"爸，能跟你商量个事吗？"

"说吧。"齐才厚点起一支烟。

齐森蹲下来，扭着头看向父亲："夏叔叔他们家的别墅要拍卖了，你知道吗？"

齐才厚摇摇头，吸了口烟，转头看齐森："抵押的都这样，怎么了？"

"不是，是先被柳家买去了，现在还要转手。"

"然后呢？"

"我想把它买回来。"齐森低下头，看着面前的流水，喃喃道。

"那是不现实的。"齐才厚慢条斯理地说。

"那你说什么现实？你一天忙得脚打后脑勺，却老盼着每个周末出来钓鱼，这现实吗？"

"这也不现实……所以我一年都钓不了一次。"齐才厚说得很淡漠，仿佛在说一个不相干的人。

忽然，河湾处传来阵阵惊呼。

有人溺水了。

能看见那边有人下水营救，可是喊声还在继续。

最后，齐森远远看见，救护队将溺水的和下去营救的人一起架到了岸上。

"看见了吗?"齐才厚掐灭烟头,转回脸,"溺水之人不可救啊!"

"这是两回事。"齐燊忽然有些烦躁。

"不,这是一回事。"齐才厚说,"溺水的人,都会使出浑身力气拼命挣扎,你下去救他,反而会被他拖住……燊燊,我实话告诉你吧,别说你不愿意和夏启交往,就是现在他是我女婿,我也帮不了他。"

齐燊沉默着。

齐才厚继续淡淡地说:"不是我铁石心肠,说了你可能不信,你爸爸没那么好的水性,救不了人的……"

"可是还是有很多人见义勇为!哪怕水性不好。"齐燊不死心。

"所以很多人丧命。"齐才厚开始收鱼竿,这意味着,父女二人的谈话也就此结束了。

"爸——"眼看齐才厚准备回帐篷休息,齐燊快哭出来,"你就真不管啊!"

齐才厚摇摇头。

"我倒是觉得小孟那孩子,其实也不错,可惜,他好像是单亲。"说着,齐才厚径自提着桶回去了。

齐燊恨恨地抬脚,把整块泥土踢进水里。

这时,她的手机响了:"This is not a single night……"

电话是多年好友苏文倩打来的。

"喂,小燊燊,我前段时间回国了!今天刚搬完家,你现在在哪儿啊?"

齐燊和苏文倩认识12年,两个人的人生道路却完全不同。

齐燊出国留学后回了国,至今未婚,苏文倩在国内读完大学,就急着结婚、出国。看她那副崇洋媚外的嘴脸,齐燊一度以为不会再在中华民族的土地上见到她了。

天渐暗,野外的晚上风很清凉。

齐燊耳边还回响着苏文倩的那句话,"趁着年轻,想干什么就马上去干……"

齐燊冲进帐篷时,齐才厚正戴着老花镜,举着手机看股市行情:"怎么了,慌慌张张的?"

"爸,我再问你一次,你到底帮不帮?"

"我不会帮你的,我也不会允许你做这种没有意义的投资。"

"这不是投资！我是要清偿。"

"你根本不用清偿，你不欠他们家的。"齐才厚放下手机，摘下花镜看着齐箖。

"爸，你就当给我投资了，别管我给谁。"齐箖觉得自己在变相乞讨。

谁知齐才厚还是摇头："那不行，不光是我，你夏叔叔也不会同意你这么胡来的。你要是还不死心，我就一分钱也不给你。"

齐箖终于忍无可忍："你不给，我还不稀罕要呢！我自己有手有脚，谁用花你的钱！你就学葛朗台一样攒着你的臭钱吧！"

齐箖气呼呼地跑回自己的帐篷，一屁股坐到睡袋上。

抬头，她忽然看见，父亲的车钥匙就明晃晃地挂在头上。

第十四章
河 东 狮 吼

凌晨 4 点，齐燊已经开着车，行驶在路灯昏黄的市区。

她想了半天，最后决定，先到苏文倩家落脚。

苏文倩被电话吵醒，披头散发睡眼惺忪地打开门，塞给齐燊一条浴巾，随手指了指："自己去洗澡，客房就挨着厨房。"说完，她直接飘回卧室睡觉去了。

齐燊洗完澡，天已经亮了。她拉好窗帘，愉快地躺到客房的床上，掏出手机，给方天华发了一条短信："亲，'风采杯'今天最后一天报名，帮我去报一下，然后替我告诉刘总一声，我决定去参赛！"

之后，齐燊关上手机，翻个身，蒙头睡去。

12 点不到，齐燊就被苏文倩摇醒了。

"嗯？干吗？"齐燊眯着眼睛坐了起来。窗帘已经被苏文倩拉开，阳光有些刺眼。

"你怎么大半夜的跑我这儿来了？"

齐燊挠挠头，清醒一下，转而轻描淡写地说："没什么，我又从家里跑出来了。"

"干吗啊？你爸又怎么你了？"

"没怎么，我已经决定了，以后不花他一分钱！"

"怎么了这是？"苏文倩揽住齐燊，晃了晃，"你神经坏掉了？"

"你才神经！"齐燊推了苏文倩一把，又认真地说，"小文你知道吗，我越来越觉得，我爸就是一葛朗台，21 世纪的葛朗台！"

"那你就是欧也妮呗？"

"我才不是，我也不想是。"

苏文倩松开齐棽，坐到旁边。

"我要自食其力！我要去参加设计大赛，要是能在业内混点名声，以后也好发展。"

"我能帮上什么？"

"能啊。"齐棽指指身下，"床！"

"没问题，你就住我这儿吧，离你们公司也近。"

齐棽抱住苏文倩，狠狠亲一口："就等你这句话呢！"

周日晚上，齐棽才打开了手机。此时，距离她偷车回城，已经过去 22 小时了。

手机里只有 3 条信息。

齐才厚："回头别忘了把车子送回家，另外，开车注意安全。"

林竹声："你又跑哪儿去了？不用担心，我们最后叫车回来的。你想回来就给我打电话，你爸最近很少回家。"

孟新宇："裙子准备得怎么样了？需要我参与意见吗？"

还有 2 条微信。

夏启："你手机怎么关机了？还想去你家送东西呢。"

夏莲："嫂子，我的新车下线了！有空一起去兜风。"

齐棽打算先回家一趟，取些换洗衣物。

家里没有人，齐棽径自回房间收拾东西。

一进屋，就看见梳妆台上的瓶瓶罐罐，已经被母亲收拾得整整齐齐。

齐棽心里一暖。

要不是因为跟父亲怄气，她还是愿意住在家里。

当齐棽收拾好箱子，环顾四周，检查还有什么东西遗落时，林竹声回来了。

"什么时候回来的？"她把手里的东西放在门厅，一边换鞋一边问。

"7 点多。"

齐棽跟着母亲进了父母的卧室。

卧室大而干净，浅白色的家具泛着光亮，林竹声正弓着背，在茶色的床罩上叠着衣服。

"妈，我差不多该走了。"

"今晚就不在家住了？那你住哪儿？"林竹声停下手里的活儿，抬头看齐籨。

"我住小文那里，就在黄旗桥附近，离我公司也挺近的。"

"哦……"林竹声低下头，慢慢地点点，继续叠衣服。

听着母亲那长长的尾音，和没能说出口的叹息，齐籨的心里，忽然难过起来。

父亲经常不在家，现在她也搬出去了，家里，就只剩母亲一人了吧！

星期五。

裙子的设计稿出来了。

一份是参赛用的，另一份，是给柳安然的。

孟新宇送来一本柳安然的艺术影集，作为给裙子选颜色的参考。

看着柳安然的影集，齐籨忍不住抬头看看墙上的大镜子。

跟柳安然相比，她长得，是不是有点太简陋了？

为了庆祝设计稿的完成，或是为了庆祝她的自力更生，齐籨理了发。

当她一头短发，戴着卡其色的报童帽进屋时，苏文倩吓了一跳。

"哎你谁啊?!"

"是我啊!"齐籨摘下帽子，做了个鬼脸。

"你疯了?! 当初是谁哭着喊着非要留头发的!"苏文倩的眉毛都快飞进发际了。

齐籨闷闷地找着借口："我要开始新生活啊。"

6 月 10 日，黑色星期一。

柳安然从香港回来了。

午休时间，孟新宇和齐籨经过热烈讨论，最终定稿。

孟新宇临走还不忘叮嘱："你下午没事的时候就把效果图做出来，一定要在下班之前给我，越早越好，千万别忘了。"

说完，他急匆匆走了。

看着半掩的门，齐森心里悄悄感慨，真是个好男人，真是少见，对女友的喜好，居然了解得这么透彻。但齐森不知道的是，为了这些，孟新宇吃过多少苦头。

直到 4 点 43 分，齐森才带着彩喷的效果图，出现在孟新宇面前。

"你怎么才来啊祖宗！你知道现在几点了吗？"孟新宇已经等疯了。

"4 点多……"齐森把图样递给孟新宇，嘟哝着。

"下周三安然过生日，我想提前把裙子给她，回头我把详细尺寸给你。"孟新宇的安排很周密，"现在你马上就走，你要是在这儿被安然撞见，这事就没下文了。"

齐森连告别都没说，掉头就走。她径直出了孟新宇公司的走廊，就近钻入斜对面的安全通道，步行上楼。

安全通道的门还没有关上，柳安然就翩然走出了电梯。

在孟新宇的桌前坐了不到两分钟，柳安然就指指文件堆，问：

"那是什么？"

顺着柳安然的手指，孟新宇看见，齐森送来的设计图样，从文件中露出小小的一角。

"哦，那个啊，"孟新宇的额头瞬间黑了，"是设计图样。"

"新做的？我看看。"

柳安然伸手去拿，却被孟新宇扯住了手。

"这个现在不能看哦！得再等两天。"

"有什么不能看的，我要看！"

"不行，现在不行。"

柳安然竖起眉毛，她最讨厌听到"不行"二字。她瞪着孟新宇："你有事瞒着我？"

"没有。"

"那为什么不让看？这是谁设计的？是不是你们楼上那个？你要是不跟我说清楚，我今天就非看不可！"柳安然伸手去抢。

孟新宇一把拿过文件，有些气急败坏："说什么啊我说！我就想你生日时候给你个惊喜你至于这样吗！"

柳安然愣住了。

孟新宇从来没这么粗暴过。

孟新宇也察觉到自己的失态，一时有些尴尬。

他将文件放回桌上，放缓了语气："你现在怎么跟河东狮一样，刚认识的时候，你虽然也凶，但还有个底线，你看看你现在，像什么样子。你什么时候从河西搬到河东去了？"

他努力说着玩笑，掩饰着自己的心虚。

柳安然似笑非笑地咧咧嘴："是吗……"接着，她凝视着孟新宇的眼睛，一字一顿地说："你变了。"

孟新宇一时摸不清柳安然想说什么，只能回视她。

僵持半晌，孟新宇有些心虚，他试图解释："也许是方式变了……以前我什么都忍着，现在，我只是把想说的说出来了……仅此而已。"

"也许吧。"

柳安然又看了一眼桌面上的文件。

"那么，我过生日那天，就可以看啦？"

"嗯。"孟新宇含糊地回答。

柳安然深深地看了一眼孟新宇，不再说话。

虽然她并不清楚发生了什么，但她敏锐地察觉到，孟新宇变了，对于她，与之前不同了。

第十五章
奇 耻 大 辱

6 月 12 日，星期三。

午饭后，孟新宇忙完手里的工作，早早上楼去找齐磥。昨天他把柳安然的三围尺寸发给齐磥，让她按尺寸修改和裁剪裙子。

孟新宇走进齐磥的工作间，齐磥正在埋头画图。

"你来了？"齐磥抬头看了一眼，简单地问。

"我下午没事，上来看看，你刚开始？"

齐磥点点头："这两天特别忙，昨天我还跑了趟报名点。"

"不是已经报完名了吗？"孟新宇坐到齐磥对面。

"但是需要本人去验资，挺麻烦的。"齐磥说着，甩给孟新宇几张图纸，"你看！"

孟新宇接过来，逐张看着："挺好的，不过，你这尺寸不对啊！你看你看，这腰围怎么是 62 公分？"

"啊？那我拿错了，这个才是。"齐磥又拿出几张图纸。

"那这是谁的？"孟新宇没有接，只是抖抖手里的图。

"什么谁的？"

"尺码啊。"

"我的。"齐磥淡淡地回答。

"哦！"孟新宇恍然大悟，低下头仔细看了一遍，又一遍：87、62、90；90、62、87……

"我想给自己也裁一条看看，但我还没选好颜色。"

"橘粉色吧。"孟新宇建议。

"橘粉色？好看吗？给我，我看看。"齐森伸手想要回图纸。

"能，你试试吧，信我的。"孟新宇说着，又低下头，多看了一眼齐森的三围。

"有什么好看的。"

"啧，你还别说，你这个比例真不错。"

"说什么呢！"齐森一把夺过图纸，脸上飞过一片红云。

"你身材有这么好吗……"孟新宇狐疑地打量着齐森。

齐森在椅子上不自在地扭动了一下。

"知道了！"孟新宇一拍大腿，"你穿的衣服太宽松了，不显身材！"

齐森快吼出来了："你说够了没？说够了我要干活了。"

"我看着你干。"

不由分说地，孟新宇一屁股坐到齐森对面。

窗外的阳光热辣辣地照进来，这是个闷热的午后，时间的脚步也走得很慢。

齐森忽然有种错觉，仿佛孟新宇与她相熟多年，仿佛是在之前或之后、前生或来世的某年某月，在明朗的夏日，有他陪伴自己度过无数个慵懒的午后。

看着齐森在工作台前忙碌，孟新宇忽然想起什么："对了，还有个事，你要出一份合同，写明是为庆生特意为柳安然定制的，这件事你不能私人出面。"

"那可就形成销售了啊！"

"当然是销售啊！你设计衣服卖给她穿嘛。"

"那我还得准备一份协议？"

"还是准备一份吧，我跟你们公司签，也正式点。"

"那好吧。我这周给你合同，下周一给你裙子。"

回到公司，孟新宇一眼就看见柳安然正坐在门口，拉着小静聊天。

"你什么时候到的？等很久了吗？"孟新宇不免头大。

"没有，我刚到没一会儿。"

"聊什么呢？"孟新宇故意装出大有兴趣的样子。

"哦，我在向小静打听我不在这一周你都干什么坏事了。"

孟新宇脸上肌肉僵了一下，旋即咧嘴笑了："什么啊！你说的玩笑吧？"

"是啊，是玩笑。"柳安然毫无表情地回答。

6 月 17 日，周一的晚上，柳安然收到了裙子。

上身的效果非常好。做工精细的领口，自左向右扯起一条纱带，聚了晶莹的薄纱，像在胸前拢起一窝绿水，合体的侧摆仿佛恋人的手，轻柔地顺着她的腰身滑向大腿。

"不错啊，你哪儿淘来的？之前的新装发布会上怎么没见过这种样式呢？"柳安然美滋滋地站在镜子前。

"哦……托一个朋友设计的。"

"你朋友？"柳安然兴趣盎然地挑起眉，"我认识吗？"

"你……见过一两次。"这话说得如此吃力，孟新宇差点把自己的舌头咬下来。

"那我不一定记得了，回头找个机会，我当面谢谢他。"

"没事，你可以付她酬劳感谢她。"

"那也行，找时间一起吃顿饭，我把裙子钱付给人家。"

"你安排吧，我哪天都行。"

"那明晚吧，后天我过生日，不一定有空。"

"呃……好。"

柳安然欣赏着镜中的自己，同时，她也在镜子里看到，孟新宇那一刻满脸的为难。

第二天晚上，孟新宇带着柳安然，到了龙城饭店。

柳安然在这里是熟客，今天的领班多嘴，他告诉柳安然，一位姓齐的小姐正在等她。

爬上七拐八绕的楼梯，柳安然回忆着，孟新宇什么时候认识过姓齐的女人？

柳安然一进屋，就看见一个匀称瘦削、短发精干的背影，双臂环抱地站在窗前。

这个背影似曾相识，想必是孟新宇原来的朋友。

于是，柳安然大大方方地迈进房间，高跟鞋踩在大理石板上，清脆的一声"咔嗒"。

窗前的背影转过身来。

柳安然愣了一下，使劲眨眨眼，狐疑地看着齐燊。

这时，孟新宇才磨磨蹭蹭地出现在柳安然身后，隔着柳安然的肩膀和长发，颇为担忧地看着她。

齐燊笑了："你好啊！"

"是你?!"柳安然的眉毛瞬间倒挂，眼睛像玻璃球一样瞪着齐燊。

"是我，我设计的。"齐燊得意地甩了甩手里的合同。

柳安然回过头找孟新宇，恨不得把自己的鼻子顶在孟新宇的鼻尖上："你故意的对不对？让我受一次羞辱还不够，还让我反反复复来来回回被羞辱！你说！这是谁的主意？"

"柳小姐，裙子不合您意吗？"齐燊努力让自己淡定。

"这儿没你说话的份，你给我滚出去！还有你的裙子！"柳安然伸手扯住裙子的领口，一把将暗扣扯开。

"安然你有点耐心好吗？"孟新宇从后面按住她的肩膀。

"呸！屁的耐心！你是想让我有耐心陪你玩，还是有耐心像个傻子一样穿着小三做的衣服来看你俩偷情？"

齐燊的眼睛也瞪大了，眼中满是怒火。

孟新宇怕两人再打起来，急忙绕到柳安然面前挡住，一边继续解释："安然，你听我说！齐小姐是正常工作，是他们公司派给她的活儿，跟你跟我都没关系的！"

"好，好，没关系，没关系就滚！快滚！滚越远越好！"柳安然有点歇斯底里，"告诉你小狐狸，我明天就带着这块破布上门，我看看你们老板有几个脑袋能扛住我砍。"

"如果对衣服不满意，我可以帮您修改，但我们的衣服，因为是定制款，原则上是概不退货的，而且，您还没有付款呢。"齐燊的声音很平静。

"付款？哈，笑话！我什么时候说我要这东西了。"柳安然说着，伸手抖了抖裙摆，"就这破玩意儿，丑死了！你还好意思说是你设计的？真让人笑掉大牙。就你这几下子，连金安市场的破烂尾货都不如，该哪儿要饭上哪儿去，别在这儿跟我充胖子！"

别人说齐絥丑，但绝不能说她的作品丑。

"丑，丑你别穿啊，有能耐你把衣服给我，你从这儿光着出去！"

"我才没你那么不要脸！勾引别人男朋友不说，还拿别人当傻子耍！"

"真是个疯子！只有傻子才会跟你吵。"齐絥狠狠地扔下一句，拨开孟新宇，一把推开柳安然，走了出去。

简直是奇耻大辱。

精心设计的得意之作居然被诬蔑，齐絥只觉得内火中烧，咬牙切齿。

简直是奇耻大辱。

穿着情敌做的衣服，蒙在鼓里招摇过市，柳安然的肠子都要气断了。

6 月 18 日那天，柳安然把孟新宇抓得满脸花，之后跳上车，三把两把解开扣子，剥掉身上的裙子，从车后座抓了一条丝巾围在胸前，便启动车子，绝尘而去。

第十六章
先 说 分 手

绝尘而去。

柳安然的反应在孟新宇的意料之中，而齐籴的淡定，却让孟新宇刮目相看。

齐籴也被气昏了头，回到家才看到孟新宇发来的短信："小忍忍于行，大忍忍于心，'房奴'加油！"

这是在挖苦她吧！

齐籴把手机扔到一边，一屁股坐到床沿。

简直是自取其辱。

她怎么那么傻，听信孟新宇的建议。

她怎么会忘了，狗改不了吃屎，人改不了嘚瑟。

先不说别墅，就单凭这条裙子，柳安然也把她彻底惹火了。还有孟新宇，他是自己白痴还是拿她当白痴，居然出这种吃力不讨好的馊主意。

这绝对是一个所托非人的惨剧。

6月19日。

中午，齐籴正要下楼吃饭，孟新宇出现了。

"一起吃吧，我买了你爱吃的煎鱼饭。"孟新宇晃了一下袋子。

齐籴看看孟新宇脸上的创可贴。

"你还是陪柳安然吃吧，勾引有妇之夫的名声我可担不起。"

"她出城了。"孟新宇走进屋，把袋子放在桌上。

"你怎么没跟去？"齐箖明知故问。

孟新宇摸了摸下巴上的创可贴，笑了："你觉得呢？"

"我觉得，在冷战时期，你出来勾引别的小姑娘，这是不道德的行为。"

齐箖说完，忍不住笑了。

本想狠狠骂他一顿的，要把从柳安然那里受到的羞辱加倍地还给他，这个男人，从认识的最初，就只会给她带来麻烦和霉运。

可是，看着他充满阳光又憨厚诙谐的表情，齐箖的心情又忽然好起来了。

当两个人并排坐在工作台前吃饭时，齐箖忽然开口。

"你知道，我不能容忍别人嫌弃我的作品。"

"安然没嫌弃它，只是接受起来有点难。"

"她把我当小三了。"

"嗯，你条件足够了。"

"啪"一声，齐箖狠狠踩了孟新宇一脚。

"哎哟疼！大姐！你真踩啊！"

"我还想踩柳安然呢，你替她再挨一脚吧！"齐箖放下筷子，生气地说。

这是个安静的下午，阳光懒散，时间也不慌不忙。

柳安然穿着豆绿色的连衣裙，披散着长发，面色冰冷地坐在落地的穿衣镜前。

午后的阳光晒进来，晒得柳安然的皮肤有点疼，但比不上心里的疼痛和麻木。

全世界，只剩屈辱。

她的脑海中上演无数场血腥的争吵，最后的结果不是她用折凳拍了孟新宇，就是她抄起烟灰缸砸了孟新宇，无数个柳安然，残杀了孟新宇无数次。

可为什么还是气恨难平，为什么还是心口发胀，身体里的怨恨在汩汩涌动，仿佛有无穷的力量，纠缠在心上，拼了命想要撑破她的胸膛。

终于，大滴大滴的眼泪，从她眼中流出，砸落在地板上，像一朵朵残缺的花朵。

哭着哭着，柳安然慢慢地蜷缩到地上，像重伤的野兽，牢牢护紧自己的伤口，颤抖地呜咽着。

孟新宇背叛了她，他是柳安然26年生命中，遇到的第一个背叛她的男人。

"下班了直接去亿城，老地方。"

孟新宇走进24层的餐厅时，柳安然正站在窗边，看着下面渐暗的风景，和初上的路灯。

孟新宇先是一愣。

柳安然穿了一条黑得像墨一样的紧身长裤，上身是黑色网纱。

这是孟新宇第一次看见柳安然穿裤子。

"你晚了5分钟。"柳安然没有回头。

坐在柳安然对面，孟新宇如坐针毡。

但柳安然只是盯着他看。

他脸上的伤还没有好，一道道的抓痕，清晰可辨。

过了很久，久到孟新宇累得快要从椅子上掉下来，柳安然才开口：

"我们分手吧。"

孟新宇猛地抬眼看她，目光中有紧张、有诧异，还有不解。

柳安然的身影映在他眼中，她那一身黑，仿佛是在祭奠她远行的爱情。

"就因为一条裙子？"

柳安然轻轻晃动杯子，看着里面的液体荡出涟漪，慢慢说："不，是两条。"

"怎么是两条呢？"孟新宇的语气，明显觉得柳安然在无理取闹。

"你忘了那条白的。"

"那时候我和齐燊还不认识呢！"

"那你们效率够高的了。"柳安然嘴角扯起嘲讽的笑痕。

孟新宇被柳安然的目光刺伤了："安然，不是你想的那样，我说几次你才信，我们之间什么都没有！"

"孟新宇，你又错了，我不关心你们之间有什么。"柳安然喝了一大口红茶，声音斩钉截铁，"问题出在我们之间。"

孟新宇顿时沉默了，僵持的空气，弥漫在餐桌上。

终于，孟新宇打破沉寂："说吧。"

"你变了。"

孟新宇没有作声，只是看着柳安然。

柳安然垂下眼帘，叹口气："说直白点，就是你对我变心了。"

"我可没喜欢别人。"

"我说过我不关心你和别人，"柳安然冷冷地回答，"你只要不喜欢我就够了，你以为我会坐等你搂着别人跟我分手吗？"

"安然，你想多了……"

"别再拿'想多了'搪塞我，你真的变了，变得不忠诚。"

孟新宇闷头喝了一口咖啡。

"我说你变了，你就说我想多了；我做了什么，你就说我过分了；我说点什么，你就说我是河东狮。你已经不再像以前那样，我在你心目中的完美形象，已经没了。"

"不，你还是很完美的。"孟新宇压低声音，吃力地回答。

"算了吧，连你自己都不信！"柳安然冷笑一下，"不管因为什么，我做了什么，别人做了什么，都不重要，重要的是结果……"

柳安然沉默了。

孟新宇修长的手指握着咖啡杯，想了好一会儿，才开口："安然，我们……认识多久了？"

"7年。"

"……其实安然，我只是想……"

"你只是想换个活法，而我恰好成为最大的障碍，因为我的家世，我的脾气，你必须处处谨慎小心，而你现在想要自由。"柳安然一口气说完，之后冷冰冰地看着孟新宇，"我说的没错吧？"

孟新宇张了下嘴，母亲的话在耳边再次响起："你已经厌倦她了，你现在的坚持，是想证明门不当户不对也能把日子过好……你已经厌倦她了……"

是的，他想要更自在的生活，有一个更充分的自我。

他本觉得自己理直气壮的，他并没有偏袒齐裳，可柳安然说得对，这是他们之间的问题。

孟新宇茫然看着桌面，连柳安然的声音，都显得那么邈远。

"我给你自由，无条件的。"柳安然说。

"什么？"孟新宇抬起头。

他没有听懂。

"我说，我给你自由，无条件交换。"柳安然的神色有些落寞，就像她杯中的红茶，只留下浅浅淡淡的一杯底。

"为什么？是因为一定要你先说吗？"

孟新宇突然生出一种屈辱感，那是种被剥夺选择权的屈辱。

柳安然啊柳安然，即使到最后一刻，你也不会把自由选择的权利留给我。

想到这里，他忽然问："如果我不答应呢？"

柳安然笑了。

"亲爱的，你早该有所觉悟，我们之间，不光只有你变了，我也变了……"

第十七章
一 夜 恩 仇

今天是周五，下班时，齐簌就和夏莲约好，晚上载她到亿城去，帮苏文倩打扫刚装修好的儿童职业体验馆，谁知道还没有出门，就遇到大雨。

当夏莲把齐簌送到亿城门口时，两人已经浇得半湿。

送完齐簌，夏莲刚想离开，忽然发现玻璃门边，蹲着一个黑影。

那是个黑衣女人。她蹲在门外一角，双手抱臂压在膝头，头垂在臂弯里，长长的头发挡住了大半个身子。

大概是睡着了。

夏莲不爱管闲事，但现在外面下着大雨。

她走到女人身边，俯身按住女人的肩膀，轻轻摇着："喂，小姐，醒醒！"

身下的女人动了动，懵懂地抬起头，露出一张挂满泪痕的脸。

这张脸……

柳安然在迷茫的梦里，被人轻轻推醒。

她失神地抬起头，看见一张秀丽的小脸，和一双细细的、倔强的眼睛。

这是……

夏莲和柳安然两人就这样定格在当场，两人的鼻尖只有一尺之隔。

半晌，夏莲才调侃地笑笑："不是吧？这么巧？"她说着，抽回手，直起身子退后一步。

柳安然这才发觉，自己正蹲在地上。

她想站起来，但因为蹲得太久，还没等她站起来，就一屁股坐到地上。

一只白皙的手伸到面前。

柳安然抬头看看夏莲，迟疑了一下。

"怎么？怕我拉你到一半的时候松手吗？"夏莲问。

柳安然愣了愣，握住夏莲的手，让夏莲把她拖了起来。

看看手机，已经是凌晨两点了，雨势丝毫没有减小的意思。

柳安然颓然叹了口气。她不是没夜游过，只是这次，不一样。

夏莲已经穿好雨衣，走向大门，忽然，她停下来问柳安然："要不要我载你一程？"

柳安然瞪大眼睛看看夏莲。

"带我吗？"

"是啊，要不你就接着等，看哪个出租司机够胆，敢把车开到广场里接你。"

"我可以吗？"柳安然忽然想起那幢别墅。

"可以。"夏莲淡淡地回答，她把齐簌的雨衣递给柳安然，"在我改变主意之前。"

柳安然以最快的速度穿上连体雨衣。

夏莲又递过头盔："戴好了，如果出车祸，可以保你不死。"

说完，夏莲走进了大雨，跨上机车。

柳安然跟在后面，爬上车。

夏莲扭头叮嘱柳安然："雨大路滑，不想死就抓紧我！"

接着，她发动了车子。

柳安然从没坐过机车，坐在后座，只觉得整个人都在高频率地振动着，头盔闷得要死，外面什么也看不见，耳边只有马达的吼叫和雨点密集的敲击声。

不知过了多久，夏莲喊着问她："你往哪边走？"

"我？"

"对！我送你回家！你住哪儿？"

"河西区！河西区宁江道！"

凌晨两点半，夏莲的机车，停在宁江道6号，柳安然家的院子里。

柳安然笨拙地从机车上爬下来，她想道谢，却有些开不了口。

正犹豫着，柳志的白色宝马驶进大门，车身湿哒哒的，在后半夜的小雨中闪着光。

"呦！安然回来了？怎么现在才回来？这是……"柳志从车里钻出来。

出于礼貌，夏莲摘下头盔："叔叔好。"

"哦！你朋友啊？那进屋坐吧，外面还下雨呢。"

夏莲和柳安然一起，被柳志塞进了客厅。

柳志径自回房间了，看看紧闭的客房房门，柳安然想了一下。

"没几个小时了，到我房间去吧。这几天阿姨不在，没人给你收拾客房。"

"不了，我该回去了。"夏莲回答。

"天亮再走吧，我想和你聊聊。"

"聊？"夏莲的眼角飘过狐疑和警觉。

"嗯，别墅的事，还有……一些其他的。"柳安然走向楼梯，回头问夏莲，"可以吗？"

夏莲点点头。

当柳安然穿着浴衣出来时，夏莲正靠在枕垫上闭目养神，听见响动，她睁开眼。

柳安然换上睡裙，从另一边爬上床，抱过枕垫，盘腿坐到夏莲旁边。

"夏莲，你多大了？"

"22。"

"哦……周岁吗？"

"嗯。"

柳安然沉默了。

夏莲先开口了："我那天也没怎么你啊。"

"是啊……那只是个意外。"柳安然伸手抱住自己微曲的膝盖。

"但合同的事不是意外。"

柳安然依然沉默。

夏莲转过头，她看见柳安然的眼里，有泪光闪动。

"我们分手了。"柳安然仿佛察觉到夏莲的注视，哽咽着说。

"你和那个……你那个男朋友？"夏莲想起了孟新宇。

柳安然点点头，眼泪也随着晃动滴落。

夏莲忽然有些无助，她不知道要怎么安慰一个女人。她想了半天，才把话题进行下去："因为最近的事，他跟你分手了？"

"不！不是！"柳安然用力摇摇头，接着，用很小很小的声音说，"是我跟他分手了，我不要他了。"

"为什么？"

"因为他帮你们。"

"我们本来就没有错啊！"

"可他是我男朋友！如果有一天，你最信赖的男人背叛你，去维护另一个女人，那感觉……"柳安然说到激动处，有些语塞。

夏莲能做的，只有沉默。

忽然，柳安然紧皱的眉头松开，愤恨的眼神也浅淡下来，她忽然笑了："我真傻，你又不会有男朋友，怎么可能想象得到……"

夏莲从柳安然的笑里，读出她的悲伤和痛苦，以及一丝扭曲的胜利感。

这个女人不简单，被人背叛，还能这么坚强。

因为疲惫，夏莲靠卧到枕垫上。但有一点，她不很明白。

"你男朋友帮了我们，所以你和他分手了，那不就是说，他做了一件正确的事，你反而跟他分手？"

"你错了，"柳安然看了夏莲一眼，"从道理上说，他是对的，从我们两人的关系上看，他背叛了我。"

"做正确的事就是背叛你？齐棽和你男朋友又没干什么，是不是有点小题大做了？"

柳安然摇摇头："你误会了，重点不在对错上，我也不关心齐棽和孟新宇之间到底怎么了，我只知道一件事，在两方的斗争中，他站在了我的对面……不管他喜不喜欢那个女人，他都不再喜欢我了。这样的男人，我不要。"

夏莲沉默了。

这样纯粹的爱情，她也曾追求过，没有欺瞒，没有保留，不可以伤害，不可以背叛，甚至不可以说不。

但那又能怎样。

最后，纯粹的是自己，认真的是自己，受伤的，还是自己。

看着同样惨败的柳安然，夏莲竟然怜悯起来。

柳安然还在自言自语地诉说："其实也不是因为别墅，之前就已经变了，只是我不想接受，你知道吗，我其实很后悔，后悔把事情闹大……你相信感情可以从量变到质变吗？他已经对我越来越不耐烦，终于到这次，彻底背叛了我……"

说着，柳安然的眼泪又落下来。

"其实你不用太在意，别墅，或者是合作的事……事情已经这样，努力往前看吧……"夏莲的声音很低。

柳安然仿佛没听见，继续自说自话："他抛弃我，在感情上抛弃了我……我们扯平了，我也抛弃了他……"

不知过了多久，柳安然才擦擦脸颊，抬起头。

夏莲已经靠在枕垫上睡着了。

睡着的夏莲，完全没有平日里的玩世不恭和飞扬跋扈，这是柳安然从没见过的夏莲，给夏莲盖被时，她不免又多看几眼。

夏莲真的很年轻，神色也稚嫩，她才 22 岁啊。

柳安然忽然觉得，自己真的有些过分了。

第十八章
初 见 那 时

第二天一睁眼，夏莲就发现柳安然正看着她。

见夏莲醒了，柳安然有些羞涩地微笑一下，说："我想了一夜了，你能帮我个忙吗？"

"什么？"

"你把齐燊找出来好吗？还有你哥哥，我想把整件事解决了。"

"你怎么解决？"

柳安然翻身坐起，不慌不忙地回答："妥善解决啊，你们都说我做得不对，这次让你们好好'批斗'一下。"

"我们没兴趣批斗你。"

"那你对别墅总有兴趣吧？你知道的，你那栋别墅被我爸买下来了。"

"我没法信任你。"

"我知道，你可以随便怀疑，你也可以不帮我。"

"不，我帮你。"夏莲几乎脱口而出。

面对夏莲的邀请，齐燊很犹豫。

周日她得去大赛组委会的办公地点送交参赛设计稿，她不敢保证在下午2点到达 EBV。

见齐燊犹豫，夏莲不免拉下脸："我可提醒你，明天这个约会事关重大，你不是一直说要为我哥做点什么吗？现在是你行动的时候了。"

齐森顿时想起夏家的别墅，饱含了一份愧疚的她，马上答应了第二天的会面。

周日，齐森起得很早，她打算早点把自己的事处理完，尽量在下午两点之前到达藏在 EBV 深处的那家 CW 茶餐厅。

说到 CW，据说是取了"Cooking Warm"的含义，可是齐森却只能联想起公厕门口大大的"WC"。

当齐森排在几十个人之后办完手续，挤出人群，手机就唱起了"Single Night"。

"喂？……哦是吗？这么早啊？我已经出来啦，马上就过去……没事我离得近，堵车也能到。"

正说着，齐森的肩膀被人轻轻拍了一下。

齐森回过头去，是孟新宇。

齐森向他点点头，电话里还在嚷着，齐森赶紧回应："啊？没有，我听着呢……嗯行，知道了，我这就过去了。"

齐森挂断电话，问孟新宇："你怎么在这儿？"

孟新宇指指胸前大大的相机："我一个朋友在这儿工作，找我来拍几张现场照片。"

"哦，原来你还兼职啊！"

"算是吧，"孟新宇笑笑，"你要去哪儿？"

"EBV。"

"我送你去吧，顺便拍几张室内装潢的照片。"

5 分钟后，齐森就坐在宝来小车的副驾驶座上出发了。

夏启正忙着，夏莲推门走进办公室。

"丫头，这是我的办公室，进来先敲门。"

"干吗啊干吗，你还想锁门不成？"夏莲坏笑。

夏启瞪了妹妹一眼："说吧，怎么了？"

"等会儿跟我去 EBV，有人要见你。"夏莲说着，顺手将夏启手里和办公桌上的文件收到一起，"别弄了，咱们快来不及了。"说着，夏莲敲敲桌面，开始拖夏启。

"谁啊？谁要见我？"夏启被夏莲拖起来。

"别问了，快点跟我走吧！"

夏莲扯着夏启，顺路拿上他的提包，急匆匆出了办公室。

柳安然一脸心事地趴在柳志的办公桌旁。

柳志抬眼看了女儿一眼："我这边正忙呢，有什么事晚上说吧。"

"不行，爸，现在就得说，下午就要去办了。"

"那快说吧！"柳志放下手里的东西，抬起头，摘下老花镜，看着柳安然。

这是他的掌上明珠，她提出的要求，他没有不答应的，即使那要求再荒唐不过。

"我想把别墅还给夏成伟他们家。"

"哦？想明白了？"

"嗯，可是爸，你当时干吗不阻止我？"

柳志笑笑："我当时阻止你，你会听吗？如果我阻止了，你可能到现在都不会意识到自己错了。"

"那你也应该说一句，事情就不会闹到这样。"

"我是觉得无所谓，只要你高兴就行了。"柳志淡定地说，仿佛他人的生死，对他来说都无关紧要，他戴上眼镜，准备重新投入工作。

"我已经跟他们约好了，今天就把这些事都解决掉。"

柳志点点头，不再理会她。

柳安然提前到了CW，但夏莲比她还要早，正坐在窗边向她招手。

夏莲穿了一件宽松的T恤，牛仔裤，耳钉在明亮的阳光下闪烁。

她对面坐着一个人，穿亮灰色休闲衬衫，背对着柳安然。

"那应该是夏莲的哥哥吧，好像叫夏启。"柳安然想着，走了过去。

夏莲站起来，夏启也站起来，转过身。

高鼻梁，薄嘴唇，眉骨高挺，眼眶深凹。

出现在柳安然眼前的，是一张落寞的脸。

没有卑微，也没有消沉和沮丧，这张脸上只有顽强和执着，还有顽强惨败后的落寞。

在那四分之一秒的第一印象里，柳安然从这个男人眼中、脸上，看到了镜中的自己，仿佛自己在镜中的神情，整个移到这个男人的脸上。

柳安然有一秒的愣神。

接着，夏莲的身影从男人后面露出来："这是我哥，夏启。"

"夏启是吗？我叫柳安然。"柳安然大方地向夏启伸出手。

出于礼貌，夏启轻轻握了握柳安然的手，和别的咸猪爪相比，他只能算轻轻摸了一下。

之后，夏启整理了一下座椅："小莲，你往里边坐。"

夏莲坐到窗边，夏启把自己的座椅让给柳安然，坐到夏莲旁边。

柳安然在夏启对面坐下："点菜了吗？"

"还没有。"夏启说，将手边的菜谱推给柳安然。

"有忌口吗？"

"我嫂子不吃海鲜。"夏莲想也不想地回答。

"嫂子？"柳安然一愣。

"齐箖。"

"真嫂子？"柳安然好奇地追问。

夏启的脸忽地灰了，夏莲撇一下嘴，没有回答。

柳安然有些后悔自己多事，她低下头翻看餐谱，心里却不知怎的，悄然欢快起来。

向服务生说了长长的一打菜名后，柳安然这才抬起头，看向对面。

她看着低头研究菜谱的夏启，觉得自己认识他已经很久了。

那种熟稔的感觉，就像在看另一个自己，一个活生生的人，比镜子里的倒影更有生命力，更有吸引力。

都说小别胜新婚，现在的柳安然，只觉得初见胜小别。

她觉得自己赚大了：跑来道歉，却不小心遇到了茫茫人海中唯一的那个毫无距离感的人。

想到道歉，柳安然才回过神来，记起自己最初的目的。

她有些不自在地扭了扭屁股，坐得更稳些，生硬地开口了："我今天来，主要是想跟你们道歉的……"

夏启抬起头，微微诧异地看着她，他没有想到，传说中飞扬跋扈的柳家小姐，居然会开口道歉，而且这样直截了当毫不遮掩。

柳安然的脸一下子红了，是她的说法太幼稚了吧？

但夏启没有笑她，他只是很绅士地点了点头。

"我是想说……"

夏启抬起手，轻轻摆了摆，打断了柳安然："不好意思柳小姐，那天和你起争执的是齐葇，我想，你应该等她到了再说。"

柳安然点点头，心里升起一片感激，为了夏启的宽厚，也为了夏启的周到。

夏莲看看时间，已经 2 点 5 分了，齐葇还没到。她掏出手机打电话。

"喂，你在哪儿呢？怎么还没到？"

"我迷路了，应该快到了。"

"你在哪儿呢，我出去迎你！"夏莲站起来，从夏启身边挤过，对两人点点头，向餐厅门外走去。

夏莲的身影刚消失，齐葇就跟着孟新宇，出现在门口。

"我明明记得在那边啊！"齐葇嘟哝着推开 CW 的大门，往里走了几步，四下张望。

孟新宇闲来无事，也跟着进了大门。

一前一后的两个人，在空旷的前厅格外醒目。

第十九章
叛 逆 到 老

各怀心事的五个人，就这样，坐到了同一张餐桌上。

"夏启，我想把别墅还给你们。不管用什么样的方式，最后我会把别墅补给你的。"

柳安然说着自己的决定，但夏启置若罔闻。

他满心想的，都是齐簌和孟新宇。

"哥!"

"什么?"夏启回过神来，扭头问夏莲。

夏莲向着柳安然努努嘴，示意夏启注意。

夏启转向柳安然。

"重说吧!他没听见。"夏莲无奈地说。

"我刚才说，我想把别墅还给你，事情是我造成的，我会想办法让它恢复正常。"柳安然重复了一遍，她明显感觉这次比上次说得流利。

"还给我?"夏启的眉毛紧了一下。

"对，还给你，或者说还给你们夏家。"柳安然忙点头。

"我们不要。"夏启生硬地回答。

"为什么啊哥!"夏莲急了。

"你没办法补偿我们，没办法补偿我们公司的信用，口碑，颜面，光一套别墅有什么用? 如果没有之前那些损失，我们现在能买三个别墅。"夏启忽然莫名地烦闷。

"难道你还想不要？"夏莲问。

"不要。你早说是这事我就不来了。"

夏启又转向柳安然："对不起柳小姐，我们不愿接受朋友的帮助，更不会接受别人的施舍。不好意思，告辞了！"

说完，他站起身，头也不回地走了。

齐箖和夏莲不约而同地追了出去。

一时间，餐桌上只剩下孟新宇和柳安然。

孟新宇犹豫一下，坐到柳安然对面。

"你有事跟我说？"柳安然问。

"我想……我们分手吧。"孟新宇突然说，仿佛已经在心里憋了很久，现在猛地吐出来。

"不是早就分过了吗？"

"我不接受的。"

"你现在终于肯接受了？"

"什么？"

"接受我们的不同，接受我们从一开始就不适合的现实。"柳安然冷冷地说。

"是啊，我接受……"孟新宇似乎叹了口气，"安然，你是我见过的，最骄傲的女人……"

齐箖在运河边，找到了夏启。

齐箖已经下定决心，一定要把夏启从低落自卑的情绪里拖出来，一定要把他彻底打醒。她坚定的决心，就像遥远的前方，那越发殷红的夕阳，在她眼中闪闪发光。

夏启心里烦躁得很，看着齐箖跑过来，他冷冷地说："你来干吗，我现在不想看见你。"

"夏启，不要把我当小孩子糊弄，你可以说你没事，但永远别指望我会信。"

"那你要怎么样！"夏启的声音变得有些嘶哑，他在努力克制自己，不要歇斯底里。

"我做了那么多努力，你可以不需要，但我确实在努力挽回你的损失！"

夏启沉下脸，眼神有些兀鹫地看着齐箖："然后呢？"

"你根本不知道，不知道我为什么离家出走！不知道我付出了多少！你什么都不知道！现在，现在我连你一句真话都换不出来！"齐箖越说越激动，人也有些微微颤抖。

"你想听真话是吗？"

"是！"

"你爱我吗？"夏启忽然问。

"什么？"齐箖有些意外。

"你爱不爱我？爱我，或者不爱我。"

"我……"

"别说你不知道，不知道就是不爱。"

"可是……"

"可是也是不爱。"

"行了行了！我不爱。"

夏启惨然笑了："那干吗帮我？"

"因为……因为是我惹的啊！"

"那为什么离家出走呢？"

"那是……"齐箖不知该怎么回答。

"不知道怎么回答对吗？"夏启忽然变了脸，"因为你从来没想过，你要帮我，是因为你爸爸不希望你再跟我来往！你离家出走，是因为你爸爸阻止你帮我！就像你当初不愿意接受我，是因为你爸爸想让我们在一起！"

"……"

"说白了，你就是青春期拉长了，你26了还在叛逆，你爸说这样，你就偏不，就这么简单！"

齐箖张了张嘴，不甘心地嚷道："我是要帮你！"

"不，你不是要帮我，你根本就是自己在胡闹！"

齐箖眼中划过一丝疼，可是夏启比她更疼。

看着齐箖被自己的话刺伤，夏启竟有种隐隐的快感。

但即使是气到发疯，在潜意识的惯性里，他还是呵护她的。

看着齐箖的眼睛快要湿了，夏启叹口气："好吧，我知道你不服气，可你问问自己，你爱过我吗？抛开我们两家的关系，抛开你父母和我父母，你对我，到底是什么感觉？"

夏启的声音，变得沙哑。

亲爱的女孩，你爱过我吗？爱过我吗？爱过我吗……

他希望齐簌能说点什么，哪怕说她一直在努力接受他也好。

可是没有。

"你爱过我吗？哪怕只是短短的一瞬间，对我，有过爱的感觉吗？"

齐簌咬紧嘴唇。

勇敢地说出来，会不会对两个人都更好？

她低下头。

半晌，她用力摇摇头，短发四散。

那一刻，夕阳也被她的发梢，绞碎成鲜红的遗憾。

她的声音，很小很小："对不起……我从没爱过你……"

夏启的心，一下子拉长了——终于等到这句话。

终于说出这句话——齐簌忍不住想哭，但该哭的人不是她，她只想逃。

于是她逃了，在又一声"对不起"后，留下长长的背影，逃进了越来越红的夕阳中。

那影像在夏启眼底晃动着，模糊得很，最终从眼眶夺路而出，和泪水一起滑过脸颊，滴落下去，摔碎在长长的河岸石板上。

眼泪碎了，背影碎了，夕阳碎了，心也碎了……

孟新宇辞职了。

看着孟新宇办公室的狼藉，齐簌瞪大了眼睛。

"那柳安然……"齐簌不知该怎么说。

"柳安然怎么了？"孟新宇抬头看她，从她手中接过柳安然的影集，放在桌上。

"这公司不是她爸爸的吗？"

孟新宇展颜一笑："哦，我们分手了。"

"分手？为什么？"这又是一个让齐簌惊掉下巴的消息，孟新宇和柳安然分手了！

"因为……我们确实不合适。"孟新宇停下手里的动作，安静地玩弄起自己修长的指尖。

"什么叫'确实'？"齐榛更蒙了，难道这也需要试验？

"怎么说呢……我们以前也有很多矛盾，但是，我们一直在努力……"

齐榛愕然地看着孟新宇，努力想弄懂他的意思。

孟新宇抬起头，有些抱歉地笑笑："我早该知道，也早就知道，但我现在才服输。"

孟新宇不知道自己为什么觉得抱歉，也许他是对柳安然感到抱歉，对自己的青春感到抱歉，而这种软弱，现在裸露在齐榛面前，显得那么坦诚。

齐榛心里仿佛被什么戳了一下。

早该知道……早就知道……

伴着酸涩，齐榛咧嘴笑了笑："人都这样的，都不甘心……"

齐榛想到夏启，他也和眼前的孟新宇一样吧？爱了一个不合适的人，伤了一颗无辜的心。

看着孟新宇，她仿佛看到夏启，看到无数个在感情的死路上挣扎徘徊的孤魂。

大脑空白之际，她下意识地问了句："那你以后打算怎么办？"

很多事，不需要安慰，人总要向前看，不管是她，夏启，还是孟新宇，重要的是明天要怎么办，而不是昨天怎么了。

"我想干摄影。"孟新宇指了指安静地蹲在一边的单反，"我想背着它去流浪……"

孟新宇的声音淡淡的，去摘墙上的照片。

"这是丝绸之路的起点，从这里出发，可以一路向西……真想再去看看……"

第二十章
挪 威 森 林

柳安然抱着自己的影集，一动不动地窝在客厅的沙发上。

孟新宇辞职了，甚至没和她打一声招呼。

7 年时光，他们的爱情，说不准是谁先离开，谁先放弃。

两个人在争吵中成长，在成长中疲惫。当青春的梦幻褪去颜色，一直以来的执着和倔强便显得那么无力。

于是他们放弃了。

没有先后。

柳安然有些庆幸，她和孟新宇能够一起成长，一起成熟，一起看开，也一起走向分离。她没有哭闹，他也没有颓废，当她的一意孤行撞上他的逆来顺受，一切都显得那么顺理成章。

之前美好的感情，完好无损地画上终止，也许只有这样分手的情侣，最后才能成为朋友。

柳安然爬起身，进了卧室。

不一会儿，她抱着针线盒和齐茯之前做的那条豆绿色的裙子，坐回沙发。

在针线盒里翻找良久，柳安然找出一条青绿色的丝带。

这是孟新宇以前送她做帽带的，那顶帽子早就丢了，丝带却还在。

她在膝头摊开裙子，裙摆上，有一条长长的剪口。

柳安然抚平裙子的褶皱，补了起来。

随着丝带一点点填满剪口，破碎的光阴，也在一针一线地被织补平复……

这是泡吧的第四天。

夏启趴在吧台上，迷糊地抬起头，掏出手机，找出看了无数遍的微信。

"夏启，对不起，虽然你不想听，我也还是想说对不起。昨晚我想了一夜，说实话，这么多年，我早知道你的心思，但我一直给不了你想要的答案，是我不好，我应该早点告诉你。"

末了还有一条："希望下次见面时，我们还是好朋友，好兄妹，像小时候那样……"

一个人坐到他旁边的凳子上："来杯挪威森林。"

是个女人的声音，很好听。

夏启看看面前，还剩下半杯绿色，他端起来一饮而尽，点头示意调酒师："再来一杯。"

两杯挪威森林被摆上吧台。

夏启的脑子已经停止转动了，但他还是扭过头，看向旁边。

那女人长发，小脸，很白皙，穿好看的长裙，全身都笼罩在一片轻柔的绿色中，就像她手中的那杯绿色，淡淡的清澈的。

夏启只觉得女人面熟，好像，在哪里见过。

后面的事，他便不记得了。

在轻微的流水声中，夏启恢复了些许意识。

半睡半醒之间，他拿起手机，仿佛是下意识地，拨通了齐燊的电话。

他等了很多声。

"喂？"

"喂……你在哪儿，干吗呢……"听到久违的声音，夏启觉得更加疲惫。

"我？我睡觉呢啊。"

"我想你了……"夏启仿佛在耳语。

"什么？"

"我想你……"夏启扯长声线，无助的声音里隐隐带了哭腔。

"你喝酒了？"

"嗯……"

"你现在在哪儿呢?"

"在家呢……我没喝多……"

"哦,那你早点睡吧。"听到夏启在家,齐棪放心多了。

"我想你了……"

"好好,我知道了。"

"你从来都不会想我,是不是……你想不起我来……"夏启仿佛是自言自语地说着。

柳安然从浴室出来时,夏启已经迷迷糊糊地睡着了。

他半蜷着身子,抱着枕头,像个迷路的孩子。

柳安然没有想到,会在酒吧遇见夏启,她更没有想到,夏启会把自己醉成这样。

她吹干头发,裹着浴巾坐到床脚,轻轻推了推夏启,见他没什么反应,便放心大胆地躺到床边,想趁天没亮,也睡一会儿。

谁知她刚躺下,夏启便睁开眼。

"你来了?"

柳安然一惊,想要坐起来,但太迟了,夏启一个翻身将她压住,滚烫的一只手直接顺着她的细腰向上掏去。

"你干什么?!"柳安然惊呼。

"你说我干什么……我等了那么多年……"夏启含糊地诉说着,一把扯开柳安然身上白色的浴巾,露出另一片雪白,在浴室透出的昏暗灯光下,格外刺目。

"你认错人了……"柳安然努力想推开夏启,忽然,一滴滚烫落在胸前。

柳安然抬头看去。

那不是汗,而是夏启藏了多年的泪水。

夏启的脸上,再一次浮现出落寞的神情,那种落寞伸手可及。

如此近的距离,柳安然一时有些发愣。

就在这短短一秒里,夏启一口咬了下去。

"啊——"他的牙伴着酒后的热气,直接嵌入柳安然的肩膀,柳安然惨叫起来。

她拼命挣扎,指甲在夏启身上划出道道血丝。

夏启仿佛没有知觉，借着柳安然疼痛后的虚弱无力，他成功地登陆了那片滑腻的浅滩。

柳安然忽然冷静下来。

躺在夏启身下，她有种顿悟。

她应该早就不爱孟新宇了，不然，她不会轻易放他走。

她应该很爱身上的这个男人，不然，也不会毫无抵抗。

柳安然觉得生活跟她开了个玩笑，相处多年的男友，一朝分手，她还没决定要追求的男人，却阴差阳错地先找上了自己。

第二天，忍着头痛，夏启慢慢睁开眼。

下一秒，他的脸色就阴了下来。

眼前的柳安然，正和他脸对脸、胸贴胸地躺在床上。

见夏启醒了，柳安然一把推开他，扯着床单跳到地上。

"先说清楚，我可没勾引你。"

夏启也坐起来，找了半天，在床边地毯上捡起内裤套在身上，站起来。

"这是哪儿？"

"酒店……你昨天喝多了……"柳安然低下头。

夏启的头开始痛了。

怎么回事？他唯一记得的，就是一杯接一杯的绿色，绿裙子的女人，还有床上的齐簶。

等等！

齐簶怎么会在他床上？

夏启的头更痛了。

抬头看看柳安然，她站在那里，披着头发，左手扯着床单一角，右手覆在胸前，肩膀上，还留着红肿的伤口。

"把衣服穿上。"

柳安然闻言，低头看看自己，脸一下红了。

她有些笨拙地拿了内衣，拖着床单在屋里转了一圈，又迟疑地看看夏启。

"怎么？你还想这么一直光着？"夏启莫名地火大。

柳安然摇摇头，忙向浴室走去。

"有什么可躲的。"夏启慢慢说，语气里说不出是庆幸还是懊悔。

"嗯……"柳安然应了一声，钻进浴室，锁上了门。

接着，里面传来水声。

夏启走到窗前，拉开窗帘。

外面已经大亮，不知几点了。

他拿起电话，发现手机静音了，上面显示有几十个未接电话。都是夏莲打来的。

夏启回拨过去，那边传来夏莲气急败坏的声音：

"喂你到底在哪儿！我们找了你一大半宿了！"

"我……我在酒店。"

"哪家酒店？"

"华音。"夏启翻了翻客户反馈卡。

"我们这就过去，你先别走，等着啊！"

夏莲挂断电话，看看后座顶着大黑眼圈的齐簶："没事了，还活着呢，就在附近。"

齐簶点点头。

夏莲启动了车子，拐上宁江道。

柳安然出来时，已经穿好了裙子。

一见那裙子，夏启就想起了前晚的事。

柳安然的裙子很漂亮，浅淡的豆绿色轻纱，领口在胸前温柔地依偎着，不规则的裙摆，前短后长，刚好露出膝头。裙摆上，还蜿蜒了一条浅绿色的丝带，光亮缠绕的绿色，在侧边打了个小小的结。

这是夏启第一次认真地观察柳安然，她长得很美，比齐簶还要美。

柳安然被夏启看得有些紧张。

这个她才认识的男人，这个对她具有莫名吸引力的男人，她要怎么做，才能取悦于他？

第二十章 挪威森林

第二十一章
宴 会 背 影

"你走吧。"夏启冷冷地开口;"能的话,以后不要再见面了。"

"我……"柳安然迟疑了。

"走吧,就现在。你不是穿好衣服了吗?"

"你……能不能把你电话给我?"柳安然支吾了一下,问道。

她忽然想起 7 年前的伞下,孟新宇也曾这样结结巴巴地问她要电话。

"不行。你走吧,别回头,也别让我再见到你。"夏启指了指柳安然身后的房门。

柳安然失落地低下头,不情愿地转过身,拖着步子,向房门蹭去。

"柳小姐!"夏启忽然开口叫住她。

"什么?"柳安然满脸期待地转过身。

夏启指指桌子:"你的包。"

柳安然眼中的期盼消散了,她蔫蔫地点点头,拿起自己的小包,出了门。

直到房门在她身后关上,夏启才松了口气。

他走进浴室,打算洗个澡。

浴室里还残留着柳安然的香水味。洁白的洗手台上,遗落了一条精致的祖母绿手链。

夏启犹豫一下,收起了手链。

昨晚的事,毕竟不是她的错。

也许以后，他们还会见面。

柳安然刚付完房钱，夏莲就穿过大堂，走到她面前。

"你怎么在这儿?"

"你来找你哥?"

"对啊，我们找了他一夜。"

柳安然咬咬嘴唇："他在 1607。"

说话间，齐籴也走到近前："柳安然?"

见到齐籴，柳安然的心不禁抽了一下。

为了齐籴，夏启失魂落魄，而她就算献上自己，夏启也不会多看她一眼。

齐籴的目光，却停在柳安然的裙摆上。

那是一条丝带。

沿着丝带蜿蜒的边缘，齐籴发现了裙摆上的断痕，还有细密的针脚。

柳安然一时有些尴尬。

"你穿这条裙子很好看。"齐籴微笑着说。

柳安然一愣，旋即笑了："谢谢你。"

从心底往外，她开始喜欢眼前这个短发利落、面孔干净的女人。

夏莲提醒齐籴："我们上去吧。"

"哦好。"齐籴收回目光，向柳安然礼貌地点点头。

"我也该走了。"柳安然说。

忽然，她想起什么，转头叫住夏莲："夏莲，能把你电话给我吗?"

"行啊，你电话多少，我给你打过去。"

洗完澡，夏启对着镜子看看后背，那抓痕惨不忍睹，夏启甚至怀疑柳安然把指甲遗留在他的肉里。

这时，有人敲门。

"开门，是我!"夏莲的声音传来。

夏启走过去开门："差点忘了你。"

一抬头，齐籴正站在夏莲后面。

夏启的脸有点发烧，毕竟，他浑身上下只围了一条浴巾。

齐箖适时地低下头，跟着夏莲进了屋。

床上地上一片狼藉。

"你们都干什么了？"夏莲惊叹一声。

"谁们？"夏启边穿衣服，边反问。他不想提柳安然。

"别装了，我们刚才跟柳安然走了个对头碰。"

"我能干什么啊！再说我喝多了，什么都不记得了。"

夏莲眯起眼睛，意味深长地看着夏启。

直到走出大厦，齐箖才想到，今天她要把参赛设计稿的定稿送交到大赛组委会去。

当齐箖拿着东西从夏莲的机车上跳下来，汗流浃背地跑进凯乐奇大厦时，距离送交的截止时间，还有不到 20 分钟。

坐在办公桌前，齐箖填着表格。

从个人履历、设计主旨，到灵感来源，齐箖有被窥探隐私的感觉。

尤其是表格的最后一栏。

"你打算将作品献给＿＿＿"

这条裙子，是为母亲量身设计的，该怎么写呢？

笔尖在空格的上方悬了好一会儿，齐箖果断地下了笔。

"你打算将作品献给天下最美的女人"

看着表格被塞进厚厚的文件夹，齐箖叹了口气：这种折磨，才刚刚开始啊！

齐箖带着给母亲的裙子回了家。

一进屋，林竹声就吓了一大跳。

"箖箖？怎么把头发剪成这样！"从来都是温文尔雅的林竹声，第一次大呼小叫起来。

齐才厚也从书房钻出来："箖箖？天哪！大姑娘就这么变成野小子了？"

"爸。"齐箖淡淡地唤了一声，算是招呼过了，接着，她转向林竹声，"妈，我有件衣服想让你试试。"

齐箖在卧室，帮林竹声试裙子。

林竹声忽然开口："簌簌，这周六是我和你爸爸结婚纪念日，正好秋山的别墅也装修完了，我们想在那里办个聚会，你会来吗？"

"我？"齐簌看看林竹声，犹豫一下，"我……我会去的。"

"那太好了……"

看着林竹声的笑容，齐簌的心也跟着柔软起来。

"妈，你穿这个很漂亮，周末聚会也穿这个吧！"

林竹声点点头。

周六下午，孟新宇提前来到齐簌家新装修的别墅，把摄像机和照相机都组装好。

他不是这次宴会的客人，而是受雇而来的摄影师。

聚会的客人，大多是齐才厚的合作伙伴，还有各家的子女，夏启和夏莲一并到场，连柳志和柳安然也来了。

齐簌却因为加班，险些迟到。

当她匆匆洗完澡，戴上波浪假发，穿着为自己做的橘粉色连衣裙走过窗口时，齐簌看到一个男人的背影穿过花园，绕向后院。

他的背影，似曾相识。

宴会上，齐簌又看到那个背影，这次是在回廊的尽头。

他是谁呢？

只一个背影，却让她有莫名的亲切感。

如果那天，孟新宇背着相机，也许齐簌就能认出他了。

可他没有。

没等宴会结束，齐簌便搭了夏启的车，回城区去了，夏莲和她一起坐在后座。

夏启一路都沉默着。

每次看到夏莲，夏启总有种被捉在床的尴尬，面对齐簌时，这种感觉更加强烈，强烈得让他痛恨自己。

那次之后，夏启戒掉了烟酒。烟瘾发作时的烦躁不安固然难熬，但总好过上错床。

那天晚上，齐簌留给他的背影，在他心里烫出太深重的伤，只要想一下，都会疼进五脏六腑，所以宴会上，他没和齐雯打招呼。

"今天实在太累了。"齐雯想展开一个话题。

"你活着，所以累。"夏莲拆开一块可嚼烟叶，塞进嘴里。

"很多人活着也不累啊！你吃的什么？"

"烟叶，对付禁烟场所的。"

夏启在后视镜里看了夏莲一眼："早分给我点啊。"

"你不是都戒了吗？别跟着凑热闹了。"

"没事还是少吸烟，对身体不好。"齐雯说。

一阵沉默。

"我真没想到，柳安然也来了。"齐雯再次开启新话题。

"她正好到这边腾房子，离得近。我下午也在这边的。"夏莲说着，拍拍驾驶座的靠背，说，"哥，手链你还人家没？你一天到晚收着算怎么回事啊？"

"回头我把手链给你，你给她吧。"夏启面无表情地说。

"那不行，人家还得当面来个香吻感谢一下呢！我哪能代劳。"

"我说过我不想再看见她。"

又是一阵沉默。

齐雯终于忍不住了："夏启，等你和我说句话就那么难吗？"

夏启第一次抬起眼睑，在后视镜里看了看齐雯，慢慢开口："不是不跟你说话，只是，我不知道该怎么和你说……"

他停下来，想等齐雯问，但齐雯没有作声。

夏启继续说："我之前说的所有话，都是为了追求你。现在……我不能了，所以我不知道该和你说些什么……"

黑色的奔驰在黑夜笼罩的大路上行驶。

夏启的眼神没有聚焦，他抬眼看向后视镜中的齐雯，又好像是看向了车后无尽的黑夜。

他眼中的寂寞，像身后的夜路，蜿蜒无尽。

第二十二章
原 来 是 你

齐籴到家时，苏文倩和她老公江宇都不在家。

齐籴洗个澡，拿了一盒牛奶，打开了电脑。

现在是凌晨 1 点。

很难得，她的邮箱睡着一封未读邮件。

齐籴看看发件人，senyu1208818@163.com，她不认识。

看看标题："整理后照片"

齐籴怀着好奇，打开了邮件。

全身战栗！

简直毛骨悚然！

她在邮件里，看到自己的照片。

更可怕的是，都是今晚的照片。

有很多。

宴会前，她匆匆跑进别墅；宴会上，她给长辈们问好，她偷偷弯腰提鞋，偷偷整理裙带，不小心掉了手包，不经意走了光，还有她露齿微笑的瞬间……

再往下看，竟然还有她裙子的特写，母亲身上的裙子，还有柳安然的裙子。

齐籴觉得，不管这些是谁拍的，拍摄者都跟她开了一个巨大的玩笑。

会不会是敲诈？

也许，父亲买的新别墅，装修时就已经被人安了摄像头，藏在吊顶、墙围里，或许干脆就是那种针孔摄像头。

他们被监视了！

齐棽只觉得后背一阵阵发麻，看看发件时间，是将近 1 点时发来的。

齐棽努力让自己冷静下来。

现在怎么办？

齐棽试着回复了这封邮件："你是谁？"

看着信息发送成功，齐棽的心里落下一块大石："还好不是鬼。"

回复完，齐棽反而冷静下来，她开始认真观察照片。

大部分照片都是平视角度，应该是有人拿着相机拍摄的，而且偷拍的是个男人，因为他饶有兴趣地将齐棽不小心走光的画面连拍下来。

这个人拿着相机，可相机不是小东西，他偷拍时怎么可能不被发现？

齐棽坐在电脑前，一夜没睡。

除了害怕，她更多的是担心，担心父亲的别墅还没等住进去，就已经被人做了手脚。

可是，把照片发给她，又是什么意思？

孟晴已经睡了，孟新宇还坐在桌边，看着电脑屏幕，他嘴角的笑意加深了。

这是他加入朋友的艺术影楼后，托齐才厚照顾，接到的第一笔生意。

看着齐棽发来"你是谁"这三个字，孟新宇忍住了敲击键盘的冲动，他打算找个合适的机会，好好向齐棽解释一下。

那天晚上，齐棽梦见自己在无人的街上，一个硕大漆黑的镜头，吞噬了她。

一睁眼，齐棽就抓起手机，打给齐才厚。

等了很多声，电话才被接起："喂？"

"喂爸！你现在还在别墅吗？"

"我在啊。"

"那你先别走，我今天过去。"

"你过来干什么？"

"你先别问那么多了，等我过去了跟你说。"

"你什么时候过来啊?"

"我收拾收拾就走,大概一个半小时吧!"

"行,我等你。"

"我到之前你什么都别动,什么都不要碰,听见了吗?"

齐森跳下床,钻进浴室简单地洗漱一下,之后打开电脑,把邮箱里的照片存进了手机。

接着,她像躲避瘟疫一样迅速关掉电脑,把东西胡乱塞进背包,拖上就跑。

周日8点,出城的路上车辆很少,出租车载着齐森风驰电掣。

在生意冷清的周末早上,齐森花了来回车费,才说服司机送她去城郊的。

越接近目的地,齐森就越紧张,到后来,甚至紧张得有些晕车。

当她在3C18号别墅下车时,脸都白了。

齐才厚早就等在门廊:"怎么一大早就来了?我还没找人打扫呢!"

没打扫更好,说不定能找到什么。齐森心想。

可是,在别墅里转了好几个小时,齐森也没发现任何线索。

而齐才厚看到齐森拿来的那些照片,忍不住哈哈大笑。

其中一张是她躲在墙边,蹲下身子,低着头系鞋带。接下来的一张,是她低着头系鞋带时,不小心弄乱假发的窘状。再下一张,是她贼眉鼠眼把假发重新夹在头发上的照片。

齐森越看越生气,这是谁啊,成心让她恼火,拍了这么多张她丑态百出的照片,还发给她本人看。如果让她知道是谁干的,她一定要狠狠地报复报复再报复。

孟新宇刚起床,就莫名其妙地连打两个喷嚏。

母亲孟晴正在小客厅里摆碗筷,揶揄地看着他:"一个想两个骂,你小子最近没干什么好事吧?不然怎么有人骂你呢?"

"妈,这种事你还信啊!"孟新宇用手搓搓脸,让自己精神起来。

"有些事,你以为不是真的,可不由你不信。等你到我这个岁数,就知道了。"

孟晴轻轻摇着头,进了厨房。

孟新宇掏出手机，拨通了齐才厚的电话："齐叔叔，我是小孟，宴会的光盘我已经刻完了，你什么时候方便我给你送过去。"

齐才厚用眼角瞄了一眼举着手机满屋乱转的齐籁："你给齐籁也行。"

孟新宇一愣："这个，不好吧……而且我现在也不在她楼下上班了……"

"行，那我哪天有空就联系你。"

"好的，叔叔再见。"

齐籁回头问齐才厚："谁啊？什么东西给我？"

"没谁，没事。"

"那你快过来帮我拿着手机，我要在那边拍一张看看。"

齐籁指指窗台。

虽然齐才厚一再保证不会有事，但其后整整一星期，齐籁都担惊受怕，每天上下班走在路上，都有种被跟踪被偷窥的感觉。

齐籁开始时不时回家住。

她表面坚强，其实内心和其他女孩子一样，关着一只胆小敏感的兔子，一有风吹草动，就会在心里上下跳动，扑通扑通搅得人寝食难安。

不论上班还是下班回苏文倩家，齐籁做的第一件事都是打开邮箱，看有没有那个神秘邮箱的回复。

每次看到未读信息，齐籁的心就像乐队的架子鼓，左七右八地跳着，平生第一次，齐籁觉得自己应该抽时间去医院检查一下心脏。

周六上午，当她精神恍惚地迈进家门，孟新宇正坐在沙发上，陪齐才厚喝茶。

见齐籁进屋，孟新宇站了起来。

"籁籁回来了啊！"齐才厚笑眯眯地招呼。

齐籁点点头。

她的脸色看上去很不好，蜡黄蜡黄的，人也蔫蔫的，无精打采的样子，看见孟新宇，也只是简单地点点头，就准备回自己房间。

"籁籁，你先等一下，我向你介绍一下，这是我发掘出的未来最具潜力的摄影师。"齐才厚伸手介绍孟新宇。

孟新宇明显脸红了，连粗壮的脖颈也镀了一层微微的红。

可是齐籁一点也没惊讶，她只是点点头："他跟我说过他现在干摄影。"

"是啊，所以我请他来做宴会的摄像策划。"齐才厚指了指茶几上的光盘，"喏，你有空了可以看看，拍得还是不错的。"

"可是……那天的摄像我看见了，他还到前面给我拍照呢，不是你啊！"齐森皱起眉头，看着孟新宇。

"那是我朋友，影楼是他的，我属于加盟，而且，还是带大笔订单加盟的。"孟新宇看看齐才厚，"这多亏了齐叔叔。"

"那你周六那天去了吗?"齐森努力想理出一个头绪。

"去了啊，机器是我组装的，固定位置是我安置的，我下午就到了。"

"那发邮件的也是你?"

"那个……"

"你不是到了别墅才知道宴会是我爸开的吧? 发完照片为什么不告诉我一声? 又不是没有我手机号，就算联系不上，那邮件呢! 邮件你回了吗?"齐森恨不得上前把孟新宇的脸抓破相。

"这个……"孟新宇挠挠头，"我就是想逗逗你，没想到你紧张成这样……"

第二十三章
纯 商 业 性

整整两个星期，齐箖都不理孟新宇，不管他发来多少短信、微信、邮件和照片，她一概装作看不见。

她也确实忙。

公司有好几单生意等着她出策划方案，设计大赛的主办方在网站上发布通知，要求参赛选手在本月上交入围赛的设计实物。齐箖不得不暗自庆幸，自己早就把裙子裁了出来，还让母亲在自己的庆祝会上大大风光了一把。

齐箖也不记得是哪天，夏莲打来电话，告诉她别墅的过户手续办完了，他们要办聚会庆祝一下。

6 月 26 日。星期三。

晚上 7 点多，柳安然走进逸林饭店，点了一碗凉拌面。

以前，都是孟新宇和她一起来，以后，大概就只有她自己了。

她若有所思地挑起面条，送进嘴里，抬头时，忽然看见大厅的对面，走廊尽头的那张桌前坐着的，好像是夏启。

柳安然一口面条险些呛出来。

她相信这是命，命中注定她该和夏启结缘，哪怕不是善缘。

曾几何时，她一度以为自己和孟新宇前世修得善缘，但现在，就这样一拍两散，连藕断后的丝连都没有，也许这也算是善缘，好聚好散，无怨无悔亦无恨。

既然遇见夏启，又怎能让缘分空待。

柳安然端起面条，起身走过去。

夏启抬起头，正打算喊服务生结账，却看见柳安然走过来，手里还端着碗面，正跟身边的服务生解释着什么。

男人都不会讨厌貌美的女人，可是现在，夏启真的不想看见她。

柳安然已经来到近前，夏启甚至能闻到她身上淡淡的佛手柑香气。隔着宽松的蝙蝠上衣，和糖果色的窄脚裤，夏启也能看到她的身体线条，那身体很美妙。

她站在桌前，一双杏眼亮晶晶地望着他："我能坐吗？"

夏启点点头。

柳安然小心而轻巧地坐到对面，把盛面的碗摆在桌上，抬头不好意思地笑笑："真巧。"

"是啊。"夏启淡淡地应了一声。

柳安然再漂亮优雅，也只会勾起他不快的回忆，痛苦的心情，还有醉酒后的荒唐。更可悲的是，他心里清楚，那不是她的错。

柳安然见他不作声，便埋头继续吃面。

"你就要了一碗面？"夏启看了一会儿，忍不住问。

"是啊，他家就面好吃。"柳安然理所当然地点头。

"他家的馅饼也不错，你以后可以试试。"

"什么馅的好？你帮我点几种吧，我打包回去。"柳安然的兴致高涨起来。

看着柳安然亮亮的眸子，夏启无奈了："可我现在很忙，你过来的时候我正要走。"

柳安然的眼神一下暗了："哦……"

夏启忽然于心不忍起来，鬼使神差地，他开口："这样吧，我把电话给你，下次你来之前给我打电话。"

"真的吗？……那太好了！"

夏启话一出口就后悔了，但他还是把号码给了柳安然。

拿着这个号码，柳安然兴奋得一夜没睡好。

但当她打算找夏启一起去逸林尝馅饼时，才发现夏启根本不接她的电话。

柳安然的心思，夏启活了29年，怎么会不懂？

他常常想，如果不是因为齐森而认识了柳安然，如果两个人只是在偶然的机会，偶然的地点相识，他是不是就不会这么尴尬和狼狈？

现在，夏启正载着夏成伟，行驶在从医院回家的路上。

复查结果出来了，父亲恢复得非常不错。

"前两天柳志找我，说他们要开发一个进口汽车的新配件，问我们有没有兴趣。"夏成伟坐在后座，对夏启说。

配件吗？

夏启心下一动。

他想起夏莲在车间辛苦工作的样子，她入行3年了，都没能捞到一次自主研发的机会。

夏启忽然觉得，自己亏欠夏莲太多。

奔驰轿车快要驶进小区，夏启还是没有反应。夏成伟看看夏启："最近出什么事了吗？"

夏启摇摇头："没有，爸，一切都很好。"

"那你怎么打算的？"

"夏惠么？"

"对啊。"

"我干，我今天就去和柳志谈谈。"

夏成伟满意地点点头，接着，好像自言自语一样。

"有时候，商业就是商业，不掺杂别的。"

夏启从后视镜里看看父亲。

他心里清楚，如果和夏惠集团合作研发，他和柳安然的关系迟早会越搅越深。

但父亲不是也说了，商业就是商业，不掺杂别的吗？

夏启觉得这个道理说得通。

当他推开大门，走进夏惠公司的前厅时，那站在前台柜台旁，踩着一双高底白色凉鞋的女人，不正是柳安然吗？

夏启不由叹了口气。

柳安然的电话他一直没有接，光是通过夏莲，柳安然就找了他不止3次。

他该怎么解释呢？

夏启迟疑一下，走向柳安然，有些拘束地问："你也在这里？"

"我来找我爸。你呢？"柳安然看起来却没什么异样。

"我也是。"

"那跟我一起上去吧。"柳安然转头对前台说，"不用登记了，这人我认识。"

就这样，夏启像个提包一样，被柳安然直接带进了电梯，柳安然按了25层。

随着她的动作，佛手柑的香气开始在密闭的空间里扩散。

夏启忽然觉得这味道很好闻。

为了夏莲的将来，夏启爽快地在研发合同上签了字，并且在心里又一次告诉自己："这只是纯粹的商业行为。"

周五早上，齐淼在微信朋友圈看到两条重要信息。

昵称"LLLL"的夏莲在朋友圈通知大家周日下午3点到别墅小聚狂欢。

昵称"安安然"的柳安然在圈里写了句："我新认识的男神和我老爸签合同了！"

夏莲的聚会齐淼早就知道，而柳安然的动态，她多看了好几眼。

柳安然的男神和柳志签合同，怎么想都是签了上门女婿的卖身契。

不过，柳安然口中的男神，应该是夏启吧？

奇风又有了新的合同，看来夏家彻底度过了经济危机，她也不需要再担心和歉疚了。

齐淼在这个问题上出奇的软弱，即使没人需要她歉疚，她也还是忍不住地觉得亏欠，多年来，正因为这样的软弱，让她连拒绝夏启的勇气都没有。

到公司后，齐淼简单收拾一下工作台，翻看了一下日历。

周日上午，她要先去趟凯乐奇大厦，领取入围赛的成绩。如果顺利晋级，她就需要填报一张表单，并领取初赛的任务主题；如果没能晋级，她也必须去取回自己设计的裙子。

周六晚上，齐淼做了很多菜。

大餐之后，苏文情去洗碗，之后去超市买东西，齐淼则窝在沙发里看电视。

等苏文倩回来时，齐箖已经看了两集后宫剧、一部美国电影和两段娱乐报道。

苏文倩把东西放在茶几上，一屁股坐进沙发："累死我了，你也不去，害我这么多东西一个人提回来的！"

"谁让你买那么多的。"齐箖翻翻口袋，"都是些没用的，要不就是家里有的。"

"不买怎么行，你天天加班，江宇出差了，过两天我也没时间了。"

"对了，前两天放在冰箱里的馅饼你吃了没啊？"

"没吃，最近没什么食欲。"

"怎么了呢？要不要去医院看看？"齐箖看着苏文倩，这段时间，她明显瘦了一圈。

"应该是累的。"

"对了，江宇怎么总不回来，是不是我在你们不方便？"

"不不不，没那回事！"苏文倩尴尬地笑笑，"他最近事多。"

"哦……"齐箖点点头，"我明天要参加个聚会，你跟我一起去吗？在秋山别墅区，都是我们这岁数的人。"

"不了，我明天想在家睡觉。"

"那好吧！"

"你也早点睡吧，我看你最近也挺忙的。"苏文倩伸手拍了拍齐箖，起身去洗澡了。

入夜，齐箖在床上翻来覆去。

她有些紧张，毕竟，这是她回国后参加的第一个大型比赛。

第二十四章
需 要 男 人

周日早上 7 点。

苏文倩卧室的房门还紧闭着，齐森已经洗漱完毕穿好衣服出了门。

天阴阴的，就像这天发生的事，每一件都那么不顺利。

齐森是早上八点半到达凯乐奇大厦楼下的，足足等了 4 个小时，她才踏进 2207 室。

迈入初赛的道路，并不愉快。

事实上，当齐森顶着大雨回到位于黄旗桥东苏文倩的房子时，她已经憋了一肚子的气。

初赛的设计主题，是另类男装。

齐森在路边的报亭，买了七八本时尚男装杂志。

不到 6 点，齐森就打开了苏文倩家的大门。

门前摆着一双男士皮鞋，卧室的门紧闭，里面传来扑通扑通的响动。

齐森看看鞋，心想，应该是江宇回来了吧。

她悄悄地穿过大厅，把伞撑开晾在阳台上，拿着杂志回客房了。

不一会儿，苏文倩从卧室里钻出来，又反身关好门。

"是齐森吗？"苏文倩走到齐森门前。

"是我啊。"

"你今天怎么回来得这么早？不是说要去聚会吗？"

"雨太大了，而且我今天不开心，不想去了。"齐森脱下淋湿的外衣，

"江宇回来了吧？他干吗呢？我现在能用浴室吗？"

"能，能，"苏文倩有些不自然，"我们睡觉来着，他晚上还要走，我今天正好也累。"

"嗯，那行，我先去洗个澡，回头还有事找你参谋呢！"

"好，你先洗着，我去把衣服穿上。"

因为心里惦记着初赛的事，齐森洗得很快。可是等她出来时，江宇已经走了。

"走了？"齐森裹着浴巾惊讶地问。

"是啊，他说他有事着急，车在楼下等着呢，就没等你出来。"

"下雨天还开车出门，你怎么不劝劝他？"

"他跟着人家出去跑工程，荒郊野外的哪有火车，就是坐火车去了到时候也得开车。"

想到江宇从事的是建筑行业，齐森颇为理解地点点头。

洗完澡，齐森有点饿。

她从电饭锅里盛碗饭，打开冰箱，拿出一盒咖喱倒在上面，整个扔进了微波炉。

苏文倩正翻看着齐森买回来的杂志。

"森森，你买这么多杂志干吗？"

"设计参考。对了，小文，你听着，我跟你讲讲……"

苏文倩坐在沙发里，看齐森吃着咖喱拌饭，听齐森喋喋不休地宣讲着。

齐森讲了初赛的主题，讲了她的打算，她甚至停下了手里的勺子，但苏文倩明显魂不守舍，脸上还有一丝倦容。

"小文，你是不是被我打搅了没睡好？要不你去睡吧，反正我也不急在这一两天。"

"没有啊，我睡得挺好的，我睡了一下午呢。"

"那怎么这么没精神？"

"可能是睡多了吧。"苏文倩笑笑，"你刚才说，初赛怎么了？"

"评委很看好我，但是他们担心我设计出来的东西太另类，他们以为我是同性恋。"

"你是同性恋？"苏文倩第一次来了精神。

"那你以为我干吗气成这样，可能是因为头发吧！现在想当个同性恋也挺容易的，剪个头就是了。"齐簌嗤笑着。

"那他们也不应该认错。"

"别说这个了，越说我越生气，你说我现在怎么办？"

"什么怎么办？"

"比赛啊，另类时尚，还是男装，男装怎么另类啊？不都是上衣裤子吗……"

"堂堂名牌院校毕业的高才生，居然只会做女装，让外人听了不笑话死你。"

"我就是没经验，那又怎么了，谁还不能有没经验的时候，你是生下来就会说话的吗？"

"我只能给你一个建议，虽然这话说着不怎么好听。你需要个男人。"

"我是需要一个男人，要不我连个模特都没有。"

"你没明白我的意思，我是说，你的生命中，需要一个男人。"

齐簌愣了。

苏文倩不是个说话直接的人，这句话，不知在她心里憋多少年才会出口。

果然，苏文倩慢慢说："你可以觉得我有病，或者像其他催你结婚的人一样，可是你坐在这里着急抱怨时想过吗，你为什么这样？"

"我一个人挺好的……"齐簌的语气明显有些缺乏信心。

"那是以前，以前你有夏启宠着，你以为你生命中没有男人，但你有夏启，你可以不把他放在你生命里，但他把你视作生命的一部分。他会用自己的经验，填补你经验的空白。"

苏文倩的话一针见血，齐簌沉默半晌。

苏文倩忽然有些感慨："我结婚太早了，少了很多自己的时间，但就算婚姻不如恋爱圆满，你也不能把自己搞成恐婚吧？"

"可是，就算结了婚，还有那么多人不幸福呢……结婚和过得好不好没有关系。"

"强词夺理。"苏文倩站起来。

"你要回去睡了？"齐簌问。

"不，我再回屋躺会儿，这会儿有点头疼。"

苏文倩的脸色确实不好，情绪也不大对头。

"你是不是和江宇吵架了？"

"怎么这么问？"

"我看你情绪不好，刚才又没见着江宇，还以为你俩吵架把他气跑了呢。"

苏文倩摇摇头："没有。我先回屋了啊！"

"嗯。"

齐淼回到房间，发现早上帮苏文倩买的除味剂还放在桌上。

她拿着小盒子，推开卧室的门。

窗户开着，房间里流动着热情动人的香水味，还混杂着玫瑰精油的味道。

如果齐淼对江宇的不辞而别感到奇怪，那么现在，她就不会觉得奇怪了。

因为那根本就不是江宇。

齐淼和苏文倩一样清楚，江宇的气管，对刺激性气味过敏。

齐淼的眼前又闪过那双鞋，那鞋码明显比江宇的大，应该是大两号左右。

她当时怎么没想到呢？

相比苏文倩的尴尬和紧张，齐淼更加不知所措。

她不想窥探苏文倩的隐私，她甚至不想知道有这样的事发生。

但是它确确实实地发生了，就在她眼皮底下，想不知道都做不到！

齐淼看着苏文倩，用一种略带怜惜的、毫无生气的眼神。

苏文倩慢慢地滑跪到地上，忽然就哭了。

"多久了？"

"快，快两年了……"苏文倩趴在床上，泣不成声。

"这就是你回来的理由？"

"嗯！"苏文倩的哭声变大。

"他是谁？"

"是……是我原来的……原来的同事……"苏文倩快哭昏过去了。

"那你爱他吗？你爱江宇吗？"这是齐淼最想知道的问题。

苏文倩埋着头，狠狠地点头："不然，不然我怎么会这么人不人鬼不鬼的……"

齐淼的心里莫名地有些悲凉，不为江宇，只为了苏文倩。

既然爱，为什么还有今天？

刚刚还劝自己早点结婚的人，心底却藏了这么深的秘密，不累吗？

齐森唯一能想到的，就是苏文倩也需要一个男人。

她哭，只是因为两年来的愧疚和阴郁，压得她太累了。

齐森默默地撕开除味剂，放在床头柜上，便走出卧室，还不忘了关上房门。

"情是心旁青青草，岁岁枯荣，依旧满天涯。纵使大火焚烧，也除不去心底那痒痒的根。"

齐森在随感本上写下这样的文字。

第二十五章
月 色 朦 胧

晚上 6 点多，雨变小了，虽然天边还有雷声在隐隐作响。

虽然齐森没有参加，但夏家的聚会还在继续。

夏启送走自己的最后一批商务客人，走进回廊，掸掸身上的雨水。

"都走了吧？你呢？你是回去还是在这儿再待会儿?"夏莲站在回廊出口问。

"我再待会儿，现在回去太早了。"

"再过半个小时会来场大的。"夏莲看看天色，乌云正在他们头上翻腾涌会。

"没事，大了就不走，反正这边能住。"夏启回答。

"你明天不是上班吗?"

"没事，最多就是迟到。"

夏莲看看夏启，哥哥是真的变了，变得随和了很多，也沧桑了很多。

"陪我喝一杯吧!"夏启说着，沿着回廊走回大厅。

大厅的沙发上坐满了人，夏莲转了半圈，发现柳安然一个人坐在角落里。

她穿了一条米色长裤，上身是一件杏红色的小衫，粉嫩、可爱又知性。

夏莲走了过去。夏启犹豫一下，也跟了过去。

"一个人无聊不?"夏莲坐到柳安然身边，问。

"不会啊，我经常一个人。"柳安然醉眼蒙眬地笑笑回答。

夏启看看沙发，柳安然坐在中间，夏莲坐在一侧，他犹豫一下，坐到了柳安然的另一侧。

"来，咱俩喝一杯。"夏莲用手里的酒杯碰柳安然的酒杯。

"好。身体健康。"柳安然举起酒杯，向夏启示意，夏启也端起酒杯。

柳安然已经醉了，她有很多话想问，问夏启为什么不接她电话，问夏启为什么视她为无物，但她不能问，只能沉默着，一杯接一杯地喝酒。

柳安然的脸色越来越红，她感觉自己慢慢堕入一弯暖雾之中，仿佛一切都笼罩在朦胧的月色中，她的世界只有杯中那片娇艳的红色。

她不断和夏莲碰着杯，喝干杯子里的红色，像在吞食自己最火热的爱情。

夏启坐在近处，认真观察着柳安然。

她灌自己酒的样子很可怜，恨不能每一杯都是忘情水孟婆汤。

夏启忽然怜悯起柳安然，或者说，他因为感同身受，联想起曾经的自己。

夏莲起身到一旁接电话，柳安然手里握着空空的酒杯，靠在沙发上缓神。夏启轻轻地从她手里拿过杯子，柳安然有些迟缓地转过头看他。

"你……干什么？我还没喝完呢……"她的舌头有些发直。

夏启默默拿起手边的红酒，给柳安然斟满，又给自己的酒杯也补满红酒。

柳安然从夏启手中接过酒杯，有些不知所措。

"喝吗？"

"嗯，这杯我和你一起喝。"

"为什么？"

夏启有些无奈，女人是不是都这样，哪怕醉成这样，也还是要问出个所以然。

"没有为什么，我想跟你喝这杯，你陪我喝吗？"

"喝。"柳安然毫不犹豫地端起酒杯，一鼓作气喝干了整杯酒，"还喝吗？"

夏启也喝干整杯酒，问柳安然："你想喝吗？"

柳安然的脸更红了，红得像杯壁上残留的酒渍，她感到身上越来越热，那种热从胃里一直攀上前额，让她整个人都烧起来。

她觉得很无力，连声音也变得很低："想。"

"那继续吧。"

等夏莲打完电话，柳安然已经和夏启连喝了三杯酒。

"你们干什么?"夏莲问。

"喝酒……"柳安然勉强抬起头，她已经有些坐不住了。

柳安然只觉得热，热得口干舌燥，于是她又举起手里的酒杯。

"别再喝了，再喝要喝死了。"夏莲说。

柳安然吃力地摇摇头："我没事，呃，没……"

摇着摇着，她忽然感到一阵眩晕。

夏启发觉不对时，柳安然的酒杯已经整个扣在胸前，身子一软，直接歪倒在他身上，压住了他半个胸膛。

柳安然的最后一句话，只有夏启听到了。

她喃喃地说着："没事，月亮太亮了……晃得我睁不开眼睛。"

说完，柳安然便没了知觉，只剩下醉酒后稍显粗重的、均匀的呼吸声。

夏莲看看柳安然，摇摇头："这要是还醒着，得高兴成什么样?"

"你说什么?"夏启抬头问。

"我说她，这么快就修成正果钻你怀里了，可惜自己都不知道。你们俩真是一个德行。"

夏启又想起那次醉后的癫狂，不由低头看看怀里的柳安然。她实在喝得太多，今晚怕是醒不过来了，夏启嘴角浮上一抹浅笑。

他一直以为柳家的千金该是高傲矜持的，没想到，会放任自己醉成这样。

正看着，夏莲开口道："这个归你处置。"

"什么叫归我处置? 我就算是个禽兽，她都醉成这样了，我还能把她怎么样?"夏启莫名地烦躁起来。

"你想多了，我是让你负责送她去客房。"

夏启背着柳安然，到楼上休息。

柳安然像一只软绵绵的布偶，趴在夏启背上，垂在前面的双臂随着台阶轻轻晃动，形成一种温软的触感。她身上的淡淡木香，从夏启颈后袭来，催生一种空旷的心情。

恍惚间，夏启觉得，背上柳安然的身体是那么温暖，她的两臂轻触着他的胸膛，击打出令人安心的节奏。

在金博的帮助下，夏启顺利将柳安然卸到床上。

"哥，我先下去了。"见夏启将柳安然放好，金博招呼一声，出了房间。

夏启泄气地坐到床边，脱下湿漉漉的衬衫，看着柳安然。

她胸前杏色的薄纱已经被红酒浸透，黏黏地贴在胸前，透出淡绿色的内衣。

夏启正看着，柳安然的手机响了起来。

夏启寻了一圈，终于在柳安然的裤子口袋里发现了手机，他小心地伸手进去，电话却挂断了，夏启正犹豫着是不是把手抽回来，手机又响了。

夏启一把揪出手机，上面显示着"父亲"。

夏启接起电话："喂？柳叔叔。"

对方明显愣了一下："喂，是我，你是哪位？"

"我是夏启。"

"哦，是夏启啊，安然呢？"柳志似乎并不觉得奇怪。

"她……"夏启看看柳安然，"她喝多了，我们已经安顿她睡下了。"

"哦，已经睡了啊，我就想问问她什么时候回来，既然已经睡了，那就算了。"

"没事，柳叔叔，你不用太担心。"

"安然从小被我娇宠惯了，不太懂事，给你们添麻烦了，还请你费心多照顾她一下。"

"呃，好，放心吧，柳叔叔。"

挂断电话，夏启扭头看看柳安然。

照顾她……怎么照顾呢……

客房的窗户开着，外面电闪雷鸣，风挟带雨水扫射进屋，柳安然轻薄的上衣被吹得贴在身上。虽然是夏天，但柳安然若是就这么睡一夜，也一样会感冒。

夏启走到窗前，关上窗，迟疑了一下，又转身回到床前。

他盯着柳安然好一会儿，终于下定决心，伸手去解柳安然的扣子。

那种感觉，很刺激。

他生怕自己动作太大，弄醒柳安然，可是，谨慎微小的动作，让夏启深入上衣的手指，体会到撩人的绵软柔滑。

也许是酒精作祟，夏启的耳朵有些热，当那淡绿色的胸罩出现在眼前时，夏启耳朵上的热，已经蔓延到脖颈。

看看胸罩，也是湿漉漉一片，夏启索性微微抬起柳安然的上身，伸手到后面去解那挂钩。

柳安然迷糊地哼了一声。

要是现在柳安然睁开眼睛……

他一手托着她的背，一手捏着挂钩，两个人的鼻尖，几乎要碰到一起。

夏启一动不动地保持着这个姿势。

第二十六章
艰 难 一 夜

不幸的一刻终于来临。

柳安然本来已经安静下来，窗外忽然划过一道闪电。

夏启心说不好，他还来不及去捂柳安然的耳朵，一声炸雷就在屋顶滚落，柳安然的眼睛一下子睁开了。

"啊！"柳安然惊叫一声，看也没看，一把抱住夏启，用尽力气地抱着他的脖子。

夏启知道很多女人怕雷声，但像柳安然这样怕的，他是头一次见到。

他被勒得趴在床上，柳安然的身子，在他怀里瑟瑟发抖。

夏启的手还扶在柳安然的后背上，于是他轻轻拍着她。

"打雷了……"她低声说，眼角淌下的泪水一寸寸地濡湿夏启的耳后。

"没事，没事了，有我呢。"

也许是空气中流淌了酒精的暧昧气味，不由自主地，夏启说着最贴心的话，安慰柳安然。

"你是谁？"柳安然松开夏启，有些发直地看着他。

几秒后，她慢慢说："是你啊……怎么会是你呢……"她闭了闭眼睛，"我喝多了吧……还是在做梦……"

她眯起眼睛，拢着身子靠向夏启。

"夏启么……夏启怎么会在这里……"

"你睡吧。"夏启像哄小孩一样说着。

"等雨停再走吧……"柳安然的声音越来越低，又睡过去。

夏启长舒一口气，扯过薄被给她盖好，想抽出手起床。

可是，他刚动，柳安然就翻了个身，抬腿骑到他身上。

夏启只好一动不动地躺着。

不多时，酒劲上涌，夏启也迷糊地睡着了。

等他再睁开眼，夏启惊讶地发现，不知什么时候，他的外裤已经脱到了小腿。

而柳安然的裤子，已经在夜里被整个蹬了下去，她身上只剩一条薄露透的低腰内裤，双腿伸进夏启腿间，纠缠出最亲密的姿势。

他是什么时候睡着的？

夏启只想快点离开。

可是，他才刚掀开被子，想去搬动柳安然的腿，柳安然就睁开了眼睛。

夏启的脑子一空，还没等他反应过来，肩头就传来一阵剧痛。

柳安然狠狠地咬住他。

"你干什么安然?!"夏启用力推开柳安然，一下子坐起来。

"你刚才，刚才叫我什么?"柳安然依然侧卧在枕上，一双眼睛莫测地看着夏启。

"叫你什么?"夏启坐起来，有些迷惑地看着柳安然，"安然啊。"

柳安然的神色一动。

他叫自己安然……安然……她心里划过一弯甜甜的涟漪。

正陶醉着，夏启却转身准备下床。

"你是要走吗?"柳安然轻轻问。

夏启回头看她，她的眸子里流动着一丝伤害。

"不早了。"夏启的声音有些干哑。

"你是不是很讨厌我?"柳安然很有自知之明，自己这样纠缠，难免会惹人生厌。

"讨厌倒谈不上，主要是，我不知道该怎么喜欢你。"夏启想了想，平缓地回答。

柳安然的眼泪"唰"地淌了下来。

"别这样，"夏启探回身，伸手替她擦擦眼泪，"你是个很好的女孩，那天晚上我不对，我是禽兽。但我现在，我就是因为不想再对不起你，才拒绝你的。"

"我宁愿你对不起我。"柳安然的眼泪又淌出来。

夏启叹了口气，重新躺回床上，和柳安然面对面躺着。

"想说什么，尽管说吧。"

柳安然把脸埋进被子，使劲擦了擦，又重新探出来，勉强地挤出个笑脸："你陪我躺一会儿就行……"

雨后的阳光从窗口射进来，打在遮光窗帘上，恰映出窗帘纠缠的花纹。

清晨，齐菻正躺在地板上，瞪着天花板发愣。

她房间的窗户是迎风的，关窗太闷，开窗又会淋湿床铺，于是齐菻干脆把被褥都搬到地板上，在坚实的地板上躺了一夜。

短短一天的时间里，齐菻就看到了太多海誓山盟化作桑田果园，太多悲欢离合变成啼笑皆非。当年恩爱有加羡煞旁人的"江苏"二人，已经不知什么时候开始各自耕耘，她一直心疼江宇出差后日渐消沉的苏文情，却不想是自己的存在妨碍了人家的欢乐。

她忍不住在朋友圈发了一条牢骚："世界是我一个人的，因为我只有自己一个人。"

到了公司，齐菻把手机往抽屉里一扔，就忙工作去了。

快到中午时，齐菻为了给刘总打电话，摸出了手机，发现上面堆满了微信未读。

绝大部分是孟新宇发来的，几乎都是在早上："怎么啦?""有什么不开心的?""怎么是你自己一个人呢? 你身边不都是人吗?""哎呀不用难受，你才活多久，那么多人比你过得苦活得累，想开点。""怎么不说话?""偷拍的事是我不对，你还生气呢啊?"

就在刚才，他还补发了一条："真的不说话了啊? 还活着吗?"

齐菻终于看烦了，回了句："活着呢!"

半分钟后，孟新宇打来电话。

"你在哪儿呢?"

"我在公司啊，周一中午我能在哪儿?"

"一起吃午饭吗? 我这会儿忙完了。"

"不了，我正吃着呢。"

"又吃盒饭了?"

"嗯……"齐淼把一口饭塞进嘴里,应了一声。

"你遇到什么事了?怎么发这种感慨?"

"没事,已经过去了,我想通了。"

"真没事了?"

"嗯……"

"那我挂了,你吃饭吧,别一会儿再呛到了。"

"哎你等会儿等会儿!"齐淼一着急,一口饭险些呛进嗓子里,引得一阵咳嗽。

"看,到底呛了吧?什么事?别着急。"

"我想让你帮我个忙,我要设计一套衣服。"

"要我搜集材料是不是?"

"不……"

齐淼的"不是"还没有说全一个"不"字,孟新宇那边就接着说了下去。

"那我整理一下,下午到你那儿再细说,我这会儿又开始忙了,见面聊吧。"

下午3点,齐淼还没忙完手里的工作,孟新宇就提着大包小裹阳光满面地闯进工作室。

一进门,他就兴冲冲地告诉齐淼:"楼下的保安和收发室的大爷还记着我呢!"

齐淼抬头看看他,说:"那是因为你的包,它太火爆了。"

孟新宇卸下背包,看了看,确实,他的包背了很多年,边缘已经磨破,在这座办公楼里,再也找不出第二个如此寒酸的背包了。

孟新宇并不在意。

"那有什么,里面东西值钱就行。"他打开背包,把他的宝贝照片掏出来,"说吧,想要什么类型的?萝莉还是御姐?正太控还是大叔控?"

"什么类型都不要,我要个男人。"

"什么?"孟新宇有点发愣,齐淼什么时候变奔放了?

"我需要一个男人,告诉我男人平时都穿什么衣服。"

"我就是男人啊,我平时就穿些 T 恤啊、衬衫什么的,这有什么可问的。"

　　"我要设计一套男式服装，但是，说实话，我从来没认真观察过任何一个男人。"

　　"那你干吗要设计男装？"

　　"不是我要，赛程需要啊……"

　　"哦……那我多帮你留心一下吧，你想看什么类的？"

　　"另类一点，和一般人不一样的，或者说，至少得和你不一样。"

　　"好说好说，我懂了，回头给你看照片，保证都跟我不一样。"孟新宇大包大揽。

　　"那我先谢谢你了。"齐焱今天第一次微笑起来，"其实我今天心情挺不好的，但现在好多了。"

　　"那……要不等你忙完了我们出去喝咖啡吧，我今天下午没事。"

　　"也好，那你多等我一会儿！"齐焱说完，重新埋头回去。

第二十七章
最 佳 亲 友

两个人，两杯咖啡，孟新宇陪着齐箖默默坐在"东西"咖啡屋里。

天色渐暗，大片的沉默充满房间，齐箖忽然开口：

"如果有一天，你发现身边的人和事，都跟你看的想的不一样，你会怎么想？"

"你看的是别人的生活，看不透也应该很自然吧？"

"我就像个白痴，以为自己明白很多，其实根本不是……"

孟新宇眨着眼睛。

齐箖抬起头。

"我最好的朋友有婚外情，我在她家住了快两个月，我竟然什么都不知道……"

"这个……朋友也会有隐私吧……"

"我不怪她瞒着我，我难过的是，我以为的都是错的，我忽然觉得自己……对这个世界，对身边的人，一无所知。但就在一天前，我还以为我看透了人心。"

"你太自大了，你自己也是一颗人心，怎么可能看透人心。"

齐箖瞪着孟新宇，端起杯狠狠喝了一大口咖啡。

孟新宇笑了。

"你笑什么？"

"没什么。"

孟新宇扭过头，大声说："老板，麻烦你再煮一杯咖啡。"

接着，他看向齐簌。

"别想这些了，你不是要设计男装吗？有头绪吗？"

"没有。"

"所以你才心烦！我帮你好了，我今晚就出去找素材。"

"今晚？太赶了吧？"

孟新宇摇摇头："不会，早弄完早安心。"

"谢谢。"老板端来咖啡，齐簌伸手去接，不知是对谁，说了一声，"谢谢。"

"这有什么可谢的，你就把我当成亲友团成员，我一个人就能成为你的最佳亲友团！"

看着孟新宇明亮自信的眼睛，齐簌的心情也跟着晴朗起来。

齐簌觉得，她是遇到好人了。

晚上，齐簌躺在床上，地上是收拾好的行李，只有很小的两个拉杆箱。

苏文倩推门看看，见齐簌没动，轻轻问："睡了？"

"还没呢。"

"你今晚就走？"苏文倩走进来。

"是啊。"

齐簌往床里面躺了一点，苏文倩坐到床边。

"你……会不会觉得我脏？"

在苏文倩的印象里，如果齐簌知道了这件事，那她们的友谊，一定会画上终止符。

"不会啊……我已经不那么幼稚了。"齐簌慢慢说。

她脑海里浮现的画面，无关贞洁，她只是想起曾经的苏文倩，她以为她认识的苏文倩。

她的眼睛有点酸，却终于没有掉下眼泪。

苏文倩就这样默默地坐在床边，直到齐簌的电话响起。

"喂？我已经到楼下了。"是孟新宇打来的。

苏文倩拿了一个行李箱，送齐簌到门口。

齐簌拖着两个行李箱走出大门时，脚步有些迟疑。

她觉得自己应该道别，却又不知该如何开口。

"下楼注意安全，以后有时间了，记得来玩……"苏文倩小声说。

"好。"齐燊点点头，强压下心中的酸涩，扭头钻进了走廊的昏暗中。

等齐燊在副驾驶的位置上坐好，孟新宇发动了车子。

"没落下东西吧？"

齐燊开口想说没有，抬起头，却看见 21 层的窗口，多了一个身影。

"我们走吧……"她忍住心痛，淡淡地说。

齐燊知道，她落下了她的友情……

齐燊回家了。

没什么特别的感觉，只是觉得家里冷清了很多，厨房里，连饭菜的味道都没有了。

那一夜，她在床上翻来覆去睡不着。

齐燊原以为，活在开放社会的自己，包容性应该很强，适应性应该很强，而这社会如此复杂纷繁，对于婚外情，应该见怪不怪才对。

可是回想起苏文倩卧室里的味道，齐燊还是觉得浑身不舒服。

她完全可以想象，那个雨天她进屋时，苏文倩是什么样的姿态。

齐燊不能接受。

即使这个世界上，越来越多的人过着这种生活，她齐燊也无法接受。

第二天，齐燊顶着大大的黑眼圈去上班。

快下班时，她接到孟新宇的电话。

"下班之后我们去划船吧！"

"划船？"

"对啊，你不知道晚上也可以划船吗？"

"晚上黑乎乎的划船有什么意思？"

"有灯啊！船上岸上都有灯。怎么样？我现在就在你们楼下呢！"

齐燊拿着电话的手抖了抖。

她站起来走到窗口。

孟新宇穿着一件白色 T 恤，悠闲地站在下面，正抬头向上望着。

"那好吧……你等我会儿，我收拾收拾就下班。"

电瓶船平稳无声地滑动着，在护城河里，载着孟新宇和齐燊，漫无目的地前行。

"你今天的行为，就是赤裸裸的劫持。"

孟新宇笑笑。

"我是想让你出来散散心，你真是好心当驴肝肺。"

"没办法，我见的心肺太少了，分不清好坏。"齐棽不免恨恨地说。

"你不是说你看透人心吗？你是人间伯乐，碰上我这款千里马，你为什么不闻不问？"

"第一，我看不透人心；第二，伯乐是负责发现千里马，而不是千里马的最后主人，换句话说，伯乐是不骑千里马的。"

听到这里，孟新宇忍不住笑了。

街上的灯光落在水里，反射到齐棽脸上，点染成一片宁静缥缈。

看着她干净的皮肤，清秀的眉眼，短而柔软的发，还有望着河岸的，若有所思的表情，孟新宇觉得这是世界上最美妙的时光。

第二天午饭时，齐棽翻看着孟新宇带来的照片资料。

"你觉得照片拍得怎么样？"孟新宇问。

"有启发，但我现在找不到模特。"

"模特？"孟新宇眨眨眼睛，"我可以帮你找！"

"我觉得你就行。"齐棽很淡定地把一口饭塞进嘴里。

孟新宇马上放下盒饭，坐得笔直，用一种过分自恋的语气问："那我是不是可以理解成，你觉得我长得很帅？"

"不，我只是觉得你身材还算不错。"

"身材还算不错？只是不错？我是不够高，可是齐小姐，你不能拿专业模特的标准来要求我们普通人。"

"是，作为一个普通人，你身材相当好了。"齐棽头也不抬地吃着饭，"怎么？要不要露出来给我鉴定一下啊？"

"行啊！"

话一出口，齐棽就后悔了。

孟新宇已经伸手去解 Polo 衫的领扣。

"你敢脱一个试试，你敢脱我就叫保安！"

"叫保安干吗？"孟新宇坏笑一下，"要知道，每个设计师屋里都藏着几个没穿衣服的模特，就像每个导演床上都躺过几个没穿衣服的演员一样。"

说着，孟新宇伸手扯起衣服的下襟，一把脱了下去。

齐箖直接闭上眼睛。

她不是小女孩，但孟新宇，是她好不容易才建立起健康正常关系的朋友，她不想让一个裸露的上半身破坏这种纯洁的友谊。

"喂，睁眼看看。"

齐箖闭紧眼睛使劲摇头："不！"

孟新宇终于失笑："看看吧，什么都没有。"

齐箖慢慢睁开眼睛。

眼前的孟新宇，上身穿着一件背心。

"哈哈，想多了吧？"

孟新宇笑着说。那笑容，和白色的背心一样干净。

背心的弹力包裹出完美的曲线，他的肌肉呈现出顺滑的流线型。

齐箖有些愣神。

门开了。

方天华探头进来找齐箖，正看到这一幕。

"啊！对不起打扰了！"话没说完，他就消失得无影无踪。

齐箖尴尬地咽了下口水，正想说点什么。孟新宇却开口了。

"不是吧？连口水都看出来了？"

"把衣服穿上。"

"我身材怎么样？"

"快穿上！"

"到底怎么样啊？"

"行！行，你能当模特，能。"

孟新宇又笑了。

第二十八章
全 是 预 谋

那个雨夜，以及醒来后的早上，夏启和柳安然什么都没有做。

他们躺在一起，仿佛是已经一起躺过了半个世纪的老夫老妻。

柳安然静静地看着夏启，而夏启静静地望着天花板。

他们之间的感觉，非常错位。

初见时，柳安然对夏启动了心，而那个阴差阳错的夜晚，让她对他动了情。

他们已经进行了最亲密的接触和交流，在肉体上、感觉上，可是在精神上，他们是完全陌生的两个人，甚至连问好之外的话几乎都没说过。

夏启的自我感觉还不如柳安然。

他承认自己是自卑的，对齐棻的逃避，他一忍再忍，不敢去追问结果，这次，他想对柳安然的渴望，明确说不。

不给她留下希望和幻想，是他唯一能帮她的。

所以那天快到中午时，夏启便把柳安然送回了家。

夏启回家时，夏莲正坐在沙发上吸着烟。

"回来了？"

"嗯，爸妈呢？"

"出去了。"夏莲回答，父母在时，她是不吸烟的。

夏启坐到她对面，沉默了一会儿，他开口了。

"你觉得柳安然怎么样？"

"脾气跟你挺配的。"夏莲将烟蒂扔进烟灰缸，想也不想地回答。

"那齐箖呢？"夏启不甘心地问。

"哥，你见过有几个人能把女神追到手的？"夏莲又点了支烟，"柳安然怎么样倒是无所谓，但齐箖是真的走出你的生活了，你就别再纠结她怎么样了。"

夏启莫名地烦闷起来，他下意识地摸了摸口袋。

夏莲递过一支烟，夏启伸出手，又停住了。

"怎么？真戒了？"

"嗯。"

"哥，我觉得有些事你不用问我，道理我们都懂，你自己的感受，你比我清楚。"

"知道了，就能做到吗？"夏启靠在沙发上，声音有些疲惫。

"看你多想做了。"夏莲站起来，"我要去车间了，有事打电话就行。"

"打电话你也听不见，想找你，还不如给金博打。"

"也行。"夏莲说着，已经到了门口。

"我说，你跟金博到底什么关系？"夏启忽然问。

夏莲身子一僵，回头看看夏启。但夏启像之前一样坐着，没有回头，更没有看到她的不自在。夏莲想了想，一声不吭出了大门。

"这死丫头！"

夏启一直觉得，夏莲和金博的关系，绝不仅仅是师徒、好友、搭档那么简单。

夏莲出了门，就掏出手机，拨通了刘芳的电话。

"喂，芳姐，我是小莲……是啊最近忙……可不是嘛！头发都盖眼睛了！……对了芳姐，你身边有没有可靠点的女孩？……你妹？……哦……我今晚想用一下……对，就今晚，大概六七点……行，那你把我电话给她就行……哎，好，好，拜拜！"

夏成伟和张如秋回家时，已经是晚上8点。

夏莲守着一桌饭菜等着他们。

夏启黑着脸坐在沙发上，一言不发地看报纸。

"呦！今天什么日子啊？"夏成伟高兴地问。

"啊，我带了个朋友回来。"夏莲说得很自然。

"朋友？我们小莲长大了啊！朋友在哪儿呢？夏启，你见到了吗？"张如秋问。

"见到了。"夏启哑着嗓子，冷冷地说。

"人在哪儿呢？帅不帅？快，让我们也见见。"张如秋高兴地说。

"妈，你确定你能接受得了？"

"怎么？家里条件不好吗？"张如秋脸色微变，压低声音问。

"不是……"

"菜齐了！"随着一声娇叹，一个美丽精致的女人从厨房走出来，手里还端着一盘热腾腾的红烧鱼。

夏成伟和张如秋愣在当场，夏启把手里的报纸摔在茶几上。

"啊……这是……"她转向夏莲，问，"这是伯父伯母吧？"

夏莲轻点一下头。

女人温顺地笑着，转向两人："伯父好，伯母好，我叫刘蓉。"

"小，小莲……这，这就是你……你朋友？"张如秋气得说不出话来。

"嗯，我跟莲认识有半年多了……"

"带她走，马上走！永远也别让我看见她！"张如秋终于缓过神来，声嘶力竭地哭喊道。

"小莲，这个……"夏成伟不敢相信。

"是的，爸，她是。"夏莲确凿地回答。

"夏莲！"夏启一脸铁青地走过来，挡在父母和夏莲中间，"胡闹也要有个限度！"

"干吗，你不是说不会干涉我吗？"夏莲挑衅地转头问。

"带她走！"夏启冷冷地说，又转向刘蓉，"走。"

夏启连拉带拽，才把夏莲和刘蓉从气得疯疯癫癫的母亲眼前拖走。

当3个人站在楼下，夏启才转向夏莲："说吧，到底怎么回事。"

"什么怎么回事？我不是说得很清楚吗？"夏莲理直气壮。

"别跟我装傻！当着爸妈我不好说你，你就以为我真信了？这根本不是你女朋友，你也没有女朋友，你到底想干什么？"

"谁说这不是女朋友？不是女朋友还是男朋友不成？"

"啪！"

夏启一巴掌打过去，看得后面的刘蓉一愣。

"你什么人！居然打女人！"

"少废话！你看看你哪地方像女人了！"夏启满脸怒色。

"我不用你管！"

"我没想管你，你有你的自由，但你要是把爸妈气出个三长两短，看我怎么收拾你！"

夏莲一声不吭地转过身，拉上刘蓉走向自己的机车："我们走。"

看着两人一前一后地跨坐在车上，从他车前驶过，夏启没半点表情。

夏莲，你到底要干什么？

孟新宇最近很忙，忙到没有空照顾母亲。

也就是这几天，孟晴到医院检查身体，查出了恶性淋巴癌晚期。

医生说，她的体质，可能撑不到秋天。

孟晴没有选择住院，她安静地排队买了药，便回家了。

如果生命还剩下 60 天，她能做些什么呢？

"小宇，最近和安然还有来往吗？"坐在饭桌前，孟晴问。

孟新宇摇摇头："我们各活各的。"他沉默一下，接着说，"所幸，我们谁也不恨谁。"

孟晴点点头，过了一会儿，又问："那最近，有没有遇见觉得合适的姑娘？"

"有。"孟新宇想也不想地回答。

"怎么没听你说过？"孟晴顿时来了兴致。

"才认识不久的，而且……还不知道人家什么想法呢！"

说到这里，孟新宇忽然有点郁闷，他是觉得齐燊不错，但齐燊觉得他怎么样呢？

"你干吗不问问？你也不小了，这点事总不至于不好意思吧？"

"也不是，就是因为刚认识没多久，中间又发生很多事，我没有机会说。"

"她是做什么的？"

"服装设计。"

"哦，那很好啊……等你定下来，我还可以找她帮我做件衣服呢。"

"真的假的啊？"孟新宇失笑。

"我是认真的。"

"哦，那回头我把她公司地址给你。"

孟新宇的眼前，浮现出母亲穿着礼服，参加他们婚礼的画面，他觉得心里很温暖。

而孟晴心里却是酸涩悲凉的，她只是想，在有生之年给孩子们多留点东西，哪怕是一件衣服，看着孟新宇笑得开心，这种悲凉便更加深重。

孟新宇已经在考虑，要怎么对齐箖开口了。

他明白，他需要拿出让她无法拒绝的勇气，如果说，和柳安然的无疾而终，让他失掉了这份勇气，那么现在，是该把它找回来的时候了。

第二十九章
生 日 快 乐

为了这次表白，孟新宇一直准备到周末。

期间，齐簌把几易其稿的设计图发给他看，向他征求意见。

孟新宇其实没有太多可说的，一来是他不懂，二来，他是真的觉得齐簌的设计很棒。

星期二下午。

齐簌接到孟新宇的电话。

"周末出去玩啊?"孟新宇兴致很高。

"今天才周二。"

"不是怕你安排给别人嘛，提前跟你约一下。"

"去哪儿啊?"齐簌信手翻看着设计稿图样。

"游乐场怎么样?"

"游乐场? 去游乐场干什么? 那是小孩子去的地方。"

"谁说的! 你没听人说过吗? 游乐场是最能启发想象力的地方。就这么说定了，周六早上我去接你啊!"

"可是……"

"哪儿那么多'可是'啊! 行了，就这么愉快地决定了!"

不等齐簌回答，孟新宇就挂断电话，一抹深深的笑意绽放在嘴角。

他现在就站在游乐场的摩天轮下，阳光穿过一道道钢管，照在地上，热辣辣的，就像孟新宇现在的心情。

星期六是个多云的天气，层层云带拥挤在头顶，盖住了太阳。

孟新宇和齐萦坐在摩天轮的吊厢里，慢慢上升。

这座摩天轮是半敞开式的，视野非常好。

摩天轮转到半空，齐萦看向外面。

"每次坐摩天轮，我都在想，能不能升到最高处，就不要动了。"齐萦慢慢说。

"为什么？"

"那里视野真的很好。"齐萦回答。

孟新宇捏了捏座位上的背包，突然开口："齐萦。"

"嗯？"齐萦看着外面，随口应道。

"你愿意做我女朋友吗？"孟新宇问。

"什么？"齐萦从外面收回视线。

"我问，你愿意做我女朋友吗？"

"我？"齐萦睁大眼睛。

孟新宇点点头："行吗？"

"这个……"

"行不行呢？"孟新宇又问。

齐萦脸上闪过一丝为难。

"我，我能考虑一下吗？"

"能。"

齐萦有些慌乱地看向外面。

其实，她偶尔闲下来，也偷偷考虑过这个问题，但她没想到，会来得这么快。

摩天轮摇摇晃晃地过了最高点，齐萦还是没想出头绪。

他们开始慢慢下降，齐萦忽然有些庆幸，庆幸摩天轮快要落地了。

但是，当摩天轮回到最低点时，孟新宇伸手递出了两张票。

齐萦瞪大眼睛。

孟新宇笑笑："你继续考虑……"

"你买了多少张票？"

"这个……应该足够你考虑了。"

齐萦有些无力地靠在座位上。

孟新宇低下头，从背包里掏出一个小小的袋子，探身递到齐絺手里。

因为孟新宇重心的移动，小小的吊厢跟着晃了两下。

"这是给你的，因为，我不知道你喜欢什么。"孟新宇说得很诚恳。

齐絺看看膝上的小袋子，里面透出奶白色和清淡的藕色，不用摸她也知道，这是上好的绢丝，这里不是江南，想寻到这样的料子，全城也只有一家。

齐絺在心里盘算了一下这包绢丝的价格。她想知道，如果不答应孟新宇，她会欠他多少钱，多少情。

但感情不是这样衡量的。对孟新宇，齐絺确实有种温柔、羞涩的感觉，她喜欢和他一起聊天斗嘴，甚至喜欢就这样静静地坐着，和夏启不同，在孟新宇身边，齐絺有种温暖和充实的满足感。

又是一圈。

见齐絺半晌没有声音，孟新宇对这次表白，已经不抱什么希望了。

但是，就是这样安静地对坐着，也是一种享受。

于是，当收票员再次迎上来时，孟新宇把手里的最后两张票递了上去。

收票员有些无奈："小伙子，后面还很多人排着呢！"

齐絺如梦初醒地跳起来，扯扯孟新宇："不坐了不坐了，让他们坐吧，咱们走。"

说完，她扯着孟新宇，跳出了吊厢。

离开喧闹的游戏区，两个人一前一后，在小路上默默走着。

太阳又隐进了云层，仿佛是给两人留下最私密的空间。

路过"维纳斯花园"，齐絺站住了。

花园门前，立着一对独臂的维纳斯。雪白的石材，映衬身后的绿意，显得格外白皙。花园里，有不少新人，在拍婚纱照。

"进去吗?"孟新宇问道。

齐絺摇摇头，回头四下看看。

"我们坐一会儿吧！"

孟新宇跟着齐絺，坐到花园对面的长椅上，头顶是茂密的悬铃木。

在第5阵微风吹过后，孟新宇开口了："今天是我生日。"

齐絺转头看着孟新宇。

是因为生日，所以才特意安排了这次活动吗?

她忽然很感动，为了这个把一年一次的生日献给她的男人。

但她的声音还是很平静："哦？那生日快乐。"

孟新宇有些沮丧，他想听的不是这个。

齐籁冷淡的声音，让他觉得一切都毫无希望。

"我可以考虑。"齐籁说。

孟新宇一时间没反应过来。

"什么？"

齐籁有些懊恼，说这种话，她本就不擅长，偏偏还要她再说一次。

她咬咬嘴唇，脸红了。

孟新宇专注地盯着齐籁，不愿放过她脸上最细微的表情，因为这一刻，对他而言，实在是太重要了。

被孟新宇注视着，齐籁的脸更红了。

"你刚才到底说了什么？"孟新宇轻轻问。

"我说……嗯……我说我们可以试试看。"齐籁小声说。

我们。

这是孟新宇连日来听到的最好听的词。

我们……

一个把两个人瞬间联系到一起的词。

这种联系，让孟新宇感到很温暖，他甚至觉得自己的心脏，就快要融化在这片浩瀚无边的温暖中。

"我们……"孟新宇喃喃地重复着。

"怎么了？"

孟新宇摇摇头。

他摇得很慢，摇得很小心，仿佛生怕太用力，就把这种温暖如梦的感觉甩掉。

"没什么……只是……这两个字听起来感觉特别好，尤其是你说的时候。"

孟新宇满足地笑了。

伴随着温暖和满足的感觉，他笑着笑着，心里忽然酸楚起来。

不知道怎么了，他只是很想哭，想大喊出声，想大哭一场。

孟新宇的身体在微微颤抖，修长的手指搭在膝头，紧紧地扣着膝关节。

齐箖忽然生出一股怜悯。

这个平时乐天派一样欢乐的大男孩，宽厚的心胸仿佛不识世间的冷漠与残酷，可是有谁知道，他心里到底藏了多少委屈，多少悲伤？

齐箖伸出手，轻轻搭在孟新宇的手上，拍了拍，最后落在上面。

孟新宇一愣，低头看看覆在手背上的小手，那温软的触感，在他的手背上荡漾开去。

一黄一白，一大一小，两个人的手掌就这样叠在一起。

孟新宇安静下来，他觉得自己看到了世上最美好的画面。

这只柔软温暖的小手，让他受宠若惊，以至于这一刻，让后来的他终生不忘。

这才是他该珍惜的女子。

这个一瞬间就带给他安慰、宁静和温暖的女子。

他应该用他余下的生命，每天，每时，每刻，陪伴她，珍惜她，呵护她。

孟新宇翻过手掌，将齐箖的手一把握住，扭过头，用晶晶亮的眼眸，看着面前这张干净的小脸。

他笑起来，笑得很开心，从灵魂最深处喷涌而出的开心。这笑容，让原本有些紧张僵直的齐箖，变得放松了许多。

"齐小姐，"他笑着说，"祝我生日快乐吧！"

接着，就在齐箖要张口祝福时，他扯住她的手向后一拉，将她整个拖进怀里，在最完美的时刻和位置，让她柔软的香唇，落在自己渴望的唇齿之间。

第三十章
不 请 自 来

直到几天后，齐森只要一闲下来，就会忍不住回忆那个突如其来的吻。

对她而言，那实在是太突然了。

齐森无论如何忘不掉那种感觉。

整个世界只有你我，只剩下你我相拥相吻。

每次想到最后，齐森颧骨上的红晕，就会直接溜到耳后，带着整个脸颊都赤红赤红地烧起来。

她正坐在工作台前回味着接吻的感觉，工作间的门忽然被轻轻地敲响了。

"请进！"

门开了。

走进一名中年妇女。

说是中年，其实她正处在从中年迈入老年的过渡时期。

她穿着两件套的暗蓝色裙装，脚下踩着一双舒适的休闲皮鞋，提着一个皮包。

她的脸色不太好，微微有些苍白，身材匀称略胖。

"您好！"

"你好！"妇女站在工作间的中央，微笑着回应齐森的问候，接着，她提出了此行的目的，"我想让你帮我设计一套衣服。"

"可以的，您坐吧！坐下说。"齐森请了一下，妇女在工作台前的椅子里坐下了。

齐簌今天不会，明天也不会知道，坐在她面前的，正是孟新宇的母亲孟晴。

孟晴的要求很特别，她想要一套中式旗袍，越仿古越好。

这是齐簌力所难及的，因为她多年来学习钻研的都是现代服装，最远能回溯到 17 世纪的欧洲宫廷服装，对于旗袍，她只有耳闻而未得其详。

可是，她还是应下了这笔订单。

孟晴走后，齐簌看着登记簿愣神。

才刚刚把初赛的"另类时尚"男装搞定，就面临着更艰巨的考验。

中式旗袍……

她说她姓孟。

她长得不美，但很有神采。

齐簌觉得这个女人很亲切。

这种亲切并非源自长辈的和善，而是一种说不清的感受，齐簌莫名其妙地觉得这个女人很熟悉，不论是从神态、气质，还是举止，都让她感到非常熟悉。

齐簌在网上查了大半夜。

立领、偏襟、扣袢、掐腰、开口、镶边，齐簌没想到，一件旗袍的制作工艺竟如此复杂。

第二天，齐簌努力了整整一天，终于在快下班时，算出了偏襟应该裁切的尺寸。

当孟新宇给她打电话时，她正处于一种非常得意的亢奋状态里。

"我觉得我简直就是天才，至少可以说是天赋异禀！"齐簌拿着手机兴冲冲地说。

那边电话里不知说了什么，齐簌的脸一下子沉下来："你说我吹牛是吗？"

工作间的门开了，孟新宇走进来，边走边拿着手机继续说着："我没有，我哪敢啊。"

齐簌笑嘻嘻地放下电话。

"什么事这么骄傲？"

"一件旗袍！我会做旗袍了！"

"做了吗?"

"还没呢,但我已经学会了。"

"那很好啊,恭喜你!"

"是不是应该庆祝一下?"齐箖眨眨眼。

"行啊,你说,怎么庆祝?"孟新宇问。

"嗯,明天我请你吃冰淇淋吧!"

"现在不行吗?"

"现在?"

"没诚意的!算了,不吃了,等下我们去吃烧烤吧!"

"好啊。"

孟新宇坐了下来,等齐箖下班。

忽然,他想到什么似的问:"等等,你是时尚设计师,你们公司也是搞时尚设计的,为什么有人会来找你做旗袍?"

齐箖看看孟新宇,茫然半晌。

"什么?你已经见过她了?"孟新宇看着母亲,难以置信。

"是啊,已经见过了。"

"那……那件旗袍是你订的?"

孟晴点点头。

"可是,为什么要做旗袍啊?"

"什么为什么?"

"齐箖是学时装设计的,她从来没做过旗袍啊!"

"她会做出来的。"孟晴说,"那天她答应我时我就知道,这孩子答应别人的事,一定能兑现。"

"可是妈,你这不是故意难为她吗?"

"我没有难为她,她当时完全可以拒绝我,因为旗袍不是他们公司的经营项目。"孟晴觉得累,她扶着饭桌,慢慢地,尽量不露声色地坐下。

"可是她没有。"

"是啊,她没有,真是个骄傲倔强的女孩子。"孟晴笑眯眯地看着孟新宇,眼神里仿佛说着"我知道你喜欢她这点"。

"但是妈,你知道你这一件旗袍,够她白天黑天地忙两个星期的。"

孟晴没理他。

"妈，可不可以不做了？你跟她说，说不用做了。"

"那怎么行？"孟晴差点扶着桌子站起来。

"怎么不行，她现在一天忙好几笔订单，还要准备比赛，现在还多了一项，得学着怎么做旗袍，这也太难为人了。"

"你想娶她吗？"孟晴忽然没头没脑地问了一句。

孟新宇愣了。

娶她吗？

能遇到一个好姑娘，哪个男人都想娶回家。

他也不小了，27周岁的他，已经步入了适婚年龄，更重要的是，他已经找到了那个谁都想娶的好姑娘。

让孟新宇感到宽慰的是，齐箖也恰好愿意尝试和他相处。

想到这里，他脸上的表情也变得温柔起来："当然想。"

孟晴在心里轻轻叹了口气，语气却没有半点波澜："就知道你想，可你想过吗？恋爱，结婚，一起组成一个家庭，将来还要有你们自己的孩子……"

孟新宇一个劲地点头，孟晴停顿一下，语重心长地继续说下去："你们以后的日子长着呢，我知道她不会做旗袍，可是她也可能不会做饭，不会洗衣服，不会带孩子，这些她可能都不会。"

孟新宇将重心从一只脚移到另一只脚："谁也不可能什么都会啊。"

"说的就是！你可以什么都不会，但你必须能学会。"

"她可是优等生哦！"孟新宇有些洋洋得意地表白，虽然齐箖和他的关系还没有彻底稳定下来，但他还是为她感到骄傲和自豪。

"你也是优等生，你知道我说的不是成绩。"孟晴伸手拂去桌面上的一只小飞虫。

"我相信她能行。"

"我也相信。"孟晴说得很郑重，只一面，她就对齐箖的印象非常好。

"那，我可以把你的身份告诉她吗？"

"可以。等旗袍做好了，就带她回来吧。"孟晴说着，起身向卧室走去，"我再回去躺会儿，今天有点累。"

"你起太早了，我走了啊妈！"

听着外面的关门声，孟晴苦笑了一下。

不是起得太早，而是根本就睡不着，连日来整日整夜地恶心和疼痛，让她寝食难安，她不知道自己还能坚持多久，她只能盼望，齐蔌真的像看起来那样骄傲，只能寄希望于，齐蔌的动作能快一点。

她重新躺回床上，床箱里就藏着她的化验单，床头的小桌上，摆着一沓照片。

孟晴已经翻看了很多遍，现在，她又拿过来翻看一遍。

那是孟新宇的宝贝，是对齐蔌的各种偷拍，是他最重要的拍摄资料。除了底板和洗出来的一套，孟新宇还专门洗出来一套放在家里，交给母亲保管，生怕一不小心弄丢了。

孟晴放松身体，躺进床里，慢慢地翻看着。

工作时间，齐蔌非常干练，未到耳朵的短发，简朴的休闲 T 恤。

那天，她腰背挺得笔直地坐在工作台后，不卑不亢地微笑着接待了她。

私下里，齐蔌却非常可爱，孟晴最喜欢看的，就是那张齐蔌躲在墙角系鞋带，又偷偷整理假发的照片。

"到底还是个小丫头。"她轻轻地微笑着，将头落进枕头，睡着了。

整整一夜，孟新宇都在感慨母亲的心思。

母亲心细如丝，却不曾想，竟会细到如此地步。

第三十章 不请自来

147

第三十一章
伯 母 阿 姨

　　孟新宇再见到齐箖，她面前已经摆了一件旗袍。

　　"做好了？"

　　"不，这是买的。"齐箖高深莫测地摇摇头，动手拆开了旗袍的所有针缝。

　　"好好的东西你拆它干吗？"

　　"别废话，又没花你的钱。"

　　"花谁的钱也不能这么浪费啊。"

　　齐箖白了孟新宇一眼，又看看摊在工作台上形状奇特的大块绢布。

　　她从没见过这样形状的布料，换句话说，她根本不知道旗袍是怎么制成的。

　　但是现在，她有了一件成品，这是最好的课件，虽然它价值不菲，但这笔费用，刘总会给她报销的。

　　齐箖嘴角浮起笑意。

　　"齐箖。"

　　"嗯？"

　　"你知道这件旗袍是给谁穿的吗？"

　　"你认识？"齐箖抬起头。

　　孟新宇点点头。

　　"我妈。"

"什么?!"

周末，孟新宇陪着齐燊连加了两天班。

即使孟新宇只是坐在那里看书上网，帮不上她什么忙，但齐燊还是觉得，有个人在眼前陪着自己，比她独自一人奋战要好，至少有人一起吃午饭。

周日下午4点，齐燊终于把旗袍做好了。

布料是她带着孟新宇到库房去选的。齐燊一眼看中那匹蓝色青花藤蔓花纹的细布，布料底色淡青，上面盘着青蓝色的花藤，不多，但足以让布面的色彩丰满起来。

齐燊自己在网上搜到了盘扣袢的方法，在盘散了9对扣袢之后，她终于盘出比较成功的两对。镶边选了暗纹的丝光布，没有丝绸那么亮，却也反射着淡淡的光泽。

按照尺寸裁好了布料，齐燊给旗袍加了最后一道装饰。

她时尚了七八年，即使明知要做的是旗袍，她也还是忍不住要创新一下。

前身，她用了整张绢丝，把里面的青花细布罩了起来，做成双层的透视布。后面，从肩头到侧边大襟的胯间，齐燊扯了一条薄薄的绢丝，微微松垮地荡在腰间。

从前面看，这就是一件布料、制作都很考究的旗袍，但从背面看，它像极了窄脚的印度纱丽。

齐燊认为这样的设计，堪称典雅又时尚，为此，她狠狠地自鸣得意一番。

但孟新宇不这么认为，他看着齐燊在衣架前摆弄绢丝，努力想让它们弯得好看一点，语气闷闷地说："你用了两层布料，这简直就是一种浪费。"

"设计服装的时候总会加装饰的啊！"齐燊试图辩解。

"那你这也加得太多了吧，现在是夏天，谁会穿两层布料的衣服出门？"

"你们家夏天上街买菜穿旗袍啊？"

"不管怎么说，外面这层纱什么用都没有。"

"没用你还送给我？"齐燊不高兴地反驳。

孟新宇不吭声了。

齐粽用来做纱罩的藕色绢丝，是他送的，全城也找不出比这更好的料子。

孟新宇不是对母亲吝啬，只是他实在觉得没有必要。

当齐粽把旗袍从衣架上拿下时，石英钟的指针已经快指到"5"了。

"就这样吧！丑媳妇总得见公婆，抽手艺还得上台面。"

"你手艺不抽，"孟新宇说，末了又强调了一句，"真的！"

"谢谢夸奖。"

齐粽小心地把旗袍装进口袋，翻了翻工作记录，抬头问孟新宇："我今天去你家行吗？"

"今天？"孟新宇一愣。

"对啊，今天，不然下周就得晚上去送，还不如早点送去，要是你妈不喜欢我，我也好早点知道。"

孟新宇笑了，他的笑容含着宠溺。

怎么可能不喜欢。

母亲要是不喜欢齐粽，根本不会让她做衣服，也根本不会把她们已经见过的事告诉他。

孟新宇掏出手机："行啊，我这就打电话。"

"别别，我打，是我要去送衣服，让我来打。"

回家的路，孟新宇驾轻就熟，而齐粽却分分秒秒都感到紧张。

"我应该叫你妈什么呢？叫阿姨还是伯母？"

"都行啊，你刚才电话里不是叫的阿姨吗？"

"我见了面说什么呢？就说我是齐粽，这是给您的衣服？"

孟新宇觉得，齐粽担心得太多了。

"要不你一句话也别说，直接把衣服给她，剩下的我来说。"

齐粽不吭声了，她觉得怎样出场都不够完美。

直到踏上楼梯台阶，齐粽还是没有准备好。

孟新宇也不管她，径自上楼，开门。

齐粽觉得那一下一下的脚步声，还有钥匙转动的声音，都被寂静的楼道无限放大了，大得让她心脏颤动。

门里是张挂满笑容的脸。有些苍白和疲惫，却满脸满眼的笑意。

"回来了？齐粽也一起来了吧？"

孟新宇点点头，侧过身，露出身后的齐篠。

孟晴笑着点头，向齐篠打招呼："快进来吧。"

孟新宇换鞋进了屋，齐篠也跟着跨进门里，换上摆好的拖鞋。

齐篠看看孟晴，有些羞涩地笑笑。

虽然是第一次正式见面，但眼前的孟晴并没有给她压迫感，相反，她觉得孟晴很亲切，比在工作间里见到的还要亲切。

"阿姨，给你衣服。"齐篠递过手中的口袋。

孟晴接到手里。

"希望你喜欢。"齐篠补充了一句。

"我这就去试。"孟晴笑眯眯地晃了晃口袋，"你先进屋吧，不用客气。"

说完，孟晴进了自己的卧室。

孟新宇在厨房洗净双手，走回饭厅："过来，我带你去参观一下我的卧室。"

孟新宇的卧室散发着阳光的味道，让人感觉暖洋洋的，非常惬意。

齐篠发现，孟新宇卧室的墙上，挂满了风光照片。

"这些是什么地方？"

"长安八景，都在西安附近，"孟新宇走到齐篠身后，双手搭在她肩上，"以后我带你去。"

齐篠的心脏，因为身后忽然升温的空气悸动了一下，她还想再说点什么，门口传来响动。齐篠和孟新宇一起回过头。

孟晴站在门口，旗袍合身地包裹着她，薄薄的绢丝，覆在缠绕的青花藤蔓上，仿佛藕色的烟云，笼罩全身，亦真亦幻。

"真好看。"齐篠和孟新宇几乎是异口同声地称赞。

孟晴笑了。

"是吗？我也觉得很好看，齐篠的手很巧呢！"孟晴满意地低头看看，又抬起头看着齐篠说，"等下到我房间去吧，我有东西给你看。"

"好。"齐篠点点头。

孟晴转身回屋换衣服去了。

齐篠本想继续刚才关于西行游记的话题，但孟新宇忽然想到什么，转身在背包里翻找。

"你找什么？"

"好东西！"孟新宇头也不抬地回答，"看起来，我妈对你的手艺很满意，这东西，就算我现在不给你，她也会催我给你的，早给晚给都一样。"

孟新宇说着，直起腰，手里拿着一只玉镯。

"不知道哪辈子传下来的，送给你了！"他把镯子递到齐簌眼前。

镯子的质地透亮，齐簌对这个没有研究，但也能看出这只玉镯相当贵重。

"这个，是不是太贵重了？"

"没事，是送给未来儿媳的，你……要是不想跟我结婚，再还给我就是了。"孟新宇说着，扯过齐簌的左手，把镯子套了上去。

镯子戴在齐簌的手上，多少有点大。

孟新宇没有马上松开齐簌的手，而是把它握在手里，兀自把玩起来。

"这个镯子……应该是我妈妈结婚的时候，长辈送她的……"孟新宇自言自语地说着。

也不知道，是娘家人还是婆家人送的。

可是，他和齐簌都明白，就算是婆家人又怎样，他没有父亲，从来不曾有。

第三十二章
尴 尬 腿 围

送齐絺回家的路上，孟新宇还回想着母亲欢乐的神情。

"你觉得我妈怎么样？"

"嗯……挺好的，不过，不知道相处久了会怎样。"很显然，齐絺也在盘算以后。

"那，你爸妈觉得我怎么样？"

"我爸妈？"齐絺抬起眉毛，透过后视镜，看着前面的孟新宇。

齐絺忽然想到，自己根本不知道父母是怎么看孟新宇的，虽然父亲一直说孟新宇不错不错，可是到底有多不错，齐絺从来没有深问过。

齐絺一时间没了声音，孟新宇看看她，也不再多问。

又开了有两公里的路程，齐絺忽然又抬起头："对了！我的参赛设计也出来了。"

"真的啊？双喜临门啊你。"

"呵呵……"齐絺笑笑，她最近头疼的，其实不是服装的样式，而是——量尺寸。

周一午休时，齐絺站在工作间中央，拿着软尺，如临大敌。

她现在，必须亲自给这个半裸的男人量尺寸。

他们才交往一周时间，不要说身体，就连孟新宇手掌的触感，对齐絺来说，都是陌生的。

齐絺选择从后面开始，肩宽，袖长，衣长，再绕到侧面量了腿长，脚踝围，之后，才有些不情愿地绕到孟新宇怀抱所及的地方，伸长手臂，量他的胸围。

孟新宇注视着前方白色的墙壁，但他仍然能闻到齐箖香甜的气味，能感觉到她就在怀里，贴得很近。

为了不让齐箖尴尬，孟新宇闭上了眼睛，可是他的感觉，却变得无比敏锐。

他仿佛能看到，齐箖小心地环住他的胸膛，用微微冰凉的软尺缠绕着他，接着，那股芬芳温热向后退去。

孟新宇忙睁开眼。

软尺还在，齐箖也还在，她刚刚退后了一步，正在努力辨认软尺上的数字。

见孟新宇看着自己，齐箖脸一红，低下头，很正经地松开软尺。

接下来，腰围、臀围。

齐箖的脸仿佛要滴下血来，她从没觉得自己这么热过，从胃里向上奔涌的热流，直冲脸颊。她努力让自己平静下来，让自己的手不要颤抖。

量完臀围，齐箖毫无征兆地停下了。

她抬头看看孟新宇，咬咬嘴唇，没有说话。

"怎么了？不舒服吗？"孟新宇看着齐箖红成樱桃的脸，担心她会不会昏过去。

"没怎么……"

"那，量完了？"

齐箖摇摇头。

"还剩下哪儿？"孟新宇隐约地明白了齐箖停下的理由。

齐箖咽了一下口水，动了动双脚，干巴巴地回答："大腿围。"

孟新宇当场失笑："大腿围？大腿围怎么了？"

"你还笑！你给我量一个试试。"

孟新宇低头看看自己。

因为要净量，所以，他至少要把腰带解开，然后，齐箖弯下腰，或者蹲下，把手从他的双腿间穿过，才够量满一圈。

这真是个超尴尬的姿势。

"咳，这样吧，你把尺给我，然后你，站到旁边去。"

孟新宇弯下腰，微微张开两腿，一手拿着软尺，另一只手握着软尺的一端，从大腿内侧绕了进去，然后，齐森记下了尺寸。

"都量完了？"孟新宇一边系好裤子，一边问。

"嗯。"

齐森不记得孟新宇是什么时候走的，她也没有看表。

下班时间，柳安然站在中云大厦的门前，感慨万分。

她有多久没来过这里了？

转门不停地旋转着，仿佛生命的时针，在一圈一圈地转着，带走了她和孟新宇的过去。如今，孟新宇再也不会随着这扇转门的旋转，从大厦的黑暗中走出来，走向她。

柳安然并不悲伤，她只是无可奈何：有些事，开始时就不会有结果。

远远地，齐森从大厦里钻了出来，柳安然迎上前。

齐森不免一愣："柳安然？找我的吗？"

柳安然点点头。

"哦，有事啊？"

"嗯……私事。"柳安然很真诚地笑了，笑容里，多少还有些羞涩。

齐森站下，看着柳安然，等她开口。

谁知柳安然只是问："你怎么回家？"

"我？走到前面去坐地铁。"

"那，我能载你一程吗？我想和你简单聊聊，路上时间足够了。"

"可以啊！"齐森爽快地答应了。

柳安然今天穿了一条黑色的连衣短裙，裙子恰到好处地包裹出她迷人的线条。她穿着高跟鞋，走在齐森身边，比齐森高了整整一头。

齐森跟着柳安然到停车场找车。拐了两个弯之后，柳安然指指前面的一辆车。

"就是它了。"

这是齐森第一次看到柳安然的车，是一辆黑色跑车，样式很招摇。

"它以前是红色的，最近，我给它重新喷了漆。"

"最近"，说的是和孟新宇分手后的最近。

市区的路很堵，但两个人都不着急。

"我很好奇，你和夏启，认识多久了？"柳安然打开了话题。

"很久，我算一下啊……"

齐籁看着路口的国际灯在倒数，她的脑海里，也倒数着她和夏启相识的岁月。

那是在 20 年前吧……那年她 6 岁，他 8 岁。

两家人在一家大饭店吃饭，在饭店前厅的鱼池边，齐籁第一次见到夏启，那时候，她还是个穿连衣裙的小姑娘，而他还是个毛发未全的野小子。

"20 年，那么久……"柳安然向往地感叹着。

齐籁有些怜悯地扭头看看柳安然："有些事，不是时间能填补的，就像很多事，时间也挽留不住。"

"可是对很多人来说，时间，就意味着美好的回忆。"

齐籁有些不忍，柳安然是多骄傲的一个人，第一眼见她，她的鼻孔恨不得举到天上去，而现在，却这样患得患失忧虑不已。

"齐籁，你认识夏启那么久，能不能告诉我，他喜欢什么样的女人？"

"像我这样的。"这是齐籁心里蹦出的第一句话。

可她不能这么说。

"你不说我也知道，他喜欢你这样的……可我不是你，也不会成为你……"

跑车平稳地行驶在路上，路面上的白线匀速地钻进车下。

齐籁很认真地想了想，回答说："他喜欢穿裙子的女人。"

跑车在路上晃了一下，引得后面的车辆滴滴鸣笛。

"穿裙子？怎么可能？"

"是真的。"

"可是你……"柳安然扭头看了一眼齐籁，又收回目光继续开车。

"是的，我从来不穿裙子。"

"那为什么……"

"没有为什么，所以我说，这些事根本就不是时间、习惯的问题，那只是一种感觉，还有就是，你愿不愿意承认和面对这种感觉。"

"我还是不能相信。"柳安然细细的眉结在一起。

看着柳安然焦虑懊恼的神情，齐籁仿佛看到成千上万个每日为情所困的面容。

"我给你个思路，你就明白这是可能发生的。"

"嗯?"柳安然转过头。

"你忘了一个前提,我不希望夏启喜欢我,或者说,我从没想过要让他喜欢我。"

柳安然愣住了。

信号灯已经换成了绿色,她还是没有启动车子,直到后面的喇叭声连成一片。

齐箖快要到家了,柳安然一直沉默不语。

她的脑海里,不断重复着一句话:"得不到的永远在骚动,被宠爱的都有恃无恐。"

当车子在 S - 8 楼前停下时,柳安然仍然没有摆脱这种悲凉的感慨。

齐箖和她道别,开门下车。

扶着车门,齐箖探头回去:"感情的事不是几条裙子能解决的,不用说你穿裙子,你就是给他穿上裙子,如果不能打动他,也只能是白费力气……加油吧!"

第三十三章
和 你 一 样

第二天，夏启从公司出来，就看到一袭水红色长裙的柳安然，站在大门口。

她的长发在身后松松地拢起，纤细的腕间戴着一只银镯。微风中，裙摆轻轻地扫着她裸露的脚面，她仿佛一尊神像，矗立在时间之外，和世人隔岸相望。

柳安然很美，美得让人不敢靠近。

夏启忽然觉得自己很卑微，但他还是迈开步子，慢慢走向她。

"等我吗?"夏启明知故问。

"嗯。"

"什么事?"

柳安然强压住越来越明显的局促："那个……我们去逸林饭店好吗?"

"现在?"

"嗯，就今晚。"

"逸林饭店啊……"

虽然有些不情愿，但夏启还是载着柳安然去了。

下雨了。这顿晚餐，从一开始，就注定是不愉快的。

非常不巧，馅饼售罄。于是柳安然悻悻地要了一碗凉拌面，夏启点了四样菜，两人对着桌子，竟是一阵沉默。

最后，柳安然打破了沉默："夏启……"

"嗯?"

"你知道我喜欢你吗?"

"我知道,但我不知道为什么。"

"因为你身上有东西吸引我,我第一次见到你,就被吸引了。"

这话很像纯情的爱情剧台词,夏启笑了,开玩笑地问:"不会是我身上的味道吧?"

柳安然脸一红,也笑了:"不是!"

她凝视着桌角的空白处,迷离的眼神仿佛在回忆那次初见,"就是,你给人的那种感觉……让我觉得……"

柳安然偷偷抬起眼睛,看了夏启一眼,发现夏启正看着她。

她明明没有喝酒,但她的舌头,忽然就僵硬了。

"你让我觉得……觉得很熟悉,你的那种神情,我一眼就……你让我觉得,看到了另一个自己,让我觉得,我们是一样的,有一样的经历,一样的感受,一样的……"

"安然。"夏启忽然开口,"我们并不一样。"

"什么?"

"我们不一样,你一出生就是有钱人家的小姐,而我,我是个穷孩子,不说小时候,就是现在,我要是有个女儿,她也算不上有钱人家的小姐。"

"我说的'一样'和金钱没关系。"

"像你这种从不缺钱的人,自然会这么想,可是有关系!我们不一样,在金钱这个最简单的问题上就不一样,更别说其他事了!"夏启的语气很果断。

末了,他毫不客气地看着柳安然,问:"你干吗不去找个门当户对的男人?"

这无疑是柳安然听到过,最伤人的话,比"你不适合我"、"我有喜欢的人了",甚至"我不爱你"还要伤人。

她直接起身,跑出饭店,跑进大雨里。

柳安然知道,她在犯贱,她捧出真心,给这个不愿接受她的男人,让他有机会对她残忍。她也知道,只要自己不再纠缠夏启,就不会再听到如此伤人的话,可她忍不住,也做不到。

不知在大雨中走了多久,她的鞋子已经被雨水泡胀,手机也不知响了多少声，柳安然才躲进一个公交站台，歇息一下。

看看站牌，583 路公交，铭心路站。

这个地名好像在哪里听过，柳安然看看周围。

她迷路了。

柳安然掏出电话，上面有整整 20 个未接电话，是夏启打来的。

柳安然忽然想哭了。

既然还知道担心她的死活，为什么刚才还要说那种话。

手机忽然又震起来，是夏莲打来的："喂，安然姐！你在哪儿呢？"

"我？我在外面。"

"你是不是没带伞？你现在在哪儿，我去接你。"

"不用了，我自己想办法。"

"这都几点了，你能想什么办法！到底在哪儿呢？"

"我也不知道，这儿有个 583 路，站名叫铭心路。"

"在那儿等着我。"

夏莲挂断电话，又给夏启打了回去："我联系上她了，这就去。"

说完，她抓起雨衣，穿上鞋出门了。

在距离公交站几百米的小酒馆，夏莲找到了烂醉的柳安然，送回了柳家。

等夏莲踏进家门时，已经是后半夜。

一进客厅，夏莲就看见黑暗中，有个人影坐在沙发上。

"你回来了？"是夏启的声音。

"嗯。"

"她……怎么样？"

"你干吗不打电话自己问。"夏莲没好气地回答。

"我打了，但她一个都没接。"

"活着呢！我在一帮流氓动手前找到她的。"

"她跑去喝酒了？"

"回来时都坐不住了，你说喝了多少。"

夏启沉默了。他真的很自责。

他只想着如何让她死心，却不曾想，一语刺伤了她。

夏莲走过去，坐到对面的沙发上，掏出打火机，点燃了茶几上的一块香蜡。

火苗舔舐着粉红色的蜡块，空气中弥散着草莓的香味。

"还在想她？"夏莲问。

"嗯……"夏启的声音闷闷的。

"为什么？"

"不知道，也许是觉得歉疚吧……"夏启在昏暗中，靠进沙发里。

第二天，夏启没去上班。

夏莲傍晚回来时，夏启还一动不动地躺在那里。

夏莲走到床前，抬腿就是一脚，直接踹在夏启腿上："起来。"

夏莲的声音淡淡的，却充满命令的语气。

"干吗？"夏启坐起来。

"跟我出去兜风。"

"我能不去吗？"

"不能。"夏莲面无表情地回答，接着，她转身向外走去，"走吧，别让我等太久。"

夏启叹口气，从床上爬起来。

城郊。

大片的绿色，在雨后的斜阳下，格外有生气。

夏启和夏莲并肩坐在石阶上。

"你看，连棵狗尾巴草都比你精神。"夏莲说。

夏启没有作声。

"你动心了，是吗？"

夏启咧嘴苦笑了一下。

那么漂亮的女人，哪个男人看了不会动心？更何况，她还在追求自己。

可是……

"可是你怕你们不合适，对吗？"

"对。"

这片空旷的原野上，只有他们兄妹两人。

夏启终于承认了。

"根本就没有什么合适不合适，她能让你心动，就说明她在某个方面，或者很多方面都适合你。"

"那为什么……"

"为什么齐籁让你心动却不适合，为什么孟新宇和柳安然的感情无疾而终？是吗？"夏莲一口气说出了夏启心里的全部困扰。

夏启不吭声了。

夏莲从石阶上跳到地上，捡起一块石子，用尽力气扔出去。

"初恋的幼稚！"夏莲的声音很低，但语气很重，"第二次就好了。"

夏启坐在台阶上，一脚踹向夏莲的屁股："说得好像你多沧桑！你才多大！连个男朋友都没有！"

"你凭什么认为我会找男朋友？"夏莲故意把"男"字拉得很长。

"我是你哥，你那点心思，别以为我不懂。"

"确实，我有事要告诉你。"

"趁我没睡着，快点说。"

夏莲低头看看表。

远处传来机车的轰鸣声。

"哥，我要让你见个人。"

两分钟后，金博的机车停在夏启面前。

"哥，妈已经松口了，只要我愿意嫁人，找个什么样的都行！"夏莲得意地说。

夏启不禁苦笑："这小子到底哪儿好？让你花这么多心思。"

夏莲笑笑："你真想知道？听完了可别哭啊。"

夏启点点头。

"那是因为，"夏莲伸手挎住金博的脖颈，"他是和你一样的人。"

夏启愣住了。

说好了不哭，但为什么，眼睛有点酸，有点胀。

"所以……"夏莲的神色忽然郑重起来，"所以哥，你要配得起我的喜欢，不管要面对什么，你知道，我喜欢的是自信满满永远坚韧的你……所以，加油吧！"

第三十四章
有 好 消 息

奇风公司接到了一笔订单。

对方是一家新公司，负责人是一个姓王的胖子，他委托夏启，为他们公司开发一款新车型，研发和调试整套的内部组件。

这是奇风公司自成立以来接到的最完整的一份承包协议。

"太好了！我们是不是应该搞个仪式庆祝一下？"夏莲眼神灼灼地问。

夏启不免失笑："行啊，你想怎么庆祝？"

"别墅舞会啊！"

"又是舞会……"夏启的头有点疼。

他想起第一次舞会时齐襟的裙子，想起第二次舞会时柳安然的醉态，这些画面让他印象太深刻，让他不敢再去想象第三次。

"爸，到时候你和我妈也参加，好不好？"

"好啊，只要你们别太吵，我现在的体格可不如从前了，你妈呢……"夏成伟停了一下，"自从上次被你气晕之后，心脏也大不如前了。"

"气晕？"夏莲一愣。

"不知道吧！白眼狼！"夏启骂了一句，"你上次带着那丫头跑了，我回来直接拉她去的医院。"

"严重吗？你们怎么都没跟我说？"夏莲有些歉疚。

"说它干吗，你当时要是再跑回来，只会直接把她气死！"

"难怪那么多天不理我……"夏莲嘟哝。

"不过爸，我妈还真偏着小莲，出那么大的事，都不让告诉她，就知道折腾我们爷俩。"

夏成伟嘿嘿地笑了："不单你妈，我也偏着你妹妹，你有什么不服的吗？"

"没有，我不敢有。"夏启说着，转向夏莲，"项目的事就按你的想法办吧！"

"好！"夏莲脸上生出一丝豪迈。

"我先回公司了，还有……如果你真想办庆祝舞会的话，我希望你给大家带来点好消息，明白吗？"

夏启的眼睛眯了起来，他仿佛又看到夕阳下夏莲挎着金博的样子。

夏莲会意地点点头。

夏莲的庆祝舞会，很快就付诸行动。

"这败家丫头，就知道糟蹋钱。"夏启看着微信圈里夏莲发出的公告邀请，向柳安然骂了一句。

他们正坐在逸林饭店安静的隔间里品尝馅饼。

"味道怎么样？"

"我觉得不如我的凉拌面。"

想当年，孟新宇拿着自己的第一份工资，请她到这里庆祝，但当他翻开菜谱，才发现身上的钱，只够吃两碗凉拌面。

"不是挺浪漫的吗？怎么走到现在？"听完这段往事，夏启问。

"其实现在也没怎样，只是走不下去了。"

"因为你的家世。"夏启的语气忽然又变得冷冰冰的。

如果不是柳安然高不可攀的家世，和她那个钱多到可以拿来搓澡的老爹，一定有更多人追求她。

"我不能选择自己的家世，只能寻找一个愿意接受我家世的男人。"

"找到了吗？"夏启弦外有音，他觉得自己不是柳安然需要的那个男人。

柳安然咬咬嘴唇："吃饭吧，等下馅饼就凉了。"

夏启的心里，忽然抽搐了一下。

那是种说痛不痛的感觉。

这个世界上，是不是总有很多人，明知得不到，却还在死死坚持。

柳安然和孟新宇，差异一直存在，孟新宇坚持，柳安然也一样，只要孟新宇愿意，她就一直在坚持。直到，直到孟新宇遇到齐箖，直到柳安然遇到夏启。

　　夏启忽然觉得，如果不是之前的阴差阳错，孟新宇和柳安然可能还在继续，而他和齐箖，才是永远不会有结果的坚持。

　　而现在，柳安然，成了曾经的他。

　　夏启想了很久，直到面前圆圆的馅饼和盘子变成了圆圆的方向盘，他还在思考着。

　　"夏莲邀请我去参加庆祝舞会。"柳安然坐在后座，从后视镜里看着夏启。

　　"我知道。"

　　"你怎么想的？"

　　"什么？"

　　"我是问，你是不是不希望我去？"

　　"没有啊。"夏启不假思索地回答，接着，又说，"说实话，之前确实有，但现在不会了。我很抱歉。"

　　"那……"柳安然鼓起勇气继续问，"那后天的舞会，你做我的舞伴好吗？"

　　"呃……"

　　"如果你不愿意，不用太勉强，"柳安然生怕自己再惹人烦，"我也不是很喜欢跳舞。"

　　"好吧，我给你做舞伴。"

　　"那太好了……"

　　柳安然笑了，笑得像在做一场美梦。

　　那笑容，一直持续到舞会开始。

　　庆祝舞会，齐箖来了，孟新宇来了，他们已经磨合得很像一对情侣了。

　　还有夏启，身穿一套黑色礼服，正等着柳安然。

　　柳安然又笑了。

　　这样真好。

　　没等柳安然在夏启身边站稳，夏莲便出场了。

　　大厅里的所有人都惊呆了，连最不爱大惊小怪的齐箖也睁大眼睛，扯了扯孟新宇的袖子。

那是夏莲吗？

她最近没有再去理发，微长的发被烫成自然的小卷，从额头垂到耳后。女性化的圆耳环，几乎要搭到锁骨。锁骨下，是一条细细的链，坠了一块暗黑色的大颗宝石项坠。

而项坠下面是——是抹胸的黑色蕾丝小礼服裙！

夏莲洁白的肩颈在灯下绽放，镶钻腰带在细腰间闪亮，裙下是肉色的薄丝袜，隐隐地，齐苶仿佛看到下面露出吊袜带的小夹子。

但是，过度的震惊让齐苶有些花眼，这个，真的是夏莲吗？

全场人的下巴都自然地下垂着，看向这个不知发了什么疯病的夏莲。

"那个……呵呵，对不起啊，让大家受惊了，我是夏莲。"

场下传来一阵松口气的声音，伴着很多人嘴巴合拢的动作。

"我只是想宣布几个好消息，非常好的消息。"

夏莲看看下面。

齐苶正和孟新宇站在一起，她的裙带和他的领带一样，是同样漂亮的紫缎色，而柳安然，正紧张地立在夏启身边，一黑一白的映衬，非常醒目。看着他们，夏莲下意识地转动了一下手里掐着的黑色玫瑰。还有金博，他就站在台下，站在她的脚边，一件同样镶钻的白色 T 恤，道破了两人所有的秘密。

"除了奇风公司的新订单之外，我还想向你们大家介绍一下我的未婚夫，听好，是未婚夫，不是未婚妻。"

夏莲的重复和强调，给了大家足够的反应时间，下面顿时一阵呼吼。

金博向夏莲伸出手。

夏莲从一人高的台上一跃而下，落在金博怀里，被小心地放在地上。

在成片的呼哨声中，夏莲提着麦克吼道："这只是其中的一个好消息，还有……"

夏莲拨开人群，向齐苶和孟新宇走去，边走边说："我听说，我原来的嫂子新结识了一位帅哥，我代表我哥和我们全家，以及在场的诸位，向他们送上最真诚的祝福！"

齐苶的脸"唰"一下红了，孟新宇轻轻地从后面揽住她，让她尽量保持镇定。

众人又是一阵起哄。

谢天谢地，夏莲的注意力，并没有停留在齐莸身上。

当齐莸勉强让自己平静下来后，发现夏莲已经离开他们，向旁边走去。

那里站着夏启和柳安然。

夏启的嘴角正微微抽动着，只有身边的柳安然，看到了他压抑的痛苦。

夏莲代表他，祝福齐莸。

是的，他应该祝福齐莸，可他真的能平静地祝福吗？

夏莲已经站到他面前。

一身黑色的夏莲，显得异常严肃。

"哥，加油吧！做成这笔单子，你们就是平等的了！"

说完，不等夏启回过神，夏莲的麦克已经举到嘴边：

"我要给大家介绍一下我的新嫂子，也就是我哥哥夏启的未婚妻——柳安然。"

第三十四章　有好消息

第三十五章
昨 夜 重 现

夏莲的话犹如重磅炸弹。

夏启没听到周围的喧哗声，也没有注意到男人们艳羡的神情，他的脑海中，只有轰隆的声响，还隐约夹杂了柳安然羞恼的声音："小莲你乱说什么！你哥要生气的！"

夏启下意识地看向齐簌的方向。

强烈的刺激，让他的眼睛像蒙了一层薄雾，他模糊地看到齐簌站在孟新宇身边，却看不清她的表情，她应该是微笑着祝福他的吧？就像他应该微笑着祝福她一样。

等到夏启回过神来，他已经坐在沙发上。

音乐声已经奏起，齐簌不知去向，夏莲和金博正玩得开心，只有柳安然还坐在他身边，正担心地望着他。她的胸前，不知何时别了一朵黑色玫瑰花。

"我没事。"夏启看看柳安然紧张的小脸，吃力地笑笑。

"你是不是不高兴了？"

岂止是不高兴，如果夏莲不是他妹妹，夏启很可能当场掐死她。

夏启面无表情地看看柳安然。

柳安然低下头，很久不吭声。

之后，她仿佛下了很大的决心，突然抬起头，对夏启说："如果你不愿意，我以后可以不见你，真的……"

"跟你没关系。"夏启粗暴地打断柳安然。

夏启的眼睛被一下蒙住。

"你玩够了?"夏启问。

"什么话!你恢复正常了?"夏莲的声音在身后响起。

"嗯。"

"怎么,生我气了?"夏莲绕过来,坐进沙发里。

"没有,但你最好解释一下。"

"有什么可解释的,我就是帮你下个决心而已。"

"就这么下决心?这么大的事,下这么欠考虑的决心?"夏启语气古怪地反问。

"哥,你死抱着面子不累吗?那天是谁啊,大晚上的顶着大雨跑出去找人!我说,怎么我回去的时候你会在客厅里。"

"我没出去过。"

"家里收到了你超速行驶的罚单,上面有地点,还有时间。"

夏启的喉咙动了动,却没有作声。

"安然姐,那天晚上不光是我,你让我哥也狂找了一通。"

"是吗……"柳安然不敢相信。

"你问他好了,虽然他可能不会承认,你知道,男人的面子,比命还重要,你要怪,只能怪你生错了家庭。"夏莲说着,起身走了,扔下夏启和柳安然两个人。

柳安然看着夏启,想了半天,不知该怎样开口。

那天你去找我了?你真的担心我了?你是不是有一点点喜欢我?你到底怎么想的?

柳安然想了半天,也不知道该问哪个问题。

当夏启喝完第二杯酒,她灵光一闪:"你要不要我离家出走?"

夏启喝酒的动作一下子停住了。

这个问题包含了太多的信息——爱我吗?愿意接受我吗?你是在介意我的家庭吗?为了你,我可以离开家……

夏启忽然笑了,这女人真聪明。

"我问你个问题,如果你的回答让我满意,我就考虑和你交往试试。"

"为什么要问问题?"

"因为，我喜欢聪明一点的女人。"

柳安然知道，这是夏启留给她最后的考验了。说是看她聪不聪明，不妨说，是想看柳安然是不是真的懂他。

"你和你前男友，就是那个人，"夏启指了一下，"在一起有……"

"整整 7 年。"

"哦，那你听好了。"

柳安然一时间，误以为夏启会问很低俗的问题，但夏启没有。

"你说，一段明知道没有结果的感情，为什么还会有人坚持？"

柳安然定定地看着夏启。

他说的，是他自己吧？

柳安然想想，其实她也是这样的吧？在和孟新宇的感情已经成为强弩之末时，她还在拼死坚持，为什么？

"那个啊……"

柳安然陷入了沉思。

夏启不急不躁，对柳安然的考验，其实是夏启无法解开的心结，他必须想通这个问题，才有可能放下对自己过往的执念。

柳安然喝了一杯酒，又端起一杯，送到嘴边，却忽然停住。杯子里的红酒，像她那条水红色的裙子，那是孟新宇送给她的生日礼物。

想到孟新宇，柳安然忽然意识到了什么。其实答案永远就在身边，那么简单，却那么难发现。分手是柳安然决定的，可是为什么，她心里还是觉得空空的？

"那是因为，我们都放不下自己曾经的努力，放不下我们曾经的坚持。"柳安然慢慢说，"我们曾经那么努力地坚持过，所以后来的坚持，已经不再是为了我们，或是为了谁，到最后，我们都只是为之前的坚持而坚持着……"

柳安然说完，一口气喝干了杯子里的酒，也咽下了险些滑落的眼泪。

夏启拿起两杯酒，将其中的一杯递给柳安然："祝你健康，长命百岁。"

柳安然接过酒杯，思索着长命百岁的意义。

夏启轻轻地碰了一下柳安然的酒杯，喝干了杯中酒。

这时，他听到熟悉的前奏，"Yesterday Once More"，这是父母最喜欢的歌。

"把酒喝了，我们去跳支舞。"夏启说着，站了起来。

也许是因为酒喝得太急，夏启的反应有些迟缓，脚步也有些踉跄。在大厅里绕了几圈之后，他竟一脚踩在柳安然的裙摆上。

他失衡的身体压向柳安然，柳安然向后踉跄两步，被夏启沉重的身体压着，倒向地面。

柳安然在下面，为了保护她，夏启伸出一只手，撑住了自己的身体，而另一只托着柳安然的腰背，被她砸得好疼。

两人就这样脸对着脸摔在众人眼前。

看着近在咫尺的夏启，柳安然愣住了。

夏启嘴里的酒气喷在她脸上，还有压在身上那沉重和温热的身体，无不提醒她回忆起那个迷乱的夜晚。

看着身下的柳安然，夏启也愣住了。

面前的这张小脸，让他感觉好美，好熟悉。电光火石之间，夏启也想起那个同样迷乱的夜晚，以及那个夜晚的，迷乱而热烈的感受。

大脑已经不再转动，仿佛是凭着一种习惯，夏启对着那微张的小嘴，吻了下去。

这是大庭广众之下，在亲朋好友的围观下，平日里谨慎文雅的夏启，居然上演了如此激情的一幕，大家都看呆了。

只有夏莲嘴角挂了一丝笑。

"你真的没往酒里掺东西？"金博小声问。

"我不需要，他只要对自己诚实点，自然会明白柳安然的好，再说……"夏莲仿佛不经意地瞥了一眼旁边，慢慢说，"再说，就算我掺了，那又怎么样？还不是早晚的事。"

第二天早上，精疲力竭的夏启是被电话叫醒的。

夏启迷迷糊糊地接起电话，是助理打来的。

"喂？"

"喂，夏总，你今天一定要来，一定要来啊，下午柳志柳总要过来。"

"什么？谁？"

"夏惠公司的柳志，还有那个王胖子也要来。"

"跟你说多少次了，别总喊人家外号！行，我知道了，我中午之前回去。"

夏启一个翻身，仰面朝天地躺到床上，他松开手，让手机自由地落在枕头上。

他扭过头，看着已经坐起来的柳安然。

柳安然的长发披散着，挡住了大半个上身，也挡住了会让人流鼻血的曼妙。

"怎么了？"见夏启看着自己，柳安然问。

"有没有觉得，我们好像已经认识很久了。"

"我们是 6 月份认识的，才不到两个月。"

"可是，感觉好像在很久之前，就认识了，你让我觉得很熟悉。"

"你给我的也是这种感觉，我说过的。"柳安然说着，重新躺回床上，抱住夏启。

第三十六章
三 十 天 命

"你爸爸今天下午要去我们公司。"夏启若无其事地说。

"他去干什么?"

"不知道,也许是想拷问我是不是把你睡了吧?"夏启开玩笑地说,接着,他拍拍柳安然,"我得起来了,你是再睡一会儿,还是跟我一起回城里?"

"可以跟你一起走吗?"

夏启看了柳安然一眼,她正又渴望又可怜地望着他。

"你不是已经回答过我的问题了吗?"

接下来发生的事,让夏启终生难忘。

柳安然听到这话,一骨碌从床上跳下来站到地上:"真的?"

她脸上光彩四射。

夏启点点头:"真的。"

"太好了!"

柳安然跳了起来,她一步冲过来,夏启正要躲闪,却发现柳安然已经绕过他,直跑向浴室:"你等我一下啊,我5分钟,最多5分钟就好。"

夏启的嘴角,不由自主地勾起一丝微笑。

夏启先把柳安然送回家,之后调转车头,向公司方向赶去。

离开柳安然家时,夏启看见柳志的白色宝马驶出大门,跟在他后面。

就这样,夏启和柳志的车,一起停在奇风公司门前。

直到见到柳志，夏启才悲哀地发现，他的新合作伙伴，那个王胖子的项目，是夏惠集团的，也就是说，他们两家公司，都是拿着柳志的钱在开发和试验。

看着柳志，夏启只觉得无力。

"你送安然回去的时候，我看见你了。"

"啊……我们昨天玩得有点晚了，就没送她回来。"

柳志点点头。

"安然是我的掌上明珠，她喜欢谁，我不会限制，更不会干预，不过，如果你愿意，我们本来还可以进行更多合作。"

"柳总，或者我应该叫您叔叔……"

夏启忽然有种错觉，仿佛柳志才是这间办公室的主人，而他在自己的办公室里，反而有些局促不安。

"既然您说到这儿，我就实说吧。我一直觉得，夏惠是集团公司，就算是想长期合作，也轮不到和我们这种小公司。"

柳志笑了，他的表情有点神秘莫测。

"这种东西，看的是发展。我劝你认真考虑一下，尽快给我答复。"

柳志站起来。

"我要告辞了，小伙子。"柳志走向大门，又站住，"另外有句话我一直想对你说。"

夏启抬起头，望着柳志。

"我想说，你一直做得很棒，即使是我和你们停止合作的时候。别给自己太大压力，有些事顺其自然就好，你要知道，夏惠也不是一开始就是集团公司的。"

说完，柳志走了。

留下夏启一个人在空屋里空烦恼。

柳志是何等聪明的人。

如果夏启和柳安然交往，那么，这次见面，无异于女婿见岳父，如果他现在反悔抛弃柳安然，将这段关系扼杀在摇篮里，那奇风公司命运堪忧。

夏启忽然生出一种觉悟，他可能天生就应该是个吃软饭的男人，孔子五十知天命，而他夏启，不到三十，就要直面自己人生的怪圈。

"妈，如果我娶了柳安然，你觉得怎么样？"夏启站在厨房门口，问。

"什么怎么样？"张如秋放下手中的菜，问。

"会幸福吗？"

"你喜欢她吗？"

"我？说不上，我觉得她不错，和她在一起，觉得很默契，而她也恰好喜欢我。可是，凭这些就谈婚论嫁，会幸福吗？"

"那个啊……婚后是不是幸福，要看两个人的相处，婚前感情再好，考虑再多，到时候也要一步一步走，一天一天过。婚姻是一种生活的开始，而不是恋爱的结果。"

那么，就结婚吧……

老实说，柳安然实在是极好的结婚对象，娶了她，香车美女一应俱全。若是自立，完全可以自创家业，若是懒散，柳家的资产，足够吃香喝辣一辈子。

"夏莲，求婚什么地方最好？"

"你要求婚了？跟谁啊？"

"能跟谁！你都给我安排完了，我还敢向谁求婚。"夏启没好气地回答。

"安然啊，那你直接去他们家吧。"

"不认识。"夏启不想去家里，随口应道。

"没事，我认识。"

没过几天，夏启就被夏莲"押着"，踏进了柳家的大门。

柳志很高兴夏启能同意这桩婚事，临走时，他还不忘嘱咐夏启："你可以和她多出去几次，安然这孩子被我惯坏了，你要多担待她一点。"

"到最后，你是不是也会走？"看完电影，从电影院走出来时，柳安然问夏启。

"怎么这么问？"

"我觉得，你答应跟我交往试试，只是想安慰我一下，说不定哪天，你就离开了。"柳安然低下头，握紧手里的饮料瓶。

"那怎么可能！"

简直是无稽之谈，他都已经决定娶她了，虽然他现在连柳安然喜欢吃什么都不知道，但那不妨碍婚礼的如期举行。

"怎么不可能……"

柳安然以为不可能的事，都发生了。

她以为会一直在的孟新宇，离开了；她以为不可能得到的夏启，点头了，所以，没有什么事是不可能的。如果相处久了，夏启也像孟新宇一样，离她越来越远，该怎么办？

柳安然已经改掉了脾气，她也开始相信，现在的夏启，是喜欢她的。可谁又能保证，坚持和努力能永远不变？

她可以不变，但夏启呢？

"如果我们结婚，你是想住在自己家里，还是搬出去住？"夏启坐在柳安然对面，手指沿着咖啡杯的杯口，轻轻画着圈。

柳安然的冰淇淋勺一下捅到玻璃杯上："结婚？"

"嗯。"

柳安然的目光闪闪发亮，忽然，又黯了一下。

"可是，你真能忘掉齐袜？"

夏启抬头看看柳安然，灿烂地笑笑："忘不掉。"

看着柳安然的神色再次黯下来，夏启又补了一句："但那是两回事。"

柳安然抬眼看看夏启，一脸的委屈。

"安然，这种事，说忘掉也是骗你的，你能忘掉小时候童话里最喜欢的那个公主吗？"

柳安然摇摇头："忘不掉，可是这有区别，我喜欢的是公主，我不会喜欢童话里的王子。"

夏启想想，问："你有多喜欢我呢？"

柳安然低下头不说话，只是用勺子刮着融化了的冰淇淋。

"如果，我是说如果，如果最后我们没有结果，如果你以后嫁给别人，你会忘掉我吗？"

"不可能的，怎么可能忘掉。"柳安然仿佛看到了夏启"如果"的那一天，眼睛忽然就酸涩起来。

"你看你，我只是说如果，你怎么眼圈就红了。"

柳安然勉强笑笑，吞下一口冰淇淋，哽咽着说："而且，忘不掉你，我不会嫁给别人的！"

"可是我会娶你。"夏启的回答及时响起。

柳安然睁大眼睛，愣愣地看着夏启。

"你，你刚才说什么?"

"我说，我跟你不一样，就算忘不掉齐簌，我也会娶你，因为在我看来，忘掉和放下是两回事。"夏启端起杯子，喝干了咖啡。

柳安然没有动，也没有说话，她甚至面无表情，仿佛根本没有听到夏启的话，只有两行滚烫的眼泪，诉说着她的心情。

"受的伤越深，就该越懂得珍惜，人一辈子，能遇到有熟悉感的人，不容易，你看外面走的那些人，又有几个能真正遇见让自己感动的人。"夏启淡淡地说。

柳安然扭头看着窗外，她的脸上还挂着泪痕，嘴角却隐隐带了笑。

她坐在二楼的落地窗前，将逝的晚霞照进来，也照亮她期待的眼眸。

第三十七章
嫁 给 我 吧

夜里十二点半，齐燊坐在工作间的椅子里，得意地看着面前的衣架。

经过一周的加班，初赛的作品即将完成。

虽然时间有点晚了，但齐燊还是拿起手机，拨通了孟新宇的电话。

响了很久，孟新宇才接起来。

"喂？"显然，孟新宇已经睡了。

"你已经睡觉了啊？"

"没事，说吧。"

"你来我公司一趟行吗？"

"你还在公司呢啊？"孟新宇一骨碌爬起来，"你等着，我这就过去。"

孟新宇说着，人已经下到地上，开灯找衣服了。

虽然是办公写字楼，但一个女孩子，大半夜一个人待在楼里，还是很不安全的。

孟新宇穿好衣服，拿上钥匙和手机，轻轻走到母亲的门外，推门向里面看了看。

孟晴还睡着，孟新宇悄悄掩上门，转身出门了。

孟新宇一走，孟晴就下了床，直奔卫生间去呕吐。

她的病，已经越来越重了，医生担心，她活不过这个夏天。

齐燊设计的初赛作品，是一件浅米色的短袖西装，外加一条浅灰色半裤。

休闲西装的样式，领口和袖口装饰着清淡的花色布料，翻领稍大，袖口是旗袍一样的马蹄袖，宽宽的花色布料翻上来。

浅灰色的裤腿前身，一边加了一条浅米色，左腿从腰上一直到裤口，而右腿则到膝盖上方就停住了，动感十足。

孟新宇穿在身上，尺寸刚刚好，裁剪的部位也很服帖。

齐箖看呆了。

从孟新宇宽阔的额头，到浓长的眉眼，棱角分明的下颚，到粗壮的脖颈，以及领口露出的浅棕色的胸膛，整个映在她的眼中。

孟新宇送齐箖回家。

站在楼下，他问齐箖："什么时候，我能跟你一起上去？"

"你不是去过我们家吗？"

"我是去过啊，可是那时候身份不一样。"

"那个……我问问我们家里吧。"

"那就是说，你已经同意了？"

齐箖低下头，偷笑了一下："就算是吧！"

"那我回去准备一下，就等你的好消息了！"

回到家，走到窗前，齐箖向楼下挥挥手。看着孟新宇钻进车里离开，齐箖回头冲屋里喊："妈，我最晚可以什么时候结婚？"

"最好别超过 28 岁。"

"那最早呢？"

"你今天就嫁出去才好呢！"齐才厚从书房走出来。

"那么，我有个好消息通知你们。"

这次见面，远比孟新宇想象的轻松。

齐才厚很健谈，趁着他和孟新宇聊得火热，齐箖把母亲拉进卧室。

"妈，你觉得他怎么样？"

"挺好的一个孩子，你说他和他妈一起过？"

"对，"齐箖点点头，"我没听过他爸的事，可能他很小的时候，父母就离婚了。"

林竹声点点头："我觉得他和你爸挺合得来，上次来送光盘的时候，他俩就聊得挺好的。"

齐簌在门后偷偷向客厅看去。

齐才厚正兴致勃勃地讲着，一边讲还一边伸手比画着，孟新宇笑着附和。

那个表情，让齐簌有一瞬间的恍惚。

孟新宇的侧脸，和父亲的很像，那眉骨和鼻梁，还有高兴时脸颊扯动的肌肉。

"妈，你快看，你看他俩是不是长得挺像的?"齐簌扯扯母亲。

林竹声也凑上前看了看："嗯，确实有点像。"

齐簌的心怦怦地跳着。

原来那句话说得没错，女孩都会喜欢像自己父亲的男人。

周六清晨，太阳还没彻底升起，夏莲的电话就已经叫醒了所有人。

"汇报你们一个好消息! 我被求婚啦!"

夏启正在睡觉。

"什么?"夏启问。

"我被求婚啦!"

"你告诉爸妈了吗?"

"他们去买菜了!"

"那等他们回来了你告诉一声吧，我要接着睡了。"

"别睡了! 我给你安排了活动!"

然后是齐簌。

"汇报你们一个好消息! 我被求婚啦!"

"真的? 那太好了! 你准备什么时候办婚礼?"齐簌已经醒了。

"婚礼? 还没想好呢。对了，你有没有被求婚?"

"没呢啊，他前两天才正式见我爸妈，不跟你说了啊，我穿衣服呢。"

"哦，行，知道了!"

夏莲挂断电话，扭头看看金博，他已经跟着她在车间连加 3 天班了。

"累吗?"

"还好。"金博笑笑，埋头摆弄着手里的扳手。

"我再打个电话。"夏莲说着,拨通了孟新宇的电话。

"喂?孟哥,是我……嗯,对,那个,你想不想跟我们来一次联合求婚?"

上午 11 点。

EBV 首饰柜台。

夏莲无奈地看着夏启和孟新宇挤在柜台前。

"不好意思小姐,你能不能替我未婚妻试一下戒指,她的手指和你差不多。"

"有人吗?这个款式有白金的吗?"

"这款戒指,你能拿出来戴上给我看看吗?我想看一下效果。"

"莲,你喜不喜欢?我们也买一对吧。"金博悄悄问。

夏莲摇头。

"我才不要呢,都不如螺丝刀有用。"

"人家别的女孩子看见戒指都感动得热泪盈眶的。"

"我用不着,你送了我整个装配车间,那些人,一辈子嫁十回,也攒不出这么厚的彩礼。"

金博沉默了。

他和夏莲一样,想起了曾经。

当年,夏莲从家跑出来,找他学手艺。后来,他卖掉自己红火的装配门店,帮夏莲支撑起现在这个车间。

他不会忘记生意不好的雨天,两个人蹲在屋檐下喝凉水啃馒头,三伏天在闷热的车间里加班,三九天骑着机车到城市的另一头送件。

那些艰辛,夏莲和他一起度过,现在的成绩,也是夏莲和他一起分享,以后的以后,生命中的所有,他们都将一起度过,一起分享。

想到这里,金博伸出有力的大手,拍了拍夏莲的肩膀,顺势揽住她的细腰。

走进 CW 茶餐厅时,夏启和孟新宇手里,一人多了一个写着"Tiffany & Co."的小袋子。

等齐森成功找到 CW 餐厅,已经是 3 点 20 分。

没有人点菜,5 个人围着空空的桌子,大眼瞪小眼。

"可以了吧?"夏莲问。

夏启和孟新宇一起拿出浅蓝偏绿色的小盒子。

"亲爱的女人,嫁给我吧!"夏启和孟新宇正襟危坐,排练一般异口同声地说。

齐燊愣了好一会儿。

而柳安然,已经泪流满面。

齐燊颤抖着手,想伸手去接那小小的盒子。

而柳安然,因为哭得太投入,根本忘了去接戒指。

"齐燊,你先等一下,我们做个小游戏。"夏莲在齐燊之前抢过了小盒子,扔进纸袋里,夏启手边的小盒子,也一样被扔进袋子里。

"我希望你们能找出属于你们自己的戒指。"

夏莲说着,从口袋里掏出那两个小盒子,一起打开,放在桌面上。

两枚戒指迥然不同。一枚看起来奢华复杂,中间一颗钻石,周围像花朵一般,层叠镶钻地围绕着,在数十条的折射光线中闪耀;而另一枚极尽简约,只有孤零零的一颗钻石,简单古典的六爪镶嵌,安静地坐在桌面上。

齐燊和柳安然对视一下,毫不犹像地伸出手。

一人一个。

柳安然拿了那枚花朵形状的,而齐燊选了单钻的。

"还好你们没选错,不然,就得让你们随戒指嫁了!"夏莲顽皮地笑笑。

转头看见齐燊,夏莲不由得喊出来:"哎,你怎么给戴上了! 那是人家给你戴的!"

"啊?"齐燊迷惑地抬起头。

"没事没事,戴上就戴上吧,谁戴的不要紧,答应了就行。"孟新宇拍拍齐燊的肩膀,阻止她摘下戒指的努力。

第三十八章
发 黄 照 片

回去的路上，齐葇凝视着手上的戒指。

"我想结婚时也用这个戒指。"

"为什么?"

"节约。"

"……那……好吧……对了，我送你的镯子呢?"

"啊，它有点大，我怕从手上滑下来，不敢戴出来。"

"哦，我还以为你不喜欢呢。"

"没有，我把它收起来了。"齐葇笑眯眯地解释。

但孟新宇想的不是这个。

"等下跟我回家，行吗?"

"呃……"

"我有东西给你看。"

"什么东西?"

"好东西。"

"比这个还好吗?"齐葇指指手上的戒指。

"呃，在你眼里，可能没有它好，但对我来说，它们比戒指重要。"

"那好吧，我去。"

孟新宇的钥匙转了好几圈，才打开大门。

"嗯？我妈没在？"

他走进屋，有些诧异。

"要给我看什么？"齐簌问。

"啊，我是想让你看看我小时候的照片，但是都在我妈的箱子里，不过应该好找，你等我翻翻看。"

孟新宇向母亲的卧室走去。

"还是别了，你打电话问问阿姨什么时候回来，我可以等。"

"也行。"

孟新宇拨通了母亲的电话。

孟晴刚从诊室出来。医生说，她的病情在继续恶化。

"……我这就往回走了，最多半个小时就能到家……行，你们俩稍等一会儿……"

孟新宇和齐簌坐在孟新宇的房间里。

齐簌伸着手指，低头端详手上的戒指。

"如果我选错了戒指，你会不会很郁闷？"

"你不会选错的，我知道你喜欢简单的。"

"可是我觉得她那个也很好看啊！"齐簌笑嘻嘻地说。

孟新宇从椅子上站起来，蹭到齐簌旁边，和她一起坐到床沿。

"来，让我看看。"他摊开手掌。

齐簌配合地伸出手。

"怎么戴在无名指上了？订婚戒指不是戴中指上吗？"孟新宇忽然发现了问题，"你这么急着结婚？"

"不是啊，你买的戒指有点小，所以……"

"所以你才说要拿它当结婚戒指？我去换个号吧！"孟新宇有些着急，他的大手，下意识地握紧。

"不用不用，这个挺好的，我要那么多戒指也没有用。"

"那……"孟新宇张开手掌，低头端详齐簌的小手，"那给你买条裙子吧！"

"干吗买裙子？"齐簌不解地问。

孟新宇看看齐簌，答案就在嘴边。

沉默片刻，孟新宇才开口："因为，你穿裙子的样子很美……"

齐䂮睁大眼睛。

"我第一次见到你设计的裙子，就对你有种莫名的好感，可惜，我一直没见你穿过裙子，只有那天在你父母的宴会上，所以我才拍了很多张照片。"

他很认真地看着齐䂮，又补了一句："相信我，你穿裙子真的很好看。"

孟新宇迷恋的目光，透过记忆里那个穿着橘粉色裙子的身影，直直地落在齐䂮脸上。

暧昧的味道，弥漫在空气中。

齐䂮的脸有点红，她想动一下，却发现左手被孟新宇握得紧紧的。

她觉得自己不光是脸，连身上都要烧起来了，她的大脑停止了转动，脸仿佛要滴下血来。

看着齐䂮红红的脸，孟新宇心下一动。

这种心动的感觉，以及身体内涌动而出的魔力，都让人无法抗拒。

孟新宇想也没想，就重重地吻在齐䂮薄薄小小的唇瓣上。

吻着吻着，他的手不自觉地顺着齐䂮的衣襟摸了进去，慢慢地，再滑向腰际。

齐䂮忍不住呻吟一声，身子却被孟新宇抱得紧紧的。

孟新宇的左手抬起齐䂮的上身，右手用力一扯，齐䂮的裤子被直接剥下，纤细的大腿在夕阳下闪着温暖的光芒。

这时，房门传来钥匙插入的声音。

孟新宇停下手中的动作，齐䂮也是一惊，定定地看着孟新宇。

"妈，你回来了？"孟新宇走出卧室，尽量平静地问。

奇怪。

客厅里没有人。

孟新宇向母亲的卧室走去，里面传来翻箱倒柜的声音。

"妈？"孟新宇推开半掩的房门。

孟晴刚把好几本影集放到桌上，随手盖上箱盖。

"妈，你在干吗？"

"找影集啊。"

"阿姨您回来啦？"齐䂮也跟了进来。

"嗯，我临时有点事，出去了一趟。照片都在这儿，你们俩看吧，我做饭去了。齐箖在这儿吃晚饭吗?"

"呃,我不吃了! 我今天不饿。"

"好,别客气,饿了就告诉我。"

"好的,谢谢阿姨。"

房间里,又剩下孟新宇和齐箖两个人。

齐箖有些尴尬和羞涩地看着孟新宇,笑了笑,她的脸像新鲜的苹果,细嫩,光洁,有淡淡的红晕。

"过来吧,给你看我小时候。"孟新宇捧起影集走到床边,招呼齐箖坐过去。

孟新宇的影集,记录了他全部的成长轨迹。

满月、周岁,以及之后的每一年,骑小三轮车,吃冰棍,玩泥巴,划船,钓鱼……

齐箖发现,孟新宇的影集里,几乎都是他自己的照片,连母亲的照片都很少,而他的父亲,竟一次都没有出现过。

"你没见过你爸爸吗?"齐箖不免好奇。

孟新宇摇摇头:"没有,妈妈也从来不提。"

孟新宇陷入了对往事的回忆。

齐箖打开另一本影集。

这是一本老影集,上面的日期,是 27 年前。

"呀! 这张真可爱,能送我吗?"

齐箖伸出手指,从护封里抽出一张照片,上面是很小很萌的孟新宇。

"哎,你怎么给抽出来了?"孟新宇吓了一跳。

"怎么啦?"齐箖也吓了一跳。

"会弄坏的!"

这本影集很老,所以,孟晴明令禁止孟新宇动里面的照片,生怕不小心撕坏了。

孟新宇低头检查影集,却发现,第一张照片的后面,还藏了一张照片。

那是一张更老更旧的照片,边缘有些卷边磨损,颜色也有些发黄。

照片上的人,齐箖再熟悉不过。

那是年轻时的齐才厚!

他穿着汗衫,背着黄书包,戴着一顶揉皱了的前进帽,微笑地站在松青公园门口。

齐箖和孟新宇都愣了。

这是，怎么回事？

回到家，齐箖在父母的老影集里，找到了同样的照片。

齐箖最初以为，孟晴的那张照片，是从她家的这本影集里拿走的，可是现在看来，事情远没有她想象的那么简单，很可能，是在更早之前，在齐箖和孟新宇都没有出生之前。

齐箖见到照片的第一时间，就给孟新宇打了电话。

孟新宇正开车行驶在回家的路上，听完齐箖的想法，竟然很久没有回答。

"喂？喂？你在听吗？"齐箖忍不住问。

"听着呢。"孟新宇回答。

"那你怎么不说话？"

"我快到家了，等我到家了问问我妈，回头弄清楚了就告诉你，好吗？"

"行，一定要第一时间告诉我啊！"齐箖叮嘱。

孟新宇到家时，孟晴刚从洗手间里出来。

见孟新宇回来，孟晴笑了："回来了？"

"嗯，你怎么又起来了？"

"刚才睡了一会儿，睡多了晚上就睡不着了。"

孟新宇犹豫了一下，跟着母亲走回她的卧室，将那张照片递给孟晴。

"妈，这人，你认识吧？"

孟晴动了一下。

"你从哪儿找到的？"

"今天我们俩看影集，齐箖说我小时候长得可爱，结果一抽照片，就把这张露出来了。"

命该如此吗？

孟晴在心里重重地叹了口气："其他的照片你看了吗？"

"没有，我就把这张拿出来了，因为……"孟新宇看看母亲，"因为这个人，是齐箖的爸爸。"

第三十九章
前 缘 旧 交

　　孟晴许久没有作声，她默默地凝视着手里的照片，仿佛要把照片里的人吸入自己的眼里。

　　"你说什么?"孟晴问。

　　"我说，照片上的这个人，是齐簌的父亲。他们家的影集里，也有这样的一张照片。"

　　"你是说，齐簌的父亲是齐才厚?"

　　"是的。"

　　孟新宇见孟晴脸色未变，忙解释道："妈，我问这个，绝不是想探究你的过去，更没想问你当年发生了什么，我只是想知道，这个……会不会影响我和齐簌的关系。"

　　"这……"

　　孟晴沉默了。

　　这天晚上，孟晴一夜没睡。

　　她翻出所有的老照片，摊在床上。

　　她不能相信，命运会如此残酷，让她在多年之后，再次步入齐才厚的生活。

　　齐才厚……齐簌……孟新宇……

　　她该怎么办?

　　那个永远也过不去的过去，该如何面对?

孟新宇醒来时，已经是后半夜，孟晴房间里的灯还亮着。

当他推开门，孟晴正双手撑在箱盖上，抬头看他。

"怎么还不睡？"

"我收拾点东西。"孟晴说着，低头检查了一下箱子。

"早点睡吧，你最近气色不好。"

"这就睡。"孟晴抬起头，笑笑。

她躺到床上，闭上眼睛："我睡了！帮我把灯关上就行。"

"好。"

孟新宇关了灯，关上门，他没有看到孟晴在黑暗中痛苦扭曲的表情。

几小时后，天亮了，恶心和眩晕的感觉消退了一些，孟晴迷迷糊糊地睡着了。

她才刚睡沉，孟新宇就在晨光的熹微中，摸进了屋。

母亲的反常，让孟新宇非常担心，他想看看，母亲的木箱里，到底藏了什么。

孟新宇轻轻打开箱盖，里面没有照片。

但他的目光，被立在箱子侧面的一个白色纸盒吸引了。

齐才厚这几天出差，齐簇没办法问照片的事，于是一大早，她就给孟新宇打电话。

"喂？"孟新宇坐在客厅桌边，面前摆着那盒刺目的白色，声音疲惫。

"喂，怎么啦？昨晚没睡好吗？你问阿姨了吗？"

"没有，我昨晚回来……"孟新宇看了一眼母亲的屋门，"我妈就已经睡了。"

孟新宇说了谎。

如果他告诉齐簇，母亲只剩下两三个月的生命，那就是在告诉齐簇，他们必须在两三个月里结婚。

孟新宇不希望自己的爱情和婚姻，掺杂进任何东西。

而且，他也想知道，母亲对自己最后的岁月，是如何打算的。

这是个阳光明媚的上午，夏启来找齐簇。

看着坐在对面的夏启，齐簇不免有些感伤。

他们青梅竹马，一起玩耍笑闹，一起走过青春的荒唐和迷茫，慢慢走向成熟。

他们的感情，没有开始，没有过程，却有一个实实在在的结束，结束在那天漫天血红的夕阳下，结束在齐箖落荒而逃的背影里。

她只是他的妹妹，即使他再用心，也无法填补兄妹到爱人的跨度。

齐箖就这样静静地、认真地看着夏启，仿佛要看到他的心里，看到他的过去，看遍他这些年的心思。

夏启的眼睛很明亮，丝毫不见迷茫和忧虑。齐箖忽然想起小时的夏启，那时候，他的眼神就是这般清亮，仿佛净透的泉水倒映着星光。

"准备什么时候办婚礼？"

"看情况吧，先按部就班地张罗，到时候再选个日子就行。你会来吧？"夏启问。

"会，但我不给钱。"齐箖回答。

夏启点点头。

"我很高兴你要结婚了。"齐箖微笑着，真心祝福。

"你也一样，一样祝福你们。"夏启回答，他的脸上，只有满满的关怀，"我来找你，是想让你帮我个忙。"

"什么忙？做伴娘吗？"齐箖眉毛一挑。

"不是，我是想让你帮我做条裙子。"

"给柳安然？"

夏启点点头。

"什么时候要？"

"越快越好。"

"10倍薪酬！"齐箖狮子大开口，柳家的钱不要白不要，不要才是笨蛋。

"没问题。"

"成交。"齐箖爽快地拍拍手，拿起桌面上的笔。

"你还没问我要什么样的裙子呢。"

"什么样的我做不了？我现在连旗袍都能做！"齐箖志得意满地说。

"我想让你做那条裙子。"

"哪条？"齐箖一头雾水。

"就是白色的那条，你最早做的那个。"

"就是……夏莲过生日时那条?"齐榇记起,那是她给自己做的第一条裙子。

"对,后来不是在洗衣店被安然他们拿错了吗?"

"嗯,我知道。"齐榇沉思着,"为什么是那条?"

夏启笑笑,正要开口。

"行了,我知道为什么。"齐榇忽然不想听了。

她不想听见那么温暖的话,从夏启口中说出。

一切,都由那条纯白色裙子开始。

是因为那条裙子,齐榇才遭遇了柳安然,夏启才会认识柳安然。

这样的结婚礼物,独一无二。

夏启,真的很会哄女人。

可是,他没能把齐榇哄成自己的妻。

齐榇觉得心里有些不好受,齐榇忽然明白,自己和夏启的问题出在哪里。

他们认识得太早了。

早到小小的齐榇还不知感动为何物,早到她以为夏启护着她,是男孩应该应分的担当。

于是,这所有的好,都变成理所当然,这一切本该温馨美好的付出,都变成习以为常。

他教会了她如何对别人好,却无法让她感受自己的好。

"怎么样?"夏启问。

齐榇看看台面上自己的照片,那是夏莲的生日宴会。

纯白色、低领抹胸、连身收腰、大波纹摆带镶边,完整地演绎着"淑女"二字的全部含义。那是她导师的作品,也是她的。

"那……算我送的,行吗?"

"成交!"夏启微笑道。

他明亮的眼眸里映出齐榇的身影,时光,仿佛回到他们最初的相见。

周六下午。

孟新宇载着母亲,从医院回家,他的脸色比孟晴还要难看。

"妈,我争取下个月就结婚。"

"齐榇那孩子不错,但是,你不能和她结婚。"

孟新宇一脚踩在刹车上，后面的车险些追尾，停在后面发出不满的嘀嘀声。

"为什么？"孟新宇把车子直接停在路边。

"她不适合你。"孟晴面无表情地回答。

"为什么？怎么了？"

孟晴沉默着。

"是因为她父亲，对吗？因为她爸爸叫齐才厚，对吗？"

孟晴透过后视镜，注视着孟新宇："对。"

孟新宇重重地叹了口气。

沉默片刻，他启动车子，重新汇入车流。

街景在眼前移动着，扑面而来又擦着耳旁划过。

孟新宇麻木地注视着前方。

这是他早就料到的，那张照片藏匿的位置，本身就有问题。

但孟新宇不打算放弃。

齐才厚和孟晴，那是之前的故事，孟新宇不会让长辈的伤痕，变成他和齐箖的新伤。

"齐箖，下周末，让我妈和你爸妈见见面吧。"孟新宇在电话里这样说。

"好啊！我这就安排。"

孟新宇的心情忽然轻松起来。他觉得，自己一定能找到办法，让母亲接受齐箖。

晚上，孟新宇坐在孟晴床前。

"妈……我们想让你和她爸妈下周末见一面。"

"你忘了我说的话吗？"孟晴问。

"没有，但我……"

"我不会去的。"孟晴的声音不大，语气却很坚决。

"妈……"

"你还是找个机会和她说清楚吧，别耽误了人家，齐箖是个好姑娘，嫁给谁都会幸福的。"

"妈，不管你和齐才厚之间发生过什么，我都非齐箖不娶，我会让你接受她的。"

第四十章
你 的 妹 妹

齐箖最近的心情不错。

第一，她刚刚接到通知，她的初赛作品已经以第二名的好成绩杀入复赛。

第二，夏启和柳安然的婚期定在 8 月 18 日，而那条裙子，她已经送到柳安然手里了。

现在，她正在孟新宇家的厨房里忙碌着。

齐箖知道，孟晴不同意她和孟新宇的婚事；她也知道，孟晴几乎已经吃不下东西了，但她还是做了自己最拿手的菜，想讨孟晴欢心。

爆炒羊肉、红焖鲫鱼、香椿煎蛋、百合青笋，再加上一盆紫菜蛋花汤。

这套菜，是她跟齐才厚学来的。

孟晴看到这桌菜，不禁一愣。

"阿姨，你和我爸，是不是早年认识？"

齐箖的声音从清晰的现实飘进孟晴模糊的回忆中。

孟新宇没料到齐箖会如此直截了当，一时有些发愣。

"嗯……是啊……"孟晴回答。

"其实，我看到我爸年轻时那张照片，就猜到了。"齐箖噎了一口煎蛋，说。

一男一女的故事，从古至今每天发生着，即使是像齐箖这样迟钝的人，想猜到照片背后的故事，也真的不难。

"阿姨不喜欢我爸爸，对吗……"齐檪小声说。

孟晴定睛看看齐檪。

齐檪低下头："所以，也不喜欢我……"

"不，我很喜欢你，你本来可以成为一个非常好的儿媳，如果……"

"如果我不是齐才厚的女儿……我知道。"

"孩子，我不要求你理解我，更不需要你体谅我，但是，如果你想知道……"

孟晴是毕业后被分配到这座城市的，而齐才厚则是"坐地户"。通过老乡、同学和朋友，两人偶然相识，并且在各自最美好最单纯的年纪，走到一起。

松青公园，运河桥南，郊外未开发的小山丘，都留下他们的欢笑和美好回忆。

当年，齐才厚用自行车，驮着孟晴从单位的单身宿舍，来到他破旧的家，两人就在简单的仪式和朋友热闹的祝福声中，结婚了。

"结，结婚了？"齐檪瞪大眼睛。

原来，父亲在和母亲结婚之前，有过一次婚姻。

回家的路上，齐檪忽然问："你说我妈，她算不算你妈和我爸之间的小三？"

"……"

"那，我不就是小三生的女儿？"

"他们离婚是在 28 年前，那时候连我都没有，你比我还小一岁呢，你妈妈不是小三。"

"跟 100 个人讲这个故事，有 120 人会这么想。"

"我是那第 121 个人。"

孟新宇面无表情地看着前方。

"妈，我……"

"你什么都不用说……"孟晴半躺在床上，打断了孟新宇。

孟新宇刚刚进屋，客厅里，还残留着饭菜的香气，还有齐檪淡淡的味道。

孟新宇很想和母亲谈谈，谈谈齐檪，谈谈他们的未来。

但孟晴不想给他机会。

"我累了。"孟晴说着，闭上了眼睛。

她苍白的脸上满是疲惫，额角和眉心，还写着浅浅的、盛满惆怅的皱纹。

齐簌回家后，也是心事重重。

她试着去问林竹声，知不知道一个叫孟晴的人，但林竹声的表情，非常茫然。

晚上，齐簌给孟新宇打电话，打了两遍，都是无人接听。

很快，孟新宇的电话打了回来。

"喂？我刚才手机静音了，才看见你电话。怎么了？"

"没事，就是想跟你聊聊。你怎么静音了？"

"我妈睡着了，我怕我手机铃声把她吵醒。"

"哦……"

没几分钟，齐簌的思路就打开了，她开始想象婚礼，想象蜜月旅行，想象着以后的生活。

孟新宇拿着电话，嘴角的笑意渐深。

他的眼神有些失焦，眼前仿佛晃动着齐簌穿着裙子的美好身材，还有让他念念不忘的温柔。

"喂？喂？"齐簌听孟新宇没声音，以为断了线。

"嗯，我听着呢！"

"你都不说话！算啦，我不跟你说了，我要睡觉去了。"

"嗯好，你去吧。"

"你准备这样拖到什么时候？"孟晴的声音在身后响起。

孟新宇挂断电话，转过头。

母亲正扶着门框，站在门口。

"我没有拖，我是很认真地要和她结婚。"

"我上次就说过了，尽快和她分手，越早伤害越小。"

"我不会伤害她的，所以我不会和她分手的，我要和她在一起，让她免受伤害。"

"你做不到。"孟晴冷冷地打断孟新宇，"如果你坚持和她在一起，你一定会后悔的！"

"妈，如果齐籴不是齐才厚的女儿，你就不会这么刻薄挑剔了，对吗？"

"对。"

孟新宇感到谈话无法进行下去。

"妈，我知道你这些年受了很多苦，"他走向孟晴，"可是，我和齐籴，我们会幸福的。"

"不可能的……你们，没有可能的……"孟晴的脸色苍白黯淡，她扶着门框，因为激动和疲劳，她的身子已经在微微颤抖。

孟新宇把母亲搂在怀里，像搂住一个迷路的小孩。

"为什么？妈……你恨齐才厚吗？我可以让你永远不和他见面，如果你看见齐籴也会记起他，我也可以让你见不到齐籴……可是妈，我求你，求你了，别阻拦我的幸福……"

孟晴在儿子宽厚的怀抱里，泪如雨下，直接浸湿了孟新宇的衬衫："不是我想阻拦，我也希望你能找一个自己喜欢的女孩，幸福地生活，可是……"

"我已经找到了，可是你却说我们不可能幸福，为什么？妈，你到底知道什么？告诉我吧，都告诉我，我承受得了，我只是想知道，我要的幸福，你为什么说不可能……"

"因为……因为她是齐才厚的女儿啊……"

"我知道，但那又怎样，就因为她爸爸对你始乱终弃，你就……"

"不，问题不在这儿，"孟晴不知哪儿来的力气，她推开孟新宇，看着他的眼睛，一字一顿地说，"让我来告诉你吧，齐籴，她是你妹妹，同父异母的妹妹！"

一想到齐籴是自己的妹妹，孟新宇就感到恶心。

他为自己亲吻过她嘴唇感到恶心，为自己拥抱和抚摸过她的手指感到恶心。

他所做所想的一切，都是那么的让人厌恶，令人羞耻。

曾经以为理所当然的画面，现在回想起来，竟是那么的肮脏和龌龊。

孟晴的身体，随着秘密的吐出，变得更差了。

"妈，真的不去医院吗？"孟新宇一再询问。

孟晴摇摇头。

孟新宇深深地叹口气，站在床前，看着输液瓶里的药液，一滴一滴地跌落，仿佛母亲的生命，在一滴一滴地流走。

"你说你今天有事，怎么还不走?"

"没事，我等你这瓶输完。"

孟晴看了孟新宇一会儿，忽然开口问他："你是不是想跟我说什么?"

"嗯。"孟新宇搬了把椅子坐下。

孟晴仰起脸看着孟新宇，等他开口。

"你之前一直说，我爸走了。其实，不是他走了，是他根本不知道有我这个儿子，对吗?"

孟晴点点头，眼前蒙上一片雾气。

"那你当年……你当年干吗要留下我……"孟新宇问。

他忘了这个问题有多么残忍，直到看见母亲脸上的表情，和奔涌而出的眼泪。

"我当时，我当时也想的……但我舍不得，我想，我就只剩下你了……"

孟新宇沉默了。

他从没有如此憎恨和厌恶自己，甚至连他的存在，都是一种罪过。

第四十一章
地 下 半 层

2013 年 8 月 10 日，星期六。

河西区有一家名叫"地下半层"的咖啡馆，坐落在一幢老式俄罗斯建筑的地下室。

阳光从窗户的上半部分照进来，配上黄色的顶灯，温馨异常。

齐森兴致勃勃地说完最近的计划和安排，停下来喝了一口橙汁。

"你在想什么？我说了这么多，你也不说话。"

"我吗……"孟新宇心里一沉，"我确实想和你说件事。"

看着孟新宇严肃的样子，齐森不安起来。

"……是不是阿姨……"

"不，不是的。"孟新宇停了一下，"不完全是……"

"小姐，您的牛排。"服务生端着牛排出现了。

"谢谢。"齐森低声说。

这是一份铁板牛排，趴在铺满洋葱的盘子里吱啦作响。

"我们……分手吧……"

"你说什么？"

"我们分手吧。"孟新宇抬起头，隔着桌子，看向齐森。

牛排还在嘶嘶地叫着，肉汁四溅，仿佛是一团小小的烟花。

"分手是吗……"

齐森轻声问着，又仿佛是在自言自语。

不是说过，她是他遇到过最善解人意的女人吗？

不是约好了，一旦说服母亲，就马上结婚吗？

"为什么分手？"齐燊的声音有些颤抖。

"因为……"孟新宇低下头。

"别说是因为我们不适合。"齐燊冷冷地说。

孟新宇一愣，抬起头看着齐燊。

"我听过太多分手的理由，是因为不合适。比如性格不合适，家庭不合适，习惯不合适，甚至是喜欢的宠物不合适……"

齐燊的声音干巴巴的，她不知道自己该说什么，甚至不清楚自己正在说什么。

"可是，世界上不可能有两个一出生就契合的人。"

她将手指交叉，低头看着自己的指尖。

"很多人，不适合，是因为不在乎，因为不愿为对方改变自己……"

孟新宇强忍住心痛，看着齐燊的脸越来越苍白，看着她的鼻尖渗出薄薄的汗水，看着她好看的眉，慢慢地打成结。

齐燊连呼吸都变得艰难，仿佛失去了力气，所有的憧憬和向往，都离开了她，只留下一副空空的皮囊。

"我们，不适合吗……"齐燊喃喃地问。

"我不知道，我从没这么想过……"

"如果你说妈妈不同意，我反而更容易接受。"

"我不会那么说，如果那样，你会恨我一辈子……我不想你一辈子记着我。"

齐燊忽然觉得自己可笑。

明明是一场蓄谋的分手，却只有自己蒙在鼓里。

明明是一段不负责任的感情，却只有自己那么认真。

到最后，连分手的理由都不给。

"孟新宇，我们不是小孩子，你以为一句'分手'就完了吗？"齐燊的眼中有泪光闪动，"不说之前的承诺，就是现在，现在，你能给我一个说得出的理由吗？我哪里不够好，还是我哪里太好了，让你改变主意，从要跟我结婚变成跟我分手？"

"齐燊，你别激动……"

"我没激动，但你也应该冷静思考一下，在你想出理由之前，我们就这样吧！"

齐籁抓起背包站起来。

"虽然我们认识的时间并不长，但我希望你能想想为什么，想想当初……当初为什么要在一起……"

齐籁走了。

桌上变冷的牛排，静卧在酱汁中，像流尽泪水的眼睛。

她要去哪里？她现在在哪里？

仿佛与世隔绝，只是在午后苍白火热的阳光下，没有知觉地走着。

不知踏空了多少次，跌倒了多少次，直到天黑，齐籁才走回家。

林竹声到美国探亲去了，家里没有人。

齐籁没有哭泣。

她不吃不睡地加班，她要在周三，也就是 8 月 14 日之前，把复赛的作品拿出来。

她要用这件作品，挽回孟新宇。

每天，只要设计有进展，她就会发微信给孟新宇。

周日凌晨："我刚把草稿定下来了，效果图看起来很不错。"

周日上午："彩色图样已经定下来了，我选了冷蓝色，看着很绅士，我觉得你会喜欢的。"

周日晚上："明天我就可以到库房选料了，还记得你第一次跟我进库房吗？那次还是为了给柳安然做裙子，感觉像是好久之前的事了，就像我以为，我认识你很久了一样。"

……

就这样，一直到周二，齐籁的信息都没有断过，可她没再给他打过电话。

因为他不会接。

他知道，齐籁也知道。

周二晚上，孟新宇看到了齐籁发来的礼服设计稿。

冷蓝色的礼服，翻领上是暗玫瑰色的镶边，腰间也围了暗玫瑰色，非常美。

齐榃为它命名"爱的冷蓝色"。

孟新宇感到心痛，为了齐榃的良苦用心。

如果她不是他的妹妹，他一定娶她。

可是……

可是世界上没有那么多可是，一切只能如此。

13 日，柳安然和夏莲找来，要齐榃做一套结婚礼服。

"来不及了，还有 5 天就婚礼了，我不干。"齐榃没好气地说。

"你不干，你们刘总未必不干，"夏莲笑笑，绕到齐榃身后，轻轻拍着齐榃的肩膀，"柳家的大小姐可是块肥肉，要是他知道你说不干，你想想你会怎样。"

齐榃最终答应了。

不是因为刘总，而是因为，她需要把时间填满，好让她没空去回想，那天的心痛。

晚上，写字楼里静静的，公司的员工都回家了。

齐榃不是第一次加班到半夜，可是这次，她忽然觉得害怕。

她害怕安静，害怕孤独，害怕这几百间办公室的写字楼里，只有孤零零的自己。

齐榃很想有个人在身边，哪怕就静静地坐在一旁看着自己也好。

这时，手机响了。

是孟新宇打来的。

"This is not a single night. A space between two guiding lights……"

《Single Night》舒缓地唱着，齐榃拿着手机，犹豫了。

他会说什么呢？

她该说什么呢？

终于，手机唱到没了声响。

齐榃看着变黑的屏幕，若有所思，若有所失。

如果她接了，会怎样？

生活中没有那么多如果，有时候，一个美丽的假设，反而更让你看到现实的缺失。

齐榃又看看手机，她似乎盼望着，孟新宇会重拨一次。

但是没有，手机安安静静的，黑暗的屏幕，比头上的顶灯还要沉寂。

她有些泄气地看向工作台的一旁，冷蓝色的布匹，还有玫瑰色的绸布，在灯下闪着好看的光泽。

孟新宇会喜欢的吧……

即使来不及在夏启和柳安然的婚礼上穿起它……

齐箖拿起剪刀，叹了口气。

世界上有没有金钱能买到的感情？有没有承诺能维系的未来？有没有一套礼服，就可以挽回的感情？

第二天早上，她被手机铃声叫醒了。

她迷茫地睁开眼，阳光穿过窗前的绿植，照在墙上。

齐箖坐起来。

"喂……"

"你昨晚睡了？"是孟新宇。

"没有……"

齐箖躺回工作台上，看着已经关掉的顶灯，白色的灯罩上，刻着藤蔓状的暗纹，仿佛手掌心的掌纹，纠结漫乱。

两个人就这样沉默着，电话里，只听见彼此的呼吸声。

"有事吗……"齐箖的声音很疲惫，仿佛走了很久很久，走过很长很长的路。

"上次，你走得太匆忙了……有些话……齐箖……我想跟你好好谈谈。"

孟新宇的声音越来越低。

他也不想这样，他也希望他们的感情，能像之前憧憬的那样美满。

但齐箖并不知道这些。

对她而言，孟新宇要么改变主意，要么就是疯了。

"我最近很忙，好好谈的事，先放一放吧……"

第四十二章
八 月 冬 寒

　　孟新宇窝在影楼门厅的椅子里，看着手机，许久没有动。

　　这里是他朋友开的影楼，也是最近他一直工作的地方。

　　营业时间还没到，大厅里静静的，环绕着他的，是无数幸福新人的婚纱照，是无数温馨家庭的全家福，是无数纯洁生命的百天照，在无数双幸福双眼的注视下，孟新宇站了起来。

　　他整夜未眠。

　　只要一躺下，一静下来，就会想起齐箖的脸。

　　那是种要死掉的悲伤，在齐箖倔强的眉眼间，在她咬紧的双唇间，刻得那么深重。

　　那是他曾抚摸过的眉眼，是他曾亲吻过的唇瓣，也是因为他，变成了深深的伤害。

　　孟新宇来到二楼的放映间，一个高清电子屏挂在墙上，对面是 20 多把折叠椅。

　　孟新宇从口袋里掏出一块硬盘，插在电子屏的接口上，之后，他拿起遥控器。

　　这是关于齐箖的照片，是他关于爱情和回忆的照片。

　　从让他们初相识的那条裙子，到他们共同工作过的大厦；她夜里加班时工作间窗口的亮光，和她家楼下绿色的甬道和昏黄的路灯；她为柳安然精心设计的裙子，还有庆祝聚会上让她尴尬的偷拍；以及后来的后来，他去过的丝绸店；她为他母亲做的旗袍。

还有那些写满幸福的地方：

他在摩天轮上的表白，在丘比特花园外的第一次亲吻，牵手走过的小径，以及最后，他选定的婚戒，在 CW 的求婚。

那些当时来不及拍照的地方，孟新宇都在同一个时间，回到那里，拍下照片，留作纪念。

明明在看两人幸福的过往，孟新宇却不断回忆起那天，在"地下半层"的齐棻。

那天，他眼睁睁地看着自己在伤害她，也在自己心里，划下了伤痕。

不同的是，齐棻的伤痕里，写满了不甘心，而他的伤痕上，画满了无奈。

孟新宇又掏出手机，拨打齐棻的电话。

电话被干脆地掐断了。

孟新宇看看手机，他又想起昨晚。

他就在齐棻办公室的楼下，坐在长凳上，他看着 18 楼上那明亮的灯光，拨通了她的电话，却没有人接听。

她明明没有睡，却不肯接他的电话。

孟新宇感到绝望，他无论如何不愿让齐棻知道，他们是兄妹的真相。

和母亲的谈话，还历历在目。

"齐棻的事，其实我也不想的，仿佛是命中注定的一样。"

"我知道，妈，没人想这样的……"

"不管用什么办法，你一定要让她死心，我知道这很难……要记得，尽快，要尽快。"

想着想着，孟新宇的心，碎成了好几块。

2013 年 8 月 14 日，星期四。

下午 4 点。

天空飘着厚厚的云层，这层走了，那层又来，却驱不散闷热的空气。

这无疑是 8 月里最热的一天。

也许要下雨了。

夏启的礼服已经做好，精致地穿在衣架子上，只剩下领口的细节。

柳安然的裙子正摊放在工作台上，仿佛一堆轻薄的奶油，上面还浮着一层层奶泡，那是为了装饰裙摆专门准备的蕾丝。

孟新宇又打来电话，齐槑掐断了。

再打一次，又一次。

终于，齐槑接了。

"喂？"齐槑扶着工作台，坐进椅子里。

"喂，是我。为什么不接电话？"孟新宇问。

"我不想接……"

"你现在在公司吗？"

"我不在，你不用来了。"

"可我已经进来了。"孟新宇回答。

手机里，传来方天华的声音："呦，来啦？小槑槑自己在里面呢，你直接进去就行。"

"我到了。"孟新宇没有挂断电话。

齐槑也没有。

很快，门开了。

孟新宇走进来。

齐槑站起来，扔下手机，绕过工作台，站在孟新宇面前。

"你今天几点下班，等你下班了，我们找个地方坐下好好聊聊。"

孟新宇终于说了，说要找她好好聊聊。

也无非就是要劝她接受分手吧……

齐槑冷笑一下："我不想聊。"

"我们必须聊聊，越快越好。"孟新宇走向齐槑。

"我不认为有必要。"齐槑下意识地向后退了两步。

"齐槑。"孟新宇一把抓住齐槑的肩膀，盯着她的眼睛，"听我说，这对你，对我，都非常重要，你要相信我，没有什么比这更重要了，你先把手里的工作放一放听我说好吗？"

齐槑忽然笑了，她低下头，喃喃地说："不重要吗？之前承诺的，之前美好的，都不重要了吗？之前你说过的，我听过的，都已经不再重要了，对吗？"

她笑得很凄凉，仿佛秋风中凋落的花朵。

孟新宇的心仿佛挨了一刀，那感觉太疼，不知不觉间，他松开了齐箖的肩膀。

"告诉我为什么。"齐箖直直地看着孟新宇，满眼的不甘心。

"因为我妈。"

"因为我爸，对吗？"

"对。"

齐箖眼中的不甘黯淡下来，绝望空洞的眼神，犹如两潭空寂的死水。

她觉得冷。

炎热火辣的八月，却像严冬一样寒冷。

"我以为，你会改变主意的……"她的声音，跟着身子一起颤抖，"我知道你说不通阿姨，可是……"

"我尽力了……"

"不！你没有！"齐箖抬起头，怨恨地瞪着孟新宇，"你没有！我可以等的！等到阿姨不在了，等服丧期过了，我们一样可以结婚！可是为什么！为什么！"

孟新宇愣住了。

"不同意的人，是你吧？是你想抛弃我，所以才在最后关头跟我分手！是因为你自己！你这个畜生！道貌岸然的畜生！"

"齐箖……"孟新宇开口。

"啪"一声，齐箖的耳光狠狠地落在孟新宇脸上。

"别再说了，我不想再看见你！"

齐箖撞过孟新宇，抄起背包跑了出去。

她只想离开这里，越快越好。

明明是 8 月里，明明有温暖的夕阳，她却感觉到遍身冰冷。

她不再有温度，不再有感觉，记忆中唯一有的，就是寒冷。

她在街上拼命跑着，气喘吁吁地飞奔，却没有流出半滴汗水，只有心口在闷闷地痛。

不知跑了多久，齐箖停下来，双手撑着膝盖，痛苦地喘着气，发着抖。

她以为能带来幸福的摩天轮，空空地转着；她以为能见证幸福的悬铃木，悬铃落满地；她以为约定了幸福的晚餐，早已杯盘狼藉。

剩下的，只有夕阳下，整个世界的冰冷。

齐森不知道自己是怎么回到家的。

当她胡乱地捅开大门，撞进客厅时，齐才厚正坐在沙发里，悠闲地喝茶。

齐森换上拖鞋，直接钻进卧室。

伤痛，仿佛洪水一般从心里喷涌而出，注满了卧室，将齐森彻底淹没。

她扑到床上，失声痛哭。

可是，不管哭得多用力，心，还是那么痛。

不知过了多久，齐才厚走进来。

"怎么了？"

齐森翻身扯过被子，蒙住脸。

齐才厚坐到齐森床边。

"说说吧，说完了，感觉会好些……是因为小孟吗？"

齐森露出哭红的眼睛，点点头，又摇摇头，接着，她闭上眼睛。

很久很久，齐森才动了动苍白的嘴唇。

"爸，你认识孟晴吗？"

孟晴……

这个名字，犹如乌云间的一道闪电，瞬间照遍齐才厚的回忆。

"孟晴？她是……小孟的母亲？"

齐森点点头，眼角又挂上泪珠。

爸，你好自私。

你当年犯下的错，要让现在的我们来承受。

不知过了多久，齐才厚离开了卧室。

齐森翻过身，拿起手机，给孟新宇发信息。

"哪天，我们一起吃顿晚饭吧，最后一次。"

第四十三章
黄 道 吉 日

2013 年 8 月 18 日。星期日。

今天，是夏启和柳安然的婚礼。

早在一周之前，秋山深处的山坳里，草地就被修剪过，灌木和小树也请了专人打理，现在，它们像精心制造的装饰道具，散落在草地上。

夏家的别墅也经过重新装饰，倒悬的水晶灯挂满回廊，被白纱缠绕的花束和花柱，像拖尾的长裙，从前厅一直摆进回廊，又摆满回廊，摆到别墅的入口。

花园也被精心装点，所有的灌木丛里，都夹杂着鲜艳的火红色玫瑰花蕾，一簇簇的香水百合，为了躲避阳光，被人精心地包好，立在小径两侧，只等婚礼前打开。

前面就是泳池了。

齐箖一步一步地走着。

她想起那天晚上，夏启在水下，向她求婚。

齐箖和夏启的回忆，就停在这里，剩下的故事，是留给他和柳安然的。

她的脚步也停在了泳池边缘。

清澈池水里，飘满鲜艳的玫瑰花瓣。

第二天不到 5 点，齐箖就被柳安然的电话叫醒。

"喂？齐箖，我的头纱在哪儿啊?！"

典礼开始前，齐箖和柳安然的裙子一起，被运到了婚礼现场。

在那里，她看到了孟新宇。

孟新宇是这场婚礼的摄影策划，现在，他正站在取景框后面。

看到齐箖出现在取景框里，他抬起头。

四目相对的瞬间，齐箖冷冷地转过脸去。

婚礼在上午 10 点准时举行。

交换戒指的那一刻，柳安然哭了，她不知道夏启为什么会愿意接受娇生惯养的她，只是，正因为不懂，她才从心里觉得更加感动。她哭得稀里哗啦，连好看的新娘妆都哭花了。

齐箖也哭了……

在他们许下承诺、交换戒指时，齐箖坐在第二排的侧边，哭得稀里哗啦。

为了他们的美满幸福，也为了自己的支离破碎。

孟新宇站在取景框前，看着镜头里的齐箖。他忍不住掏出手机发信息给她：“别哭了……”

感受到手机的震动，齐箖掏出来看看，又抬起头，看向孟新宇的方向。

在模糊的泪水中，她看到孟新宇正注视着她。

那道目光，跨越甜蜜的婚礼，直刺她的伤口，齐箖坐不住了。

在新人拥吻后的阵阵掌声中，齐箖站起来，向后走去。

她想尽快离开那道目光，越快越好，她甚至没有听到，抛花前的喧闹声。

柳安然的捧花甩出一道高高的抛物线。

在众人的欢呼和惊呼声中，捧花拖着美丽的丝带，向场边落去。

身后的喊声突然变大，一团黑影从齐箖头顶擦过，直直地落在她脚前方的草地上。

那是——新娘的手捧花。

齐箖站住了。

她愣愣地看着这束婚礼的幸福，砸在自己脚边。

“捡起来吧！”

“对，别害羞了，捡起来吧！”

“有男朋友了吗？没有也会很快找到的！”身边的人笑着祝福。

齐簌回过头，艰难地笑笑，弯下腰，捡起了捧花。

她先是把捧花抱在手里，端详了几秒，才回过神来，转过身，手举花束，对典礼台中央的夏启和柳安然使劲挥了挥。

柳安然伸出右手，又扯过夏启的左手，举在身前，向着她摆出一颗心的手势。

今天是他们的黄道吉日，这束捧花，无疑是对齐簌最好的祝福。

但那只是他们的一厢情愿。

2013 年 8 月 18 日。星期日。

上午 11 时。

齐才厚敲开了孟新宇家的房门。

一个苍白枯瘦的女人站在门前。

"孟晴……"

即使沧桑染白了头发，岁月在她脸上留下深深的印记，齐才厚还是一眼就认出了她。

"就知道你会来……"孟晴叹口气，耳语一般说。

"对不起……我来迟了。"齐才厚说。

他的心里有自责，还有心酸，想想年轻时代的孟晴，再看看面前这个女人，齐才厚心里的难过，便无法控制地堆积起来。

静静地对坐了很久，齐才厚终于开口了。

"你的情况，我听簌簌说了。小孟……他……"

"你很好奇他的父亲是谁吧?"

齐才厚沉默了。

这是大部分男人都好奇的事，即使那个女人已经不再属于自己，他也会想知道，她曾经发生过什么，遇到过谁。

"他，是你的儿子……"孟晴有些凄惨地笑笑，"我并没有再婚。"

齐才厚愣住了。

他原本以为，孟晴不同意两个孩子的婚事，是因为这些年她一直怨他。

但事情，并不那么简单。

"齐簌和孟新宇，绝不可以结婚。"

夏家别墅。

柳安然的结婚舞会，一直持续到东方见白。

在黎明的第一缕曙光中，众人跳起了最后一支舞。

那是《I will always love you》。

为了向新人祝贺，所有的夫妻和情侣都携手起舞。

柳安然和夏启闭着眼，贴着面慢慢晃动，夏莲双脚踩在金博的脚面上，伸出双臂环着他结实的脖子，笑眯眯地跳着。

在夏莲的敦促下，孟新宇也牵着齐燊，各怀心事地踩着节拍。

她被孟新宇搂住的半身僵硬无比，双腿僵直，像一个不小心走错门的僵尸，不断地踩在孟新宇脚上。

"你是不是恨我？"孟新宇被连踩数脚后，忍不住问。

"不……"

"这可能是我们跳的最后一支舞，你能不能让这回忆美好些……"

"不能……"齐燊咬着嘴唇回答。

孟新宇搭在齐燊腰际的左手动了一下，他很想把手臂收紧，把齐燊揽进怀里。

可是不行。

"放心，我会赴你的约，地方你定。"

"那会是我们最后的晚餐……"

"没关系，我不是圣子基督。"

齐燊脚下一晃，又一次踩在孟新宇脚上。

在距离"瑶台胜景"不远的地方，有一家叫 Sandy City 的咖啡店。

二层小楼，楼上是回廊和包房，楼下是带隔墙的大厅散桌，灯光温暖，空气喷香，音乐舒缓。

周六晚上 6 点，齐燊已经坐在了二层的房间 City Story 里。

她穿着无袖的白色薄纱衬衫，配了一条黑色 A 裙，静静地等着孟新宇。

这件包房的装修，是齐燊喜欢的类型，暖暖的白炽灯，暗红的玻璃桌面，还有墙上的主题贴图，讲述着一个个都市爱情故事。

6 点整，孟新宇推开了门。

齐燊回头看看："我还以为你不会来了呢。"

"我答应过你的……"孟新宇说着，却忽然沉默了。

他还曾答应齐箖，将来要给她一个安稳的生活，而这承诺，永远不可能兑现了。

齐箖脸上挂着若有若无的笑，她今天很美，才留长的头发，细碎的发梢，擦着白色的小翻领，显得她整个人都非常干净。

那上衣，未免太过干净，干净到能直接看出内衣的黑色。

"我今天找你出来，主要是想让你试一下衣服。"

孟新宇这才看到，桌上放着一个西装袋。

"你就在那道屏风后面换一下就可以了。"齐箖指了指屋角的屏风。

很快，齐箖就看到长裤、背心从屏风后飞上顶端，又顺遂地搭下来。

齐箖站起身，踩着又厚又软的地毯，轻轻走到门口，锁上了房门。

接着，她背靠房门，伸手去解自己的扣子。

这件白纱小背心，一共也只有7颗纽扣。

屏风后，窸窣声已经停止。

齐箖走回桌前坐下，她刚好背对着屏风。

孟新宇从屏风后转了出来。

一身的冷蓝色，加上玫瑰色的镶边，像暗夜里的国王，典雅的绅士。

"你看看吧！"孟新宇说。

齐箖站起来，转过身。

第四十四章
最 后 晚 餐

齐森裸露的皮肤，在黄色的灯光下，镀了一层薄薄的金色。

分不清是紧张，还是兴奋，孟新宇咽了一下口水：

"你干什么？"

语气里，是无法掩饰的惊讶，和不容置疑的否定。看着齐森，孟新宇心里生出一种怜惜。

齐森忽然想起那个闷热的黄昏，在孟新宇的卧室，在他的床上，在他的母亲回来之前。

那真是个热情的午后。

她回头看看身后的小桌，右腿一跨，整个人坐到桌上，在上面支架起右腿，尽可能邪魅地笑着，看着孟新宇。

"怎么样？考虑好了吗？"

孟新宇看着齐森的眼睛，那是一双水波横生的眼睛，像深秋净凉的湖水，所有的流目凝眸，都像有水痕涌动，他忽然觉得，齐森那横陈在桌上的身体很美好，美好到神圣。

"把衣服穿上。"他用尽可能柔和的口气说道。

"为什么？"齐森不服气地笑着，眉毛一挑，"我为什么要穿？"

她的语气和表情，加上她挑衅的姿态，竟然有些像柳安然。

"因为……"孟新宇向前走了一步。

齐森的心跳一下子加快了。

"我不会动你的……"孟新宇的后半句,在他抬脚迈出第二步时,出了口。

这句话,仿佛是寒冬贝加尔湖底的寒流,将齐森的心跳和呼吸,瞬间冰封。

齐森听到自己心脏碎裂的声音,伴随着他脚步的落下,和他最后的话。

"所以,我希望你穿好衣服。"

孟新宇站在齐森的面前。

齐森仰起头,眼里满是倔强和不甘心。

"穿上吧……"他轻声说着。

孟新宇真的不忍心,看齐森如此难过。

"为什么……"

"好了,别这样……"

齐森低下头,忍着泪水,咬住嘴唇。

她的不甘,她的灰心和绝望,孟新宇都懂。

站在齐森面前,他分明看到齐森的伤口,从心里,到身上,在一寸寸地蔓延。

可是,他只是她的哥哥。

于是,他伸出手,伸向齐森的肩膀,想帮她整理衣服。

就在他的手就要碰到她时,齐森猛地从后面抄起一个杯子,顺势向孟新宇泼去。

她坐着,他站着。

滚烫的咖啡,直直地落在孟新宇的胸前。

"嗤"的一声,微弱地尖叫着。

孟新宇愣了愣,低下头。

灼烧的感觉竟是那么熟悉。

他还记得,在那间小小的咖啡店,也是在这里,在胸前的那一片,仿佛就在昨天。

那时,咖啡色的滚烫,在心头开出火热的花朵;

而现在,咖啡色的印记,正铭刻着心花的枯萎。

齐森也记起来了。

看着眼前曾经带来幸福的颜色,齐森的眼睛,模糊一片。

她终于在孟新宇面前毫无戒备地大哭起来。

那哭声很凄惨，像是痛失爱人的孤魂，在茫茫的荒野上嘶喊。

心很痛。

心会痛，是因为心还爱着。

是不是流干了眼泪，心就空了，就不会再痛了？

孟新宇低头看着齐桇，她就在他双臂所及的地方。

孟新宇的心，也在痛。

他终于忍不住，伸手将她揽进怀里。

齐桇却只是哭，仿佛要把之前所有的忍耐和坚强，都哭成委屈和心痛。

孟晴慢慢张开眼睛。

齐才厚正坐在病床边看报纸。

"你醒了？感觉怎么样？"

"这是哪儿？医院吗？"

"嗯，你刚给我开完门，就晕过去了。"齐才厚苦笑着说。

孟晴点了点头，动作轻微得几乎看不见。

齐才厚一页一页地翻看着报纸，但很明显，他根本看不进去。

沉默了一会儿，齐才厚索性把报纸放在膝盖上，开口了："我来找你，其实是想和你商量，关于……关于儿子的事。"

齐才厚明显地口吃了。

"儿子"这个词，对齐才厚来说，是那么陌生。

"这些年……你恨我吗？"

"有时候，也会恨吧……"孟晴叹了口气。

"那你……告诉他了吗？"

"他刚知道。"

齐才厚叹口气："如果哪天你……"

"死了。"孟晴淡淡地替齐才厚说。

"……"齐才厚一时沉默了，隔了一会儿，才接着说，"我可以照顾他……"

孟新宇搂着齐桇，坐在桌沿上。

真想就这样一直靠在一起，就这样，忘了时间。

但是，孟新宇的手机响了。

"喂?"

"喂，是我，我现在在医院，是你爸爸送我来的，他已经……都知道了。"

孟新宇想了一下，才明白爸爸是谁。

"什么医院，我这就过去。"

"二院。"

"好。"

挂断电话，孟新宇轻轻扶着齐猋坐起来。

齐猋还留恋在孟新宇宽厚温暖的肩膀上。

"怎么了?"她喃喃地问。

"我该走了……"

齐猋愣住了。

她忽然记起，她和孟新宇已经分手。

孟新宇已经站了起来，齐猋猛地跳起来，上去就是狠狠的一耳光。

孟新宇一愣，旋即若无其事地问齐猋:"要我送你吗?"

"啪!"

又是清脆的一下。

孟新宇眨眨眼睛，看着面前的齐猋。

如果这样她能好受些，他宁愿多挨几巴掌。

"为什么!"齐猋撕心裂肺地吼出这句话。

孟新宇的眼中闪过一丝惨淡。

他也想问为什么。

他活了 27 年，才找到齐猋，那个传说中，世界上独一无二的，每个人生命中最熟悉的另一半。

可是为什么……

他们没有错，父母也没有错，可结局，却成了最大的过错。

"你……"

齐猋仰着头，专注地听着。

她盼望着孟新宇能说点什么，分手也需要理由的。

可是没有。

"去问问你父亲吧……"这是孟新宇唯一能告诉她的。

"骗子!"

又是一个响亮的耳光,齐森撞开门,跑出了房间。

孟新宇就那么站着,怀里,还残留着齐森的味道。

他很想告诉她,不是他不爱,而是他不能爱,不敢爱。

可是,既然不能爱,说了,又有什么意义。

外面下着雨。

豆大的雨点落在地上,也落在齐森头上。

每落一下,都湿湿的,凉凉的,像极了她的心情。

齐才厚不在家,书房的书桌上,有一封信。

齐森打开信。

顶头第一行,便是"森森:"

果然,是写给她的。

"你一定很奇怪,这封信我没有直接给你,因为我害怕看到你期待的眼神,期待我会给你一个满意的答案,给你一个幸福的未来,我更怕亲眼看见,你拆开信时的好奇,会随着逐字逐句的阅读,化成越来越难以置信的震惊和茫然。"

齐森心里升起一种不祥的预感。

"对不起,我的孩子,我非常抱歉……"

齐森紧张地咽了一下口水,这句话,是她最后判决前的开场白。

"我们不能同意你和小孟的交往,而且,没有任何商量的余地,你们必须分开……"

齐森的眼泪留下来,她抬手擦擦眼睛,看下去。

"我知道你不甘心,我知道你一直在问为什么,但是,这个理由,不会有人替我告诉你。"

齐森感到心脏快要跳出来了。

"小孟,他是我儿子,是我和孟晴的儿子。"

整个世界,只有死寂。

齐森很想知道,死了的人,是什么感觉。

是不是没有感觉了？

"这是我欠的债，却要你陪我一起还……"

父亲的话，还回荡在脑海。

这是多么的不公平。

齐箖麻木地想。

孟新宇，竟然是她同父异母的……哥哥。

哥哥……

第四十五章
再也不见

她恨父亲，恨他让她经历如此孽障。

纵使他在信上说了一千一万个对不起，她也找不到原谅他的理由。

哭累了，齐簌熄了灯，躺在床上，寂静的夜晚，静得连心跳都能听到。

她想起孟新宇。

心里抽痛了一下，接着便传遍全身。

他的一言一行，在一起的点点滴滴，像空气一样包围着她。

孤独的夜晚，齐簌流泪了。

她感觉到无助。

以为始乱终弃的孟新宇，离开她是迫不得已。

以为蛮不讲理的孟晴，其实是有苦衷的。

以为风流不堪的父亲，其实被无辜地蒙在鼓里。

仿佛每个人都有自己的道理，每个人都有自己的苦衷，没有谁对谁错，有的只是命运巨轮下的无可奈何，和冥冥缘分中的啼笑皆非。

齐簌哭着哭着，就笑了。

没有谁错了，可是她却受伤了。

她真想就这样一动不动，永远这样躺下去。

不知过了多久，齐簌迷迷糊糊地睡着了，在模糊不清的梦里，她躺在床上，慢慢地啃噬着孤独和寂寞。

第二天，齐簌行尸走肉一般坐在工作台前，面前散乱地堆放着设计稿，柳安然的婚纱，夏启的礼服。

那套冷蓝色的礼服，在彩色的设计稿上，不无讽刺地看着齐籁。

齐籁拿起图纸，撕成了两半，又抽出草稿，撕得七零八落。

看着撕成两半的图纸和一桌碎纸，齐籁的恨意再次弥漫开来，她恨命运将她玩弄于股掌之间，更恨自己无能为力的渺小。

她正要将图纸全都撕成碎片，方天华敲门进来了。

"咦？小籁籁，你在干什么？"

"我？没干什么。"齐籁放下图纸。

方天华却大惊小怪地嚷嚷起来："哎呀呀，这么好的款式你怎么给撕了呢！"

齐籁白了方天华一眼："要留你留，别烦我。"

"那你得把它给我啊！"

"行，给你给你。"齐籁从桌上拿起两片图纸，甩到方天华面前，"拿着吧！"

反正她也不需要了。

今天是 8 月 26 日，报名的期限马上就要到了，逾期未交的选手，会被视为自动弃权。

"多好的衣服啊，可惜了！"方天华惋惜地摇着头，拿着图纸走出齐籁的工作间。

孟新宇提着西服袋，等在外面的走廊上。

"喏，到手了。"方天华甩甩手里的图纸，对孟新宇说。

硬质的图纸发出"哗啦啦"的响声。

"谢谢……"孟新宇由衷地回答。

"你找个地方坐一会儿，我帮你再画一份设计稿，这样成衣和图纸就都全了。"

"那太好了，"孟新宇说，"真不好意思，给你添这么多麻烦。"

方天华摇摇头，笑得很憨厚。

"别这么说，你再这么客气我可不帮你了啊！"

说着，他手中的笔，已经在纸上飞速地舞动起来。

齐籁一个人对着电脑呆坐着。

只是十几个小时的时间，她觉得自己已经衰老了好几十岁。

面对无法改变的事实，齐森反而释然了。

连日来，她第一次有了勇气，抄起手机拨通了孟新宇的电话。

"哦，第一次我，牵起你的双手……"

电话拨出的瞬间，齐森好像听到了孟新宇的手机铃声，但旋即，她就笑自己白日做梦。

铃声响起的瞬间，孟新宇一把捏住手机，按成了静音模式。

"喂？"孟新宇擦擦额上的冷汗，走到电梯间的门口接电话。

"喂。"齐森的声音很平稳，淡淡的，听起来有莫名的疲惫，"你干吗呢？"

"我吗？我在影楼这边呢……"孟新宇的语气有些迟疑。

"我已经知道了……"

"什么？"孟新宇下意识地回过头。

走廊里空荡荡的，并没有他熟悉的娇小身影。

孟新宇的心被什么东西割了一下，无奈的酸楚浮上眼角。

他明明就在齐森的门外，却没有理由进去。

"知道了全部……"齐森垂下眼帘，失神的目光停在压在桌边自己的照片上。

照片里的自己，笑得多灿烂。

"我……"孟新宇真的不知要说什么才好。

"放心吧，我很好。"说着，齐森的脸上，竟浮现出笑容，"你在忙吗？那就忙吧，我也要干活了……"

孟新宇不知所措了。

他不知道该怎么安慰齐森，她根本不需要安慰，因为无论怎样，都抚不平她的伤害。

"那……再见。"孟新宇喉头哽了一下，才说出这句再见。

"再见。"

再见，是不是就是再也不见……

齐森离开公司，走进"东西"咖啡屋时，孟新宇刚刚离开。

老板看到齐森，客气地笑笑："美式吗？"

"嗯，要大杯的。"

老板伸出白色的瓷勺，舀出了咖啡。他没有告诉齐栐，她的男友刚刚离开。

齐栐偏过头，看到吧台旁坐着的女人。

"你是……"齐栐有些诧异，"你是刘芳吧?"

女人回过头："是齐小姐啊!"

"真的是你啊!"齐栐点点头，坐到刘芳旁边，"你怎么在这儿?"

在这样的心情里看到刘芳，齐栐竟然有种莫名的亲切和感动。

"这是我老公的店。"

"这是你老公?!"

齐栐转头看向吧台里的男人，他正专注优雅地擎着咖啡壶，把咖啡倒进杯里。

"不太般配，是吗?"刘芳哧哧地笑起来。

"不，没有，没有。"

第一次，齐栐看到她幼稚的表情。

男人抬起头，微笑着向齐栐点点头："好了。"

齐栐笨拙地站起来，拿过咖啡："谢谢。"

她忽然有些感慨，原以为，能娶到刘芳的男人，该是多么帅气出众，可是缘分，有时候不看相貌。

婚礼上的新娘捧花，枯萎了。

纯净的白色花瓣，染上疲惫的黄色，就像齐栐疲惫的心情。

8 月快要过去了。

28 日晚上。

齐栐坐在电脑前，翻看着柳安然发来的照片。她和夏启，正在查尔斯顿的海滩上度蜜月。

细腻的白沙滩，蓝得发绿的海水，在沙滩上擦出平静的波纹，在一波一波的细浪间，白色的裙摆飞扬，柳安然对着镜头，留下了最美丽的笑容。

还有很美的夏启，他穿着结婚的礼服，和柳安然相对，静立在水中，在夕阳的见证下，把爱的剪影，永远铭刻在沙滩上。

齐栐觉得这套礼服美极了。

那是她的裙子，她的心血，即使她的世界一片黑暗，她生命的一部分，也在一万五千公里外的东海岸，迎接着最灿烂的阳光。

忽然，她握着鼠标的手停住了。

在那清澈的浅海里，穿着结婚礼服，坐在浅浅的海水里，幸福地微笑着的两个人；

那微笑着高举起胳膊，对着镜头一起摆出心形的两个人，是她齐箖和孟新宇啊……

齐箖的眼泪，仿佛8月里的大雨，倾盆而下。

29日。

林竹声回来了。

晚饭时，她问了齐箖和孟新宇的婚期，问了他们的近况，问了所有让齐箖心痛的问题。

晚上，齐箖一个人，对着照片悲伤。

那是一张幸福的照片，那天，在高大的悬铃木下，他们头挨着头，甜蜜地笑着。

齐箖的眼泪，像关不住的回忆，肆意流淌。

她为什么不能失忆呢？那么多痛苦和无奈，可不可以都忘掉？

齐箖像一个走累了的孩子，很想回去，回到最初。

如果从没认识他，那该多好；

如果可以忘记他，那该多好；

可是时间不会倒流，记忆也不会，它只会在脑海的深处，用最细小的笔触，刻下最清晰的痕迹。那些历历在目的场景，是幸福的追忆，也是痛苦的折磨。

第四十六章
等 下 辈 子

　　自从那天在齐蒹的公司接到她的电话，孟新宇就再也没有齐蒹的消息。

　　孟新宇时常会想，她过得怎么样？她现在还好吗？是不是开始学着慢慢接受这个事实，这个他们都无法改变的命运？

　　那天，他离开齐蒹的公司，喝了杯咖啡，就开车到了凯乐奇，帮齐蒹上交了她的复赛作品。

　　他每天在影楼、现场和医院之间奔波，连家都很少回。

　　朋友经常笑他，以后，不要再租房子了，花钱租的房子，一年都住不上一个月时间。

　　每次，孟新宇都只有苦笑。

　　他也不想的。

　　他也希望，每天回家能有热气腾腾的饭菜，慈母爱妻的欢声笑容，可是没有。即使他回到家，灶台也是冷的，锅碗也是空的，房子里，只有他一个人。

　　孟晴一直住在医院里。齐才厚为她支付了昂贵的药费，外加 24 小时的仪器看护，这些，在很大程度上减轻了她的痛苦，也延长了她日渐衰弱的生命。

　　可是，孟晴似乎并没有因此感到开心。

　　9 月 2 日，孟新宇忙完当天的工作，在下午 3 点走进病房时，孟晴正躺在病床上发呆。

　　"怎么了？哪儿不舒服吗？"孟新宇问。

孟晴摇摇头。

"那是……怎么了？不开心吗？"

"你说，我现在这样，能活多久？"

"怎么想起来问这个，医生不是说，你的病情已经控制住了吗？"

"可是这样活着，有什么意思呢？"

"妈，你说什么呢啊！活着不好吗？"孟新宇顺手拿起一根香蕉，开始剥皮。

"活着，很好啊……"

"那不就行啦？"孟新宇把香蕉递给母亲。

"可是，这样活着，很受罪。"

"谁说的，只要青山在，不怕没柴烧，只要活着，就能等到好事。"

"我还有什么可等的呢……以前，我还总盼着你找个乖巧的女孩子，早点结婚，让我也抱个孙子，结果……"

孟新宇沉默着，低下了头。

孟晴看看孟新宇，他宽阔的额头，写着深深的失落。

"如果不是因为我们，你会和她结婚的吧？"

"嗯……"孟新宇交叉着手指，盯着自己修长的指尖，"我连戒指都买好了，她也……答应了。"

孟晴轻轻地叹了口气，轻得几乎听不到。

"也许，下辈子，你们还会遇上的。"

"是啊，如果有下辈子。"孟新宇看向窗外。

孟新宇的心里，有种说不出的难过。

随着母亲的病情日益加重，她越来越笃信往生。

她说，认识齐才厚，是她上辈子欠下的债，而孟新宇和齐篍的相遇，也是命中注定，等到下辈子，他们若是再遇见，就会好的。

可是，孟新宇并不相信这些。

所谓的下辈子，只是对这一世的安慰。如果可以，他只希望自己的这辈子可以好好过。

他很希望，母亲能健康长寿，也希望，自己能和深爱的女人幸福美满。

但他被命运狠狠地玩弄了。

"如果下辈子，能再遇见你，我希望，我们是完全无关的两个人，哪怕我们没有家人，没有朋友，只要可以遇见你，就不会再孤单。"

齐籴这样写着。

她就是那个相信下辈子的傻瓜，如果有下辈子，可不可以让它快些来，可不可以让她快一些解脱。

"以前喜欢的那首歌，叫《如果下辈子我还记得你》，每次听，只觉得莫名的悲伤，却从没想过，那感觉原来是痛，悲伤只是它的外衣。"

齐籴停下笔，看了看桌上散放着的照片，照片里，她曾经笑得那么灿烂。

"我想，我们可能不会再见面了，所以我总盼着，时间久了，自己可以淡然放下。有人说，无须难过，因为那些让我们难过的，总有一天，我们会笑着说起，但在那之前，我们该怎么办？

"一天，两天，很多天，我数着日子煎熬，日子却数着分秒拖沓，就是不肯走快一些。我问自己，到底需要多少时间多少眼泪，才能让伤痛彻底流干，可是没有人知道。看着那遥遥无期的未知，忍受着慢放一样的时间，我感到绝望。

"很想知道，你现在怎么样，是不是会偶尔想起我，但旋即又笑自己傻，你想到我又能怎样？就像我现在无能为力地想着你。

"这个故事的全部症结，似乎是因为，这世界上有了你之后，又有了一个我，那么，谁才是那个不该出生的人？

"我不可能回到出生前，再投一次胎，我们也没有时光机，能回到过去，改变历史。更可悲的是，如果我们改变了历史，这个世界上，就不会有你，或者不会有我。我的充满侥幸的愿望里，有很多个可能，但现实都是不可能。

"如果我的存在，只是为了遇见你，又失去你，那么，我已经完成了我的生命。你会说，我的生命，并不是为了这场相遇，那么，为什么要这么痛……

"如果可以，我希望我从不曾存在过，这样，就不会遇见你，认识你，也不会有现在的悲伤和怨恨。

"最想说对不起，因为放不下的人是我，明明知道我们无能为力，却还是耿耿于怀。

"我忽然懂得了下辈子的含义，所谓的下辈子再见，只是因为这辈子心愿未了。我很想说，如果下辈子，如果相见，如果你还记得我……可是，我们会有下辈子吗？连这辈子都不完整的我们，拿什么期待下辈子的重逢？

"不知道你何时能看到这封信，我想，那时候，我已经等不到你的答复了。但不管怎样，我希望你记得我，即使只能在下辈子重见，我也希望你能一眼认出我，希望那时的我，不再是你的妹妹。

"我们，至少还有下辈子……"

齐籁已经不知道自己在写什么了，她满脑子都只有三个字："下辈子。"

这辈子得不到的，就向下辈子祈祷吧。

她从抽屉里找出一个小刀片，犹豫半晌，举起刀片，在指尖划了一个口子。

齐籁用笔尖，蘸着新鲜的血液，在最后写道："我们，下辈子见。"

9月的雨，在日渐凉爽的天气里，湮灭了热恋时的温度。

齐籁自杀了。

她买来整袋的玫瑰花瓣，洒在注满温水的浴缸里。

暗红色的花瓣，在白色的灯光下，格外醒目，不光是浴缸里的水，就连整个浴室，也瞬间镀上了朦胧的粉红色。

仿佛是一场仪式，齐籁对着镜子脱下衣服，接着，她慢慢地，庄严地躺进水里。

手腕的伤口，在飘满玫瑰花瓣的浴缸里，染了一池的血红。

齐籁从没见过这样的景象，那花瓣真美，仿佛是红色的浓墨，在水里打着卷下沉。

她的身体越来越冷，意识也越来越模糊淡薄。

恍惚中，她看见自己和孟新宇的婚礼。

当神父说着："我以圣父圣子圣灵之名，祝福你们……"

当掌声响起，当他在她的额头，轻轻一吻，她看到，那枚戒指，正在她的无名指上闪耀。

在洁白的圣坛前，他们拥吻着彼此。

忽然，她的手腕，流出了鲜血，那血染红了白色的婚纱，染红了婚礼，还有所有的记忆。

孟新宇的身影，也终于淹没在漫天的红色中。

落花成冢，她就那样眼睁睁看着漫天的血红色，扑面而来。

仿佛经历了长途跋涉，现在的她，是真的累了。

当眼前的最后一丝光亮被花瓣遮挡，齐籁微笑着闭上眼睛，放纵自己，沉睡在一片血红色的花海里。

第四十七章
血 型 之 疑

作为父子，孟新宇和齐才厚的第一次见面，是在齐箖的急救室外。

林竹声去大厅付款签字，空荡荡的走廊上，只剩下他们两人。

"没想到，我们父子的第一次见面，竟然是在医院里……"

孟新宇点点头。

"你……会恨我吗？"齐才厚问，像每个对自己缺乏信心的父亲一样。

"我好像没有资格做这种判断，毕竟……我们对彼此都不熟悉。"

"你妈妈……她从没说过我？"

孟新宇摇摇头："从不，也许，她是太想忘记了。"

母亲是太想忘记，所以选择永远不提，而齐箖，却自杀了。

急救室的门开了。

医生走出来，摘下口罩。

"怎么样了？"两个男人一起站起来。

医生点点头："放心吧，病人只是失血过多，静养一段时间就好了。"

齐箖被安排在 5319 号病房，房间里是白色的窗帘和床单，白色的小桌，和床头的药柜。

孟新宇在床前坐下，一脸悲伤地凝视着齐箖。

他真的希望，齐箖能放下他，可他没有想到，他的故作冷漠，逼着齐箖走上了另一条路。

坐在病床前，他打开她留下的信。

"我最亲爱的……如果可以选择，我会选择重新活一次。

"我想，在你读到这封信的时候，我已经再也看不到你了，如果真的可以重逢，也是下辈子的缘分了。我希望，这不是一场悲伤的道别，而是一个充满希望的开始。

"当我准备好一切，计划好一切之后，我坐下来给你写这封信。现在的我，没有悲伤和痛苦，没有愤怒和怨恨，我所有的，只是释然和解脱。

"我会在下辈子等着你……"

这是齐棼临死前，要对他说的最后的话。

她没有想到，在她割腕后不到 3 分钟的时间里，林竹声就回家了。

她也不会知道，在医院陪母亲的孟新宇，接到齐才厚的电话，在第一时间挂好急诊，找到了夜间最好的急救医师。

齐棼的命，是从时间手中抢回来的。可孟新宇的心还是很痛。

虽然齐棼现在好好地躺在病床上，但她已经实实在在地，死出了他的生命。

林竹声拿着病历，心事重重地走出医生的办公室。

她不经意看了一眼手中的病历。

"血型：O"

林竹声站住了。

齐棼不应该是 O 型血。

林竹声是 A 型血。

齐才厚的血型，好像是 AB。

会不会是，她记错了？

整整一夜，齐棼都在轻轻地呻吟，紧锁的眉头，仿佛是在逃避一个痛苦的梦境。

孟新宇隔几个小时就会来看看。

他不说什么，只是一次次地看着齐棼，看着她活着的样子。

苏文倩也来了，有她和孟新宇在医院陪着齐棼，林竹声回家去了。

她翻出齐才厚的病历，上面赫然写着："姓名：齐才厚；血型：AB；无过敏史……"

AB……

AB 和 A，怎么会生出一个 O 型血的孩子……

林竹声没有第一时间赶回医院。

她走进齐篍的卧室。

床上很凌乱，窗帘半拉半闭，随风来回摇摆。

窗台角落放着的花瓶，不知什么时候翻倒在一边，红色的仿真玫瑰，从瓶口探出，像淌出的心血，颓败地洒在地上。

书桌上，放着一个很精致的本子。

翻开来，里面是零星的生活琐记和心情点滴。

最后一页上，写着这样一句话："如果时间带不走回忆，至少可以带走生命。"

林竹声翻到前面，开始一段一段，慢慢地读着齐篍的心事。

"我想，给自己设计裙子，就是一场噩梦，更何况，裙子还被洗衣店弄丢了。

"这世界真是疯了，拿错裙子的，是个善良笨拙的男人，可是他的女友呢？没见过这么趾高气扬蛮不讲理的女人，如果她也算一个女人的话。

"最近心情都非常低落，我们都没有想到，那天那个女人，竟然是柳家的小姐，我闯了大祸，夏叔叔的公司会怎么样？

"孟新宇说，我给柳安然做的裙子，受到很高的评价，但是……她想见见设计师……我想我应该找件不怕抓扯的衣服穿。

"夏莲真的很有福，要是她那天晚上没遇见柳安然，别墅可能早就卖给别人了。

"我开始参赛了，其实我很怕，怕名校毕业的人反而得不了大奖，那样的话，别人会怎么看我？

"很对不起夏启，可感情就这样，我觉得，我喜欢他，都不如喜欢孟新宇多。

"我现在感到很轻松，但这种轻松，来自我对夏启的伤害。我不知道自己转身离开时夏启是什么心情，我不太敢看他的表情，更没敢回头。等我跑出去好远，又拐了个弯之后，我才停下来，带了一种压抑了多年的解脱感，残忍地开怀笑出声来。我看着夕阳下自己的阴影，觉得真实的自己，很可怕。人真的很可怕。

"我觉得他不错，可是看着他，我总想起柳安然。

"我从没这么纠结过，我甚至不知道自己在纠结什么。

"国内的设计大赛题目太另类了，幸好有孟新宇。我觉得我们之间很有默契。

"有时候我会怀疑，这天底下根本没有默契的人，所谓的默契，只是一个人在配合另一个人的节奏。只是这样想一下，就会觉得很悲伤。

"我们要结婚了。他没有父亲，但他的母亲看起来很和善，我想，她会喜欢我的。

"造化弄人……事情的真相，远比我之前想象的可怕得多，比我能接受的，残酷得多。我带给夏启的伤害，现在以百倍的程度，反施于我。

"这一切都是命运，而我被它狠狠地捉弄了，它们从不懂什么是怜香惜玉，更不懂什么是网开一面，我被困在网里，悬挂在最高的柱子上，像个无助的死刑犯。

"有些失败，总叫人扼腕惋惜，而我的失败，却是理所当然。

"真想哪天睡着，就再也不用醒来了。

直到林竹声回到医院，重新坐到齐棽床前，她的目光，依然停留在笔记的最后一页。

那页只有一句话，却像刀刻一样，刺眼地醒目。

"如果时间带不走回忆，至少可以带走生命。"

本子里，还夹着齐才厚的那封信。

林竹声抬起头，凝视着双眼紧闭的齐棽。

这些……就是她现在躺在这里的原因吗？

同父异母的兄妹……

这根本就是命运跟齐棽开的一个大大的玩笑。

想到这里，林竹声拿在手里的病历，握得更紧了。

门开了。

林竹声回过头，是孟新宇。

看到齐棽还是毫无动静地躺在床上，孟新宇的眼中，闪过一丝痛。

"还是没醒呢……医生说，她不愿意醒。"林竹声拖过一把椅子，让孟新宇坐。

　　她和孟新宇面对面地坐在椅子里，开始端详他。

　　他和齐才厚，说像，也不像。

　　"能让我试试吗……"孟新宇忽然问。

　　林竹声扭头看着他，眼底满是疑问。

　　"阿姨，我可能一辈子都不会有你更了解齐篓，但是，我是她的心结，如果连我都不帮她跨过这个难关……她怎么可能愿意醒来。"

　　"那，你试试吧。"林竹声站起来，走了出去。

　　孟新宇看着齐篓，她躺在床上，显得更加瘦弱。

　　他在齐篓的病床前跪趴下，伏在她的耳边，轻轻诉说着：

　　"齐篓……

　　"别睡了，我们说好要一起出去玩的……

　　"等结了婚，我们也出去旅行。我们要过 3 个月的蜜月，在南半球、在热带、在北半球……

　　"你说过，我们要生一个蜜月宝宝……"

第四十八章
她 不 愿 醒

遮光窗帘挡住了早已升起的太阳，在北大西洋的西岸，靠近温暖沙滩的旅馆里，夏启在睡梦中被推醒。

柳安然怀孕了，是如假包换的蜜月宝宝，从医院回来的路上，柳安然高兴得嘴都合不拢。

"这么大的好事，我们是不是应该庆祝一下？"

"怎么庆祝？"

"去希腊好不好？"

"希腊？"

"对啊！"

"为什么？"夏启瞪大眼睛，趁着直行，抬眼看了一下柳安然。

"我想去，就当你送我的礼物了。"

"可是……"夏启指了指柳安然的肚子，"可是我不是送你礼物了吗？"

"不行，这个不算的，这是我送你的礼物，送了一个蜜月宝宝，我还什么都没有呢。"

"怎么这么不讲理？"夏启笑。

"你要是不去，我就自己去，说不定路上还能发生点儿艳遇。"

"我跟你一起去，你想什么时候走？"

"最晚这周就走，早去那边早回家。"

"那好，我看看准备订票，我们争取周五走。"

第二天，当夏启和柳安然收拾好行李，夏莲正在大洋的彼岸，向父母宣布这个好消息。

"爸，妈，昨天晚上我哥打电话了。"

"哦，他们玩得怎么样？"夏成伟问。

"嫂子怀孕了。"夏莲说得很快，仿佛这句话不马上说完，她就会很快忘掉一样。

"什么？怀孕啦？"张如秋惊讶地问，"这才多久啊！"

"我也这么问了，只能说，我哥太强悍了。"

"那，他们能提前回来吗？"张如秋问。

"提前不了，安然想去希腊。怎么也要下周才能回来吧。"

30个小时后，柳安然躺在爱琴海的沙滩上，数着旅游图上一个连着一个的小岛。

这是夏启送给她最好的蜜月礼物。

"夏启。"

"嗯。"

"明天我们去天体海滩吧！"

"去那里干什么？"

"看裸体。"

"啪"的一个板栗敲在额头上。

"看什么看！回旅馆对着镜子看自己的！"

"可是天体海滩不光是女的啊。"

夏启一时间愣住了。

看着柳安然得意的笑容，他没好气地接了句："那看我的！"

柳安然咯咯地笑着，眯起眼睛。

现在的她，很幸福，比之前的任何一次奢侈旅行都幸福。

上面是青蓝色的天空，身下是细腻得像白泥一般的海滩，身边躺着她的丈夫，和她无比契合的夏启，怀里还有一个小小的、可爱的生命，她和夏启的孩子。

"也不知道，齐籴他们现在怎么样了……"躺在夏启身边，柳安然喃喃地说。

齐箖沉沉的梦境，并不安稳。

她看见游乐场的气球，和高高的静止的摩天轮。

摩天轮为什么不再转？

爱情什么时候被喊了停？

双脚麻木地走着，周围飘着许多人影，他们都是谁？

恍惚间，她感觉到孟新宇。

她听到他的声音，说着她听不清的话，甚至在幢幢人影中，她好像看见了他的脸。

哀伤的，苍白的，仿佛来自另一个世界。

自杀的人是她，为什么他也那么苍白。

他在说什么？

耳边响起喁喁私语，好像很好听。她忽然能感觉到自己的心跳，一下，一下，跳得那么有力，那么固执。

心像要从胸膛里跳出来一样，随着耳边的声音渐渐清晰，心跳也越来越有力。

慢慢地，她睁开了眼睛。

"医生呢！护士！护士！医生！"孟新宇一个轱辘从地上爬起来，撞倒床边的椅子，跑向门口，冲着门外大喊，"她醒了！醒了！"

接着，他开心地回过头，看向病床。

迎接他的，是齐箖眼中两道冰冷的目光。

孟新宇站在门口，有一秒钟的错愕。

接着，他被鱼贯而入的医生和护士推到了一边。

他还是看着她，但她的目光，已经转开了。

孟新宇打电话，告诉林竹声和齐才厚，齐箖已经醒了。

而齐箖只是面无表情地躺在床上，配合着医生的检查。

直到医生和护士都走了，病房里只剩下他们两人。

孟新宇走过去，坐在床边。

齐箖却已经闭上眼睛，一动不动地躺在那里。

"箖箖醒了？"病房的门开了，林竹声走进来。

孟新宇站起来："嗯，醒了！醒了快半个小时了。"

林竹声走到床前，齐箖却别着头，看向窗外。

"袾袾。"

齐袾轻轻地点点头，轻到几乎看不到。

"你怎么折磨自己……"林竹声绕到齐袾的视线里。

"妈……"

"什么？"

"我不想看见他，让他走吧。"

林竹声抬起头，看看孟新宇。孟新宇低下头。

"袾袾……"

"别跟我说那些大道理，比如他也不想这样，我接受不了，我也不想接受。"齐袾抬起左手，看了看还缠着纱布的手腕。

林竹声好看的眉忍不住皱了一下。

"你要是不救我就好了，妈妈，不救我，我就不会有那么多烦恼了。"

孟新宇只觉得心里一沉。

"你走吧！我不想看见你。"齐袾转过头来。

孟新宇没有动。

"走吧，我不能怪你，但我也不想看见。"

"袾袾！"

"妈，你别管，这是我们之间的事，即使我们现在不是未婚夫妻了。"齐袾仿佛用尽全身力气，斩钉截铁地对林竹声说，接着她转向孟新宇。

"快走啊！你还赖在这儿干什么！难道你以为我会贱到跟我哥上床吗？"

孟新宇张了张嘴，却不知该说什么。

"快滚！如果不想让我再死一回的话，就马上出去！出去！别等我叫医生！"

孟新宇低下头。

不等林竹声反应过来，齐袾就已经拔掉点滴，翻身下床，几步走到孟新宇面前，狠狠地一推："出去！你给我出去！"

孟新宇没有防备，被她推得一个趔趄，向后倒退了好几步。

他看着齐袾，眼神里是深深的伤感。

有太多话，想说却没有说；有太多话，该说而不能说。

齐袾伸手推了他第二下，直接把他推到了门边。

"滚！给我出去！别让我再看见你！"

门开了，医护人员闻声而来。

"先生，请你回避一下，病人现在情绪很激动，她需要休息。"

齐菻眉头紧锁地躺在床上。

即使是镇静剂，也不能让她真正平静下来。

她梦见自己躺在床上，孟新宇拉着她的手，轻轻地抚拍着，那感觉，好温暖。

齐菻流着泪醒来，林竹声正坐在床前，握着她的手。

那一刻，手心的温度，瞬间减弱了。

不是不爱母亲，也不是母亲的手不够温暖，只是，她多么希望，自己的手能再次被孟新宇握住，在安静的小径，有他牵着她，慢慢走。

"再睡一会儿吧。"林竹声说。

齐菻点点头。

不管能不能睡着，她只想睡一会儿，再多睡一会儿。

只有睡着的时候，她才能肆无忌惮地想念和回忆，才能多感受一点他留给她的温暖。

林竹声和孟新宇坐在医院绿地旁的长凳上。

两个人的目光，对着面前的绿色，一起失焦。

"我会让她死心的，这是我唯一能做的。"孟新宇仿佛自言自语地说着。

"你们的血缘关系，足够让她死心了。"

"不，还不够彻底。我不光要离开她，还需要离开……我的父亲。不然，齐菻就永远有我这个哥哥，她心里的伤就永远也不会痊愈，碰一下就会疼。"

林竹声叹了口气。

"放心，阿姨，我会找机会和她好好谈谈的，在她安静下来之后……"

孟新宇承诺着，他的目光，迷茫地扫过一片又一片的草地。

第四十九章
生 不 如 死

齐才厚刚走出公司，打算去医院看齐箖，就遇见了夏莲。

"齐叔叔，齐箖的电话怎么打不通？她人呢？"

"你找她有事？"齐才厚问。

"嗯，有个好消息要告诉她。"夏莲笑着回答。

"那正好，我正要去看她呢，你跟我一起去吧。"

"行啊！去哪儿看啊？"夏莲说着，又跨上了机车。

"二院。"

"二院?!"夏莲戴头盔的动作停在一半，头盔卡着她的鼻子，她费了很大力气才把头盔从头上拔出来。

"她在医院，大前天送去的，现在才醒。"

"车祸了？"这是夏莲能想到的唯一解释。

齐才厚摇摇头，神色苍老："不，是自杀。"

夏莲连门都没敲，几乎是破门而入，闯进齐箖的病房。

齐箖正靠坐在床上，看着窗外吹来的风鼓动窗帘。

"齐箖你怎么搞的！你想死啊！"

看着面前的夏莲，齐箖虚弱地笑了笑，她感到自己从心里到身体都很虚弱。

"是啊，我是想死……"她低下头。

夏莲额头上的筋气得一跳一跳的，憋了半天，才咬牙切齿地说："告诉你，要不是看在你刚刚大出血的份上，我饶不了你！"

齐粜笑着抬起头："饶不了我你还能怎么样，最多也就是把我打死……我还不是差点就死过去了……"

夏莲对着病床抬脚就是一踹："怎么的！救你你还有意见是不?!"

病床的铁架吱吱嘎嘎地响着，齐粜坐在床上，感受着夏莲的愤怒，她忽然觉得很温暖。

"小莲，我还活着呢，你至于嘛……"

"你要是死了，我才懒得跟你说这些，我直接把你扬河里去！"

"我好不容易活着回来，你这么冲我吼，不怕我再死一次吗?"

齐粜说得无心，夏莲听了却是一愣。

"好吧，那你说说，到底怎么了。"夏莲一屁股坐到陪护的床上，抬腿躺了上去。

两个人就这样，一人靠坐在一张床上。

过了许久，齐粜叹了口气，转过头看着夏莲："小莲，你知道吗?他是我哥哥。"

"谁?"

齐粜的眼泪顺着脸颊流下来。

"孟新宇，他是我哥哥……"

"……"夏莲不知道该说什么。

"他居然是我哥哥……他怎么是我哥……"

齐粜说着，泪如雨下。

她现在只想好好地哭一场，想把所有的伤口都哭成哽咽，把所有的痛都变成泪水。

夏莲什么都没说。

夏莲起身走到齐粜身后，将她揽进怀里。

她什么都没说。

齐粜能活着，就已经是最大的幸事，至于其他的，夏莲相信，随着时间流逝，慢慢都会好起来的。

齐粜在夏莲肩上，哭得撕心裂肺死去活来。

她的爱情，也在夏莲的肩上，哭死了。

哭累了，齐粜慢慢平静下来，她离开了夏莲的肩膀，和夏莲并肩坐着，叹了口气。

"我知道，这种事，谁都不怪；我也知道，我应该想开点，但我做不到，我就是想不开。"

"想不开为什么是你？"

齐簌点点头。

"我痛恨无能为力的感觉，以前我以为，很多事只要尽力，就不会有遗憾，我从来没想过，这个世界上，还有不能尽力的事。"

夏莲无言以对，只能无奈地看着齐簌。

"我尽的任何力，都会让这场感情变得更加可笑，如果一件事根本不该发生，那做得越多，就错得越多。"

"其实你也可以尽点力，等这件事过去了，选择一个自己喜欢的方式，尽力活下去。"

齐簌向后躺回病床。

"我真的很想知道，如果有一天，你发现金博是你的哥哥，你能不能做到。"

"不能，但我会尽力。"夏莲诚实地回答。

"可我不想为这个尽力，我不想每天抱着遗憾活着，即使以后活得很好，每次想起来，也会觉得遗憾，觉得难过。"

"能觉得难过是好事……也许你现在不这么觉得，但总有一天，你会和我一样想。这才是生活。"

齐簌伤感地摇摇头。

"我做不到。"

说完，她慢慢闭上眼睛，睡着了。

齐簌没有告诉夏莲，在那无限趋近死亡的黑暗中，她曾感受到孟新宇的温度，让她在一刹那，对死产生了犹豫。

不管那温度是不是真的，它们让齐簌有了活下去的理由。

如果死会结束痛苦，也会结束美好的回忆，想要保护住那份美好，就只有承受那份痛苦。齐簌就是带着这样的一种觉悟，重新睁开眼睛，活回这个世界的。

"世界你好。"

这是齐簌在 9 月 12 日早上醒来后，脑海里出现的第一句话。

她又梦见他了，在梦里，他握着她的手，轻轻地拍抚着。他就在她的床前，一伸手，就可以碰到他。

齐籴伸出了手。

她醒来，只看见空空的病房，还有她伸出的右手。

齐籴忍不住偷偷叹了口气。

这时，病房的门开了。

一大束红玫瑰出现在门口，正对着齐籴的病床。

紧接着，一身玫粉连衣裙的柳安然从门后钻出来，后面跟着一身休闲装的夏启。

"啦啦啦啦啦！我们来看你啦！"

"你们怎么知道我在这儿？"

"小莲说的。"

"对哈，小莲前两天来过。"齐籴点点头。

"我们刚回来！"柳安然说着，抬手拍拍肚子，煞有介事地说，"来，小杉，给干妈问好！"

齐籴看看柳安然的肚子："什么干妈？"

"嗯？夏莲没告诉你吗？我怀孕了，是蜜月宝宝哦！"

柳安然低头看了看肚子，即使她的小腹平坦得仿佛飞机场，她摸起来也一样有感觉。

那不是幻觉，她真的能感觉到孩子的存在。

"小杉，这是你干妈，记住了啊！"柳安然拍拍平坦的小腹，自豪地说。

看着柳安然幸福的样子，齐籴的心，也跟着柔软起来。

"我想出去透透气。"

这是齐籴这段时间以来，发给夏莲的唯一一条微信。

夏莲没有辜负齐籴。晚上 7 点，她带着外出的衣服，来接齐籴。

"尺码还算不错，嗯？我们走吧。"

看着齐籴穿上她带来的休闲衣裤，夏莲的嘴角勾起满意的弧度。

两人踩着黄色的夕阳，走过医院走廊。

"我们出去一下，有事打电话就行。"夏莲扔给值班护士这句话，人已经下了楼梯，留下发愣的小护士。

"小莲，我们去飙车吧。"走到医院楼下的停车场，齐絷提议。

"飙车?"夏莲显然有些意外，"行啊!"

夏莲的机车，停在 SubinGreen 的门口，时间才刚刚八点半，门前有些清冷。

初秋的晚上，空气里飘荡着淡淡的雾气。

"听说，我哥就是在这里邂逅了柳安然。"

夏莲仿佛不经意地说了一句，齐絷的心却动了一下。

能不能，让她在这里，也邂逅谁，解救她走出泥泞。

这是齐絷第一次走进 SubinGreen，一进屋，她就被扑面的绿色迷住了。

"齐絷，你知道绿色代表什么吗?"

"什么?"齐絷愣愣地转过头。

"生命啊!像你这种死过一次的人……"

夏莲没有说下去，只是招招手，向服务生竖起两根手指。

很快，两杯绿色端到她们面前。

"你是找个桌子坐着喝，站着喝，还是到吧台去喝?"

"唔，去吧台吧，来一次酒吧，总要试试坐台是什么滋味。"

人是会变的，现在的她，想学吸烟，想酗酒，想彻夜不归地疯玩，想上演一场一夜情，想在下一次临死前，尝遍这世上所有的疯癫，不管自己能否承受。

第五十章
分 道 扬 镳

齐森坐在吧台旁，一口灌掉整杯的挪威森林。

酒吧里灯光很暗，散发着幽幽的青绿色，伴着节奏感过强的 Beatles。

当齐森喝干第三杯酒时，夏莲问她："失恋了，为什么不找我出来疯?"

齐森抬起头看着她，眼里带笑，笑里有泪，让人看了着实疼惜。

"出来疯有什么用呢……"

夏莲抓住齐森的左手，举起来："在手腕上划个口子就有用吗?"

"夏莲!"齐森抽回手，瞪着夏莲，"生活已经很残忍了，有些事，你就不要拆穿了。"

"我只是想让你更好地活下去。"

"我活得挺好的。"

夏莲喝了一口酒，看向周围。

"你看看周围的人。"

到处都是一样的绿色，酒杯里，墙壁上，空气中，还有在灯下徘徊舞动的男女。

香烟吐出的寂寞，盘绕在空气中，在灯光下，仿佛绿色的夜雾。

"你觉得，这些人活得好吗? 快活吗?"

"我不知道……"齐森又灌下一杯酒。

"他们也不知道。"

"那你还问我。"

"问题不在这儿,如果你来多了就会发现,这些人,他们都觉得自己过得很好,很快活。"

"那就是快活吧……"齐箫说着,又伸手去拿另一杯酒,别人的喜怒哀乐,她不想关心。

"可他们并不快活……"夏莲把酒杯放在吧台上,不经意地叹口气,"更可怕的是,他们以为这种酒吧里催生的兴奋,就是快活。"

齐箫垂下眼睑:"不管是不是一时的,只要快活,就已经很不易了。"

齐箫不记得喝了几杯酒,也不记得是几首歌之后,孟新宇出现在身边的。

夏莲的声音在身后响起:"要不要来一杯?"

孟新宇轻轻摇头,目光却一直停留在齐箫的脸上。

"你怎么在这儿?"孟新宇的眉毛皱了皱。

"你不是也在这儿吗?"齐箫顶嘴。

不知从什么时候开始,他们的见面,就只剩下争吵。

他怪她不照顾好自己,她怨他是父亲的儿子;她折磨自己的样子让他很心疼,因为他的爱还在;他心疼的样子让她怒火中烧,因为心疼对她来说,毫无意义。

金博从孟新宇的身后绕出来,走向夏莲。

"人我给你带来了,至于……"金博无奈地说。

夏莲竖起手指,做了一个"嘘"的动作。

齐箫看着孟新宇,直到眼泪在眼眶里徘徊,她忙扭过头,伸手去拿吧台上的酒杯。

"为什么要这样?"孟新宇忍不住问。

"别妨碍我快活。"齐箫冷冷地说。

她灌下一杯酒,和着即将奔涌的眼泪。

孟新宇坐下了。

齐箫没有理他,只是又伸出了手。

还没等她的左手碰到杯子,孟新宇就抓住了她的手腕。

疼。

明明好了的伤口,被孟新宇一抓,竟然火辣辣地疼了起来。

齐箫紧紧地皱着眉,使劲挣扎,但那只手像臂环一样紧紧地箍在她的手腕上。

"别闹了，会弄疼你的！"

"已经疼了！"齐燊几乎要吼出来。

手腕上的力道松了一些，但丝毫没有松开的意思。

"别喝了。"孟新宇说。

仿佛是在赌气，齐燊伸出右手，去拿那酒杯。

孟新宇脸上闪过一丝无奈，只得用左手去抓。

就这样，齐燊的双手被孟新宇抓住，两个人面对面地坐在吧台旁。

"我不想跟一个酒鬼聊天。"

"你可以不聊。"

孟新宇愣了一下，松开齐燊的手，自己也拿了一杯挪威森林，一口灌下。

"这样有意思吗？"

"没意思。"齐燊闷闷地说。

"那我们说点有用的吧……我和你妈妈谈过。"孟新宇说。

齐燊愣了一下，狠下心，说了最伤人的话。

"你放心，我会欢迎你的加入，而且，我不会在乎你分到多少钱的。"

孟新宇差点被说出内伤，他深呼吸了好几次，才勉强压下钻心的痛苦。

"我不会要你们的钱。"

"不是我们的，是我爸的……"

"出院之后，你不会再见到我了……"

齐燊忍不住转过头看向孟新宇。

"如果不能成为你的丈夫，我就不会是你家的一员。"

齐燊的睫毛抖了抖，眼前忽然有些湿润。

但孟新宇的话还没有说完。

"我知道你恨我，恨我是齐才厚的儿子。其实我也恨自己，恨自己和你有同一个父亲，如果能，我多希望我不是他儿子……"

齐燊的嘴动了动，哽咽着说："我也希望……"

"所以我怎么可能想走进你的家门，让我们俩都受煎熬。"

"可是，现在也一样煎熬啊！"齐燊的眼泪终于忍不住滑落。

不知是因为酒精，音乐，还是酒吧里昏暗的灯光，她现在，只想好好地哭一场。

孟新宇伸手将她揽进怀里。

他的声音在齐籁耳边，轻轻地，温柔地说着："对不起，当时不请你吃饭，不追求你就好了……我只要把裙子还给你，各自道别，然后，继续过各自的生活……你就不会受这么多罪……对不起……"

一滴滴的热泪，落在齐籁裸露的肩膀上。

眼里，是怎么哭都哭不尽的眼泪；耳边，只有孟新宇一遍一遍的"对不起"；心里，是比死还难受的感觉。

齐籁崩溃了。

她闭上眼睛，使出全身力气，一口咬住孟新宇的肩膀，狠狠地咬了下去。

孟新宇只是哼了一声，抱着她的手收得更紧了。肩膀的疼已经麻木，这个世界，只剩下怀里久违的温软。

直到舌尖尝到腥甜的味道，齐籁才回过神来，她看向孟新宇的肩膀，血隔了薄薄的白色 T 恤透过来，染成一个红色的圆圈。

怀里那小小的身体，忽然安静下来。孟新宇低头看去，正迎上齐籁歉疚的目光。

偏过头看看自己的肩膀，孟新宇笑了。

"亲爱的，爱心可不是这种形状……"

齐籁竟然破涕为笑了。

即使知道他们不可能在一起，即使知道过了今晚，也许就再也不会相见。

"咬成这样，你还有心情开玩笑。"齐籁喃喃地说着。

孟新宇的笑意更深了。

他把齐籁重新抱进怀里，摩挲着她耳旁的短发，轻声开口。

"你一定要好好活着，快乐一点，如果你还爱我，就一定要好好过……因为，我爱你……"

四行眼泪，两颗真心，停在了这一刻。

SubinGreen 的散场那么早，还不到凌晨 5 点，众人就各自散去了。

打着哈欠的服务生游荡在场内。

酒吧里，只剩下舍不得分开的两个人。

"我们走吧……"孟新宇先开了口。

"能不能……"齐燊乞求一般开口。

她多希望他再多抱她一会儿，多希望他能像曾经一样，在她的唇上，印下浅浅的一个吻。

"什么?"

"没什么……我们走吧。"

齐燊站了起来。

如果没有告别，就不会"再见"。

夏莲和金博正坐在门口的车上等他们。

"美女，走吗?"夏莲打趣地问着。

齐燊笑笑："我们去飙车。"

"好啊!"金博抢着回答。

齐燊回过头，看着身后的孟新宇。

"我们就在车上告别吧，好吗?"

"……好。"

齐燊把最后的拥抱，再次给了他，之后，她爬上夏莲的车后座。

那是一场来不及告别的告别。

当两辆机车在空旷的大路上互相追逐，在晨起的车流间交叉穿梭，当金博的机车在岔路右转，不久又出现在前面的路上，当两辆机车终于在三岔路上分开，再也没有相遇。

齐燊看见迎面的风，吹干她的眼泪，也吹散了她没说出口的，那句"再见"。

·第五十一章
请 勿 忘 我

梦断了，只剩眼泪，爱散了，徒留悲伤。

齐箖在摊开的笔记本上，写下她和孟新宇的结局。

齐箖出院了。

当孟新宇再次踏进 1605 号病房时，已经人去屋空。

窗帘被风吹起，在白色墙壁投上晃动的影子，仿佛是挥手的旅人，在依依惜别。

窄小的床头柜上，放着一束蓝色的勿忘我。

孟新宇愣住了。

这是留给他的吗？

蓝色的小花，紧密地挤在一起，一共 9 支，插满整个瓶子，可爱而叫人心疼。

瓶子下面，是一张叠成小块的字条。

上面的字迹娟秀，却只有一行字："你说过，出了院，就再也不见。别忘了我，别忘了爱。"

孟新宇走到窗前，徒然站在那里，望着空空的惆怅。

有人走进来，孟新宇回过头。

他以为会是收拾病房的护士，但来的人，却是齐才厚。

孟新宇张了张口，有些吃力地发出暗哑的声音："爸爸……"

"你……来找她的？"

孟新宇摇摇头："不，我只是……过来看看。"

他低下头，不想让齐才厚看到他的悲伤。

"没事了，我先回去了。"

孟新宇说着，想逃离这间病房，和这个他应该称作父亲的男人。

"你妈妈怎么样了？"

孟新宇停住了脚步，低声说："情况很不好，她已经昏迷了好几天，医生说……"

后面的话，他没忍心说。

"我跟你一起去看看吧。"齐才厚说。

"你不和她们一起回去？"孟新宇低下头。

"没事，我打个电话，让她们先走。"

全仰仗齐才厚的钱，孟晴才能活到现在。

即便如此，几天来，一直处于昏迷的她，生命的迹象也在不断减弱。

站在孟晴床前，齐才厚不禁悲从中来。

他根本无法想象，离开他之后的孟晴，在那个青黄不接的年代，是如何独自一人，将他们的儿子抚养成人的。

"孩子，你会不会怪我？"

"不会……你不知道我的存在，那并不是你的错。"

"那么，如果你妈妈……你愿意和我们一起生活吗？"

孟新宇的目光没有离开母亲，他慢慢说："再看吧。"

2013 年 9 月 21 日。星期六。

齐箖已经休息了整整两周，现在，夏莲正推着机车，陪她在运河边散步。

"夏莲，回头你教我骑机车吧！"

"这东西还用学吗？上去就骑呗！"

"不是一直说这个很危险吗？"

"喏！它危险不在于操作，而是应急。如果前面的一辆车还有一秒就要撞到你，但你的反应时间需要两秒，那你就眼睁睁等死吧。"

"哦，那我还是算了。"

"是啊，你这么迟钝，还是买个自行车吧。"

"我要是能再迟钝一点就好了……"齐箖感叹，"你说，一个人要是变成傻子，是不是就不会有烦恼了？"

"这个很难说，你也不是个傻子，傻子的世界可能很美好，也可能很可怕，那是我们没办法了解的。"

齐箖沉默了，她们又走了一会儿，齐箖忽然想起什么，问夏莲："今天几号？"

"21啊，怎么了？"

"日子过得真快……我下周就上班了。"

齐箖看着慢慢变暗的天色，只觉得生命也飞快地流逝。

在越来越暗的卧室里，孟新宇一个人坐着。

时钟走得那么慢，慢到他有足够多的时间，来回忆自己的母亲。

3天前，18日的半夜11点57分，孟新宇眼睁睁地看着孟晴的心电图，跳成了一条永恒的直线。从此，他在这个世界上，将孤零一人。

从母亲去世的那一刻起，时间就走得很慢很慢，而孟新宇的感觉，却无比敏锐。

在那拉长了的时光中，他看着陌生的工作人员搬走了母亲，也搬走了这世上唯一的温暖。

他独自一个人为母亲办了火化手续，那天艳阳高照，但孟新宇还是觉得冷。

他忽然想到齐箖，她也能给他温暖，但他早已失去了她，在母亲之前。

回到家后，孟新宇便不再出门。

房间里，早已没有母亲的气息，可他还有回忆。

这里有母亲操劳过的厨房和客厅，有母亲擦拭过的书架和小桌，有母亲洗涤过的床单和被罩。一切的一切，都残留着母亲的影子。

这样很好，孟新宇想。

这样，他随时都可以重温和母亲在一起时的温馨。

这样也不好，孟新宇又想。

这样，他就会永远沉浸在对母亲的追思中消磨时日。

孟新宇还记得，孟晴最后一次醒来的样子。

那天她的精神不错，甚至还喝了几口粥。现在想来，那也许就是孟晴的回光返照。

因为精神尚好，孟晴难得和孟新宇说说话。

"新宇，以后，你有什么打算?"

"打算?"

孟晴点点头。

"我可能会出去走走。"

"你会离开这里吧?"

这是孟晴了解的儿子。

当年，他能为了柳安然搬来这里，现在，他也可以为了齐簌离开这座城市。

"会的吧……"

"嗯……"孟晴闭上眼睛。

"不过，还要过些时候。"

孟晴的嘴角挂了一抹微笑，淡淡地说："很快，我就不再是你的累赘了。"

孟新宇仿佛挨了一记重锤，抬头看向孟晴。

但孟晴已经安详地睡着了。

这是他们最后的一次谈话，那之后，她就再也没有醒来。

孟新宇看看墙上的时钟，已经是下午了。

明天早上，母亲就要被推进火化炉。

孟新宇忽然觉得屋里很闷，一时间，竟然有些喘不上气来。

他决定出去走走。

孟晴最喜欢散步，即使是在病重的时候。

可现在，她已经不能再走入阳光中了，那么，就让孟新宇替她出去，再散一次步吧。

孟新宇在街上晃着，走着走着，看到一家花店。

招牌上写着："新到忘忧草。"

也许是心里盛了太多忧愁，孟新宇没有丝毫犹豫，就迈进了花店。

几分钟后，他抱着两束黄色的喇叭状鲜花离开了花店。

他回到家，把其中一束放在桌上，这一束开得最盛的，他要带给母亲。

接着，他拿着另一束花下楼，上车，驶离小区。

当天晚上，齐簌回到家时，在门口，发现了一束花。

喇叭状的黄色花朵，像一个个大大的铃铛。

齐簌打开大门，带着花束，进了屋。

家里没有人。

齐簌坐在沙发上，观察着这束花。

没有卡片，没有装饰，只是简简单单的一束。

这是什么花？

齐簌打开笔记本，在百度上搜索。

"六瓣 黄色 什么花"。

在"百度知道"里，齐簌看到了花的名字。

"大花萱草，又名金针菜。"

黄花菜，又名——忘忧草……

这才是他真正的意思吧？

可是看着百科里的介绍，齐簌又感到好笑。

黄花菜，有健脑和增强记忆的功效。既能增强记忆，又怎么能忘忧？

齐簌继续翻看，在另一个页面里，她找到这样的字样："《本草注》：萱草味甘，令人好欢，乐而忘忧。"

她留给他一束勿忘我，他给她送来一束忘忧草。

听起来，这仿佛是一段浪漫爱情的优雅结束，可是为什么，当发现这束花可以吃时，感觉这么别扭。

齐簌抱着这束花，看着看着，就泪流满面。

她忽然懂了。

因为可以食用，所以忘忧草变得不再浪漫，但这不是它的错。

就像不能在一起的她和孟新宇，不是他的错，更不是她的错。

齐簌就这样窝在沙发里，抱着花噼噼啪啪地掉眼泪，任凭大滴的眼泪滚落在花瓣上。

忘忧草，忘忧，我们真的做得到吗？

第五十二章
迁 徙 的 心

齐篰又跟着夏莲到 SubinGreen 去喝酒。

齐篰一边喝，一边听夏莲讲着她大学时热恋的师兄，是如何与她相识、相恋，最后又和她分手，娶了导师的女儿。

伴着夏莲故事的结束，齐篰喝下了第 5 杯酒。

"所以，人呢，长这么大，总要遇到几个人渣，你见过的人渣越多，你最后选择的那个人就越完整，因为人都是由人渣的经验累积出来的。"

夏莲喝干了杯中酒，跟着音乐，进了舞池。

齐篰只是坐在吧台前喝酒。

恍惚间，她甚至开始幻想，幻想着如果她喝得足够多，孟新宇就会出现在面前，像那天一样。她不断地喝着，机械而执着。

可她终于没能等到孟新宇。记忆里最后的片段，是夏莲的声音："好了够了！别再喝了！"

紧接着，手里的杯子被抢走了。

齐篰再次醒来，已经是第二天下午，她正躺在自己的卧室里。

她想抬头看时间，却发现头沉得厉害，嗓子也疼得发紧。

门开了。

林竹声走进来。

"妈……"齐篰小声说。

林竹声探手覆上齐篰的额头。

"还是有点烧。"林竹声轻声说。

"我发烧了吗?"齐森问。

"是啊,你喝得太多,吹了夜风着凉了。"

"是吗……"齐森的脑袋昏沉沉的。

"你想吃点什么吗?还是再睡会儿?"

"不吃了,我再睡会儿。"

"你嗓子是不是哑了?那你要是醒了,就拿手机找我吧,省得喊不出声来。"

林竹声把齐森的手机放到她枕边。

"我去给你煮点水喝。"

说着,林竹声轻轻地出去了。

齐森转过头,发现自己的床头柜上,摆满了瓶瓶罐罐。

果汁、米露、白开水,话梅、软糖、巧克力,还有各种点心。

是怕她半夜里睡醒了觉得饿吧?

齐森忽然觉得眼眶湿润了,心里也暖暖的。

不管她失去了什么,失去了多少,她还有这个家,还有宠爱她的父母。对她来说,还有什么比这更重要的?

前夜,齐森沉醉在朋友的关怀中,开心地酩酊大醉,现在,家的温暖包围着她,她第一次感受到,活着,原来是一件如此美妙的事。

即使不能得偿所愿,她现在所拥有的,也足够她用心珍惜。

躺在床上,她再次想起了孟新宇。

他现在在哪里?过得怎么样?以后又打算怎样?

从 9 月到 10 月,是结婚的黄金季节。

孟新宇却辞职了。

他带着心爱的相机,沉重的相册,像一个落魄的旅人,迈下了影楼的台阶。

一对新人迎面走来,和他擦肩而过。

甜腻腻的说话声越过耳膜,传进了大脑。

"要是你妈妈不同意该怎么办啊?"

"没事,我们拍我们的,回头我就告诉她你已经怀孕了,她会同意的。"

孟新宇不由羡慕甚至忌妒起他们来。

可是这本来，就不是他能比的。

不是不爱这份工作，更不是要放弃摄影，只是，这座城市，让他不敢面对。

回家的地铁里，孟新宇靠在扶手上，看着站牌灯一个一个地闪亮，又熄灭。

坐到中云大厦附近的沉生街站，孟新宇下了车。

这里，是他和齐森留下最多回忆的地方。

走上台阶，孟新宇四下张望一下。

离地铁口最近的，就是"东西"咖啡屋。

5分钟后，他拿着相机，推门走进了小店。

还是那个沉默的男人，不同的是，和他一起站在柜台后的，是那天那个美丽的女人。

孟新宇径直走向吧台。

刘芳微笑着："来点什么?"

"呃……还是美式，大杯的。"

男人点点头，开始专注地磨咖啡。

刘芳欣赏地看着他的一举一动。暧昧的味道，在两人间流转。

男人把咖啡端到吧台上，孟新宇刚要伸手去拿，男人竟然开口了："你的女朋友呢? 怎么没和你一起?"

孟新宇一愣，脸色瞬间灰暗。

"建章，什么女朋友，你瞎问什么?"刘芳想打个圆场。

"就是那天和你坐着聊了好久的那个女孩子啊!"

"齐小姐?"刘芳一愣。

"是啊!"

"那天……"刘芳记起那天，"那天不是这位先生先走的，然后齐小姐就进来了吗?"

"哪天的事?"孟新宇问，

"呃……是个周末，你那天好像还拿着一个西服袋!"

孟新宇记起，那是他来齐森公司，找方天华弄草稿的周末："可是，我没看见她啊……"

"也许，错过了吧……"男人说。

说者无心，听者有意，被戳中痛处的揪心，让孟新宇眼眶一红，险些落下泪来。

"那，你这是要……"刘芳看着孟新宇的大包小包，问。

"我要远行了。"孟新宇努力地微笑一下。

孟新宇在店里逗留了很久，他认真地拍下了店内的装潢，靠墙摆放的调料罐，小小的桌椅，煮咖啡的男人和他的咖啡。

临走前，刘芳站起来："帮我们俩也拍几张，可以吗？"

"可以啊！"拍完照片，孟新宇的心情好了很多。

"建章，我们上一张合影，还是 10 年前吧？"刘芳微笑着问走到身边的男人。

男人想了想："可能不止 10 年了。"

孟新宇举起了相机。

男人臂弯中的女人，笑得很妩媚。

一周之后，刘芳接到了一份快递。

里面是那天在店内的照片，还有孟新宇的一封短信。

"写给'东西'：

你们收到这封信的时候，我应该已经坐上了西行的列车。这些天因为搬家，我整理了很多照片，新人的、情侣的、老夫妻的，作为一个重新落单的人来说，是种煎熬。直到我翻看到你们的照片。

远走异地的我，会记得你们香浓的咖啡，希望有朝一日，当我重新回到这里时，还能找到你们的小店，分享你们温暖的快乐。

随信附带我租赁房子的钥匙，房子还有三个月才到期，如果见到齐筱，请帮我转交给她。

流浪的摄影师：

孟新宇"

孟新宇的行李很小，小到只有一个大行李箱。

带不走的东西，他大部分都扔掉或送了人，而那些不能处理的，比如母亲留下的樟木箱、多年收藏的书籍，他都装进箱子，送到朋友那里，堆进影楼深深的库房。

他很可能一段时间内不会再回来，可能是一年，两年，很多年。

曾经，这里有他所追求的，所以，他义无反顾地来了。

现在，他应该走得干净彻底，这样对他好，对齐森也好。

看着很快消失在窗外的街景，慢慢挤入画面的乡村，孟新宇有种解脱的感觉。

这里有他的初恋，有他对母亲最后的记忆，有他多年未曾见过的父亲，还有那个和他相识、相知、相恋了的妹妹。

孟新宇掏出手机，这是他在这里的电话号，他微笑地看着通讯录的一个个名字。

除了齐森和齐才厚，他给每个人群发了一条信息。

"我走了，愿你们大家都好。"

接着，他给齐才厚发了一条信息：

"母亲走了，是 18 号那天。我没有通知你，我不知道母亲是不是愿意让你看到她无生机的样子。母亲走得很安详，我想，她并不怨你。全凭你给我们的钱，母亲的住院费用才能维持下来，我不知道自己以后有没有机会报答你，但我想说，爸爸，谢谢你！"

发完短信，孟新宇打开微信，发了一条动态。接着，他关机拔掉 SIM 卡，随手扔进车厢座位旁的垃圾袋里。

他留在微信里的最后一条动态，只有简单的 4 个字：

"即刻出发。"

第五十三章
空 的 椅 子

自从收到孟新宇的短信，齐才厚就开始忙碌。

他要送一间摄影工作室，给自己的儿子。

现在，站在装修好的大厅里，齐才厚看着摆在角落里的观音竹。

孟晴生前一直喜欢竹子，所以，齐才厚在工作室的每一个角落，都摆上了竹子。

他又掏出手机，看了看短信。

现在，他终于可以给孟新宇打电话了。

为了这个时刻，齐才厚在心里偷偷排练了无数次。

不管孟新宇接不接受，工作室就在那里，就像他迟到的父爱，不增不减。

"对不起！您拨叫的用户已关机。Sorry! The subscriber you dialed is power off……"

回家的路上，齐才厚又试着拨了一次电话，还是关机。

晚上，他又拨了一次。

依然是那句"power off"。

第二天，第三天，孟新宇的手机还是关机。

齐箖试了一下，也是关机。

"小莲，你孟哥的手机怎么关机了？"

"他……"电话里，夏莲的声音有些迟疑。

"他怎么了？"

"他走了。"

"走了？"齐箖瞪大眼睛。

"对，他走了，离开这座城市了。"

齐箖慢慢地放下电话。

慢慢地转过头，愣愣地看着齐才厚。

"怎么了？小孟出什么事了？"

齐才厚心里生出不好的预感。

"他……"

齐箖张张嘴，齐才厚的眼睛都快掉进齐箖嘴里。

"他走了。"

齐箖多少有些回过神来。

两行眼泪，清澈地流淌下来。

当天晚上，齐箖就在酒吧里喝得大醉。

"小姐，可以坐这里吗？"一个头发染成红色和紫色的男人上前搭讪。

齐箖抬起头，直勾勾地看着这个人，半晌，冒出一句："别烦我。"

男人笑起来，一屁股坐到齐箖旁边："那我就坐下啦！我叫小野，请问小姐怎么称呼？"

齐箖眨眨眼睛，随口说："我叫小田。"

"小田小姐，可以请你跳支舞吗？"小野举起杯子，碰了一下齐箖的酒杯，一饮而尽。

"嗯？跳舞？……我不会跳舞。"齐箖说。

"我来教你。"小野说着，就去扯齐箖的手。

"我不想……"齐箖的话还没说完，人就已经靠在这个头发红不红紫不紫的小野怀里。

他的爪子搂着她的腰，让她 V 领短裙前身露出的细白皮肤，尽可能多尽可能紧地贴着他，邪邪地一笑："没关系，来吧，美人儿。"

小野今年 31 岁，单身，花心。

现在，他搂着齐箖，在音乐中，一步接着一步，向隐藏在舞池后台旁的卫生间晃去。

"新宇，我不跳了，我不想跳了……"齐箖已经连人都认不清了。

"呵呵……好，好，不跳了。"小野的嘴角，咧成满意的笑容。

"我想吐……"

"前面就是卫生间，你再坚持一下。"

绕过酒台时，他又买了一杯烈性的伏特加，但他没有发觉，服务生多看了他和齐箖一眼。

小野直接将齐箖扶进男厕所。

"好了好了，你吐吧，吐吧……"

齐箖已经喝得分不清东西，她直接抱着一个小便器吐开了。

等齐箖吐够，小野把手里的杯子递到齐箖嘴边。

"喝点水吧。"

齐箖点点头，意识不清地张开嘴。

小野熟练地一抬手，火辣辣的烈酒便顺着齐箖的喉咙直接灌了下去，引得她一阵干咳。

"这，这是什么……"

齐箖还没说完，就身子一软，昏睡在小野的臂弯里。

不出 10 秒时间，小野一手托着齐箖的后背，另一只手，已经剥下了齐箖的衣服。

雪白的身体，在日光灯的照耀下，显得格外地白。

小野咽了一下口水，伸手去解自己的裤带。

这时，一只手搭在小野肩上。

"先生。"

坐在齐箖旁边的沙发里，夏莲无奈地叹了口气。

"你别走！别走啊！"

齐箖一嗓子就把自己喊醒了。

她一下子坐起来，看着夏莲。

"他呢夏莲？他呢?"齐箖一把抓住夏莲的手，仿佛她会跑掉一样。

"谁?"

"孟新宇啊！孟新宇呢？他刚才还在这儿的，就在……"齐箖看看周围，声音里带了哭腔，"就在沙发这儿站着啊！他人呢?"

他明明在这里的。

齐簌伸出手，去抓夏莲。

"夏莲，你看见孟新宇了吗？他刚才还在这儿的。"

夏莲摇摇头。

"齐簌，你醒醒吧，没有孟新宇，这里根本就没有孟新宇，孟新宇他早就走了，早就走了，你现在是在酒吧里。"

泪水瞬间流下来，夏莲看到，齐簌眼中自己的影子，在泪水中颤动。

"不……我明明看见了，连那温度……他……"齐簌泣不成声。

夏莲把齐簌送回家，顺便把酒吧的账单也带给了齐才厚。

林竹声走进卧室时，齐簌已经躺下了。

"怎么了？不开心是吗？"

"没有，我就是觉得有点累，想再睡一会儿。"

林竹声点点头，向外走去。

"妈……"

"怎么了？"林竹声转回身。

"我……我想去找他。"齐簌闷闷地说。

"他不是……走了吗？"

"是啊，但他也不可能人间蒸发对不对……"

"可是……就算找到他，你又能怎么样？"

"我……"齐簌的目光离开母亲的脸，飘向天花板，仿佛在自言自语。

她的声音在卧室里盘旋低诉。

"我想跟他结婚……

"我知道，我们是兄妹，但……

"如果我不要那一纸结婚证呢？

"如果我们要个自己的孩子，遗传病的几率有多大呢？"

她失神的眼眸，仿佛永不见天日的黑洞，漆黑而深邃，里面藏了无数的憧憬、幻想、侥幸和现实。

"我找到了最爱的人，但他竟然是我哥哥……为什么要让我遇见他……"

齐簌在床上缩成小小的一团，再一次泣不成声。

林竹声叹了口气，坐到床沿上。

齐簌能感觉到，床垫软软地向她一挤。

“箖箖……”

齐箖等着母亲继续说下去，但林竹声没有。

她只好抬起头，看着母亲：“什么?”

“如果让你在自己的生命和孟新宇之间做选择，你会选什么?”

齐箖一愣，随即，慢慢说：“我肯定选自己的生命啊……虽然没有他，但我还有你和爸爸，我不能……不能再轻易放弃自己……”

她看着母亲，满眼的单纯和敬爱。

林竹声笑了，笑得很幸福。

“那么，如果你没有爸爸妈妈，你会奋不顾身地追求这份爱情吧?”

“我……我一定会留住它。如果留不住……可能无牵无挂的死，能让我真正解脱……”

林竹声看着齐箖，心里忽然很不是滋味，眼眶一红，泪水就落了下来，

“妈，你哭什么，我说的是如果没有你和我爸。你放心，只要你们俩在一天，我就会活一天，放心吧。”

这正是林竹声难受的地方。

她再也忍受不了了。即使让她背上恶名，甚至就此净身出户，她也不想看着女儿，她的掌上明珠受这样的折磨，这种因为无知造成的、完全多余的折磨。

她决定把自己知道的、猜测的、推断的，全都告诉齐箖。

也许，作为母亲，她就是需要牺牲自己的形象，才能换来女儿终生的幸福。

这一刻，林竹声不再有任何纠结和顾虑，她甘愿如此、唯愿如此。

“箖箖，如果你只有和孟新宇在一起才会幸福的话，那么，我给你幸福。”

齐箖摇摇头：“就算你和爸爸都能接受，他也不会同意的，这是乱伦。”

“不，你可以有幸福。”林竹声目光炯炯，“听我说，箖箖，你听好，你，不是爸爸的女儿。”

第五十四章
我 又 是 谁

"这不可能!"齐馦眼睛睁得大大的,张着嘴,"你说什么?"

"你不是爸爸的女儿,如果孟新宇是你爸爸的儿子,那么,你们根本没有血缘关系。"

林竹声狠下心,说出她也不愿面对的现实。

那天在医院,当她一眼看到齐馦病历上的血型 O 时,脑海深处潜藏多年的记忆,便如冰山一角,凸显出来。

她的血型是 A,齐才厚的血型是 AB。

齐馦,不是齐才厚的女儿……

那,她是谁?

当齐馦彻底听懂林竹声的话,她也问了这个问题。

林竹声的脸上,浮现出难言之色。

但她还是说了。

她不说,齐馦就绝不会相信,更不会接受这个事实,那么,齐馦就得不到幸福。

林竹声的嗓音,是第一次如此干涩,在母亲艰难的叙述中,齐馦看到了当年。

齐才厚死缠烂打,终于娶到了林竹声。

但那时的林竹声,心里一直惦念着另一个男人。

他叫顾梁,比林竹声大两岁,是一名优秀的摄影师。

他们在工作中相识，并在工作中摩擦出火花。

作为情人，顾梁爱她、欣赏她、支持她、理解她，可是，他是一个三口之家的男主人，一个两岁女孩的父亲。

于是，还未开花的爱情，就这样悻悻地收了场，顾梁回归家庭，林竹声嫁作人妇。

婚后数月，齐才厚有事回老家，林竹声独自一人在家。

那是个暑气四溢的 7 月底，下午，天上飘过几片淡淡乌云，在闷热潮湿的空气里，林竹声窝在藤椅里，数着窗外的常春藤。

顾梁来了。

他的脸有些红，身上有些酒气，目光有些迷离。

林竹声，就这样迷失在那雾蒙蒙的眼神里。

当顾梁挪动自己白皙精瘦的身体，慢慢爬起来，林竹声的眼神，竟也变得和他一样迷离。

顾梁离开时，林竹声没有去送。

她只是裸露着身体，躺在床上，听着门"咔嗒"一声关上，眼角，忽然就流下泪来。

从那之后，她再也没见过顾梁。

两天后，齐才厚回来，告诉她他们要搬往他的城市，遥远的中原。

于是，林竹声离开了温润潮湿的江南，跟着齐才厚，踏上一片干涸的大地。

很快，她便查出了身孕。

1987 年 4 月 26 日凌晨 2 点 36 分，齐箖出生了。

林竹声从没想过，齐箖不是齐才厚的孩子。

对她来说，那个盛夏午后的冲动，只是一场半夜里上演的美梦，所有的回忆和惦念，就像当时满身的汗水，在微风里慢慢消散，早已不见。

如果不是齐箖自杀，她根本不会注意到血型的问题。

"那么……我应该姓顾吗？"

林竹声点点头。

"真的吗？你会不会是……弄错了？"齐箖显然接受不了。

林竹声轻轻摇着头。

"你是 O 型血，你爸爸，不，齐才厚是 AB 型，你不可能是他的女儿，而我……我只有那一次……"

"爸爸知道吗?"齐簌觉得,这才是现在她们最该担心的问题。

"他……我想他不知道。"

"要是你弄错了呢?我要不要去给自己做个亲子鉴定?也许我不是那个顾梁的孩子呢?"齐簌不死心。

"簌簌,重点不在你是谁的孩子上,只要你不是你爸爸的孩子,你就可以和孟新宇结婚。"

"可是妈妈,如果这件事是真的,我们就不能告诉爸爸。"

"为什么不能?"

"他一定会死过去的,他现在身体没那么结实了。"

"那你就忍心一直瞒着他,让他过一辈子无儿无女的生活?"

"那他至少以为他有啊!"齐簌实在不忍心强迫父亲面对这个残酷的现实。

"你就甘心和孟新宇错过一辈子吗?这不是你该承担的。"

"我怎么不承担呢?为了我和孟新宇的事,翻出你当年的事,要是我爸真为这个出点什么事,我会愧疚一辈子的!"

林竹声沉默了一阵。

"妈妈……妈妈?"齐簌等着林竹声答应她。

"那……好吧,这件事,暂时先不告诉你爸爸。"

齐簌松了口气,但林竹声忽然转移了话题。

"簌簌,你……你会怎么看我?"

"因为这件事吗?"

林竹声点点头。

这才是她最在意的事,她不在乎齐才厚是否会暴跳如雷,或是对她怨恨终生,她只在意齐簌的想法,她唯一的女儿,不管是谁的女儿,现在,都只是她一个人的。

齐簌很认真地想了想:"我不知道,我不确定,刚刚知道这件事,多少……有点接受不了……"齐簌看看林竹声,"我能以后再回答你吗?"

林竹声点点头,站起身,出去了。

齐簌躺在床上,伴着宿醉的感觉,一天一夜没有合眼。

第二天是工作日,在齐簌的卧室里,林竹声发现了一封信。

"妈妈：

我想了很久。

我想说，我并不怪你。作为女儿，我没有资格怪你。不管我的父亲是谁，对我来说，你都是赐予我生命的那个人。我能活在这个世界上，哭过、笑过、幸福过、悲伤过，还能写信给你，都是因为你给了我生命。

虽然，我不愿自己是母亲当年婚外恋和一夜情的罪证，但你依然是我的母亲，唯一的母亲，是我在这个世界上，最想要感谢的人。"

林竹声的眼泪，噼啪地掉在信纸上，晕成一朵朵水花。

她一定，也必须要让她的女儿，得到幸福。

虽然林竹声为防万一，特意请来了医生，但齐才厚还是受不住打击，心梗发作，被推进了急诊室。

从住院到现在，已经过了十几个小时，齐才厚还是没有醒。

齐籁不停地数着指尖，一个、两个、三个……数到五，再倒着往回数。

这时，齐籁听到一声微弱的叹息。

她转过头，看向齐才厚。

在药物的作用下，他的脸色已经恢复正常。

现在，齐才厚正努力地睁开自己沉重的眼睛。

当齐才厚睁开眼睛，第一眼看到齐籁时，他的眼眶一下就红了。

"籁籁……"

过了好几天，齐才厚才可以下床走动。

齐籁每天都去看齐才厚，但她做不了什么，更要命的是，齐才厚一见她就哭。

一个周六，当齐籁坐在床前，两人沉默了整整一个上午之后，齐才厚开口了。

"籁籁……"他的声音很虚弱，不光是身体上的，也是灵魂深处的虚弱。

"什么?"齐籁很认真地听着。

"你已经知道了吧，你……你不是我的女儿。"

齐籁点点头："我知道。"

齐才厚的心里瞬间凉了半截，他忽然笑了，笑得很凄凉。

"其实这样也好……这样，就没人能阻挡你和小孟的感情了。"

齐棽的心里一酸，为了父亲拙劣的逞强。

"爸爸……"

齐才厚摆摆手，打断了齐棽："想想看，我花心了一辈子，娶了这个，又看上那个，娶了那个，又看上第三个……这是报应啊，我从拥有一对儿女的幸福爸爸，沦为孤家寡人……"

说着，一行泪水落下来，打湿了病床上厚厚的枕头。

"爸，你不是孤家寡人，就算孟新宇再也不回来了，你身边不是还有我吗？"

齐才厚苦笑着摇摇头。

"别管我了，我就这样了，这是报应，我年轻时候招蜂引蝶好不快活，对感情也不能始终如一，现在到了这个年纪，活该如此。"

"别这么说，爸，我不是一直陪着你呢吗？"

"哎！"齐才厚重重地叹口气，仿佛要把肺也一起叹出来。

虽然有些强颜欢笑，但他是真的笑了。

第五十五章
复 燃 死 灰

齐才厚被推进急救室的场景，齐森依然清楚记得。

他双眼紧闭，面色铁青，脸上带着氧气罩，僵直地仰躺在担架床上。

床架上的滚轮在医院的瓷砖地面上滑得很快，齐森跟在后面跑着，直到护士将她挡在抢救室门前，直到大门在她面前轰然关上。

"手术中"的小灯"啪"地亮起，站在抢救室紧闭的门口，齐森哭了。

她已经知道，躺在里面的，不是她的父亲，可那就是她的父亲，陪伴她26 年的父亲，即使他没有用温暖陪伴她的童年，没有用清晰指点她的青春，即使他曾忽略她的存在、无视她的感受，他也一样是她的父亲。

即使血管里流淌着不一样的血，又能怎样。

安静的午后，齐森拿着刮皮刀，坐在病床前，一条一条地削着黄瓜。

削好的黄瓜，青涩泛白的颜色，有点像男人刚刮干净的下巴。

看着手中的青色，齐森恍然间想起孟新宇。

在某个阳光明媚的午后，走在他身边的齐森，仰起头看到的，也是这样的颜色。

"想什么呢?"齐才厚问。

现在的齐才厚，面对齐森时，显得有些小心翼翼。

不是因为疏离，而是怕齐森对他疏离。

齐森摇摇头，把黄瓜递给齐才厚。

"在想孟新宇吧?"齐才厚又问。

齐篸点点头。

"之前,我一直盼着谁能突然出现,告诉我我们不是兄妹,可是,现在有人告诉我了,我反而觉得更难受了。"

"人有时候就这样,愿望是实现了,但实现的方式,未必是你希望的。"

"我希望有人说,孟新宇不是你的儿子,我从来没想到……"

齐篸说不下去了,她很怕提起这件事,齐才厚会再被送去抢救一次。

齐才厚重重地叹口气:"我也没想到……"

齐篸低下头。

"去找找小孟吧,如果找到他,我还能有个儿子,不然,我就真的是孤家寡人了。"

齐篸愣住了,旋即,点点头:"放心,我不会让你成孤家寡人的,你永远是我父亲。"

齐才厚笑笑,摆弄着床单。

"有时候想想,我还真是应该姓齐。"

"为什么?"

"你听过齐人之福的典故吗?齐人有一妻一妾……"

齐篸忍不住笑出声:"爸,你看看你都什么样了,还没忘了开玩笑!"

"是啊,我现在什么样了,我自己都不知道。你有镜子吗?"

齐篸点点头,从包里翻出一面小镜子,递给齐才厚。

齐才厚对着镜子,左右看看。

"唔,我看起来确实不太好。"

"就是啊!"齐篸拿回镜子,"医生说,你至少要 3 个月才能恢复,而且,能不能恢复到原来的状况,还很难说。"

"那我什么时候能出院?"

"下周吧,下周就差不多了。"

齐才厚点点头。

"丫头,要是你还拿我当爸爸,你就帮我办件事。"

"当然啊!什么事?"

"在我出院之前找到孟新宇。"

"我上哪儿找去啊?"

齐才厚摇摇头："那我不管，要是找回来，你就是我儿媳；要是找不回来，你就只能给我当女儿了。"

顿了一下，他狡黠地笑着说："说实话，我还是希望你找到的，这样我就是一儿一女，可以幸福地安度晚年了。我想，你也应该希望自己找到他。"

齐箖早已心如死灰，现在，却忽地闪起复燃的火光，她不禁握紧了自己的左手，那枚婚戒，还在她左手的无名指上闪闪发光。

如果能找到孟新宇，她一定会向他求婚，就像他曾经做过的那样。

"好吧，我会去找他的。不管用什么办法，我一定会把他娶回来的。"

这已经不再是齐箖一个人的事，当她的父母，他们一家三口，都为这件事付出了极大努力之后，找到孟新宇，已经成了齐箖必须完成的事。

因为，他是齐家唯一的儿子，齐箖唯一的爱人。

可是，他会去哪里？他现在在哪里？

9 月的最后一天。

齐箖来到孟新宇租住的房子，但是，这里没有人。

邻居说，孟新宇走了有十来天了。

齐箖又找到孟新宇曾经工作的"海市"影楼。

在库房里，齐箖看到了孟新宇留下的东西。

一个大大的木箱，一个小箱子，这些是孟晴生前用过的。

剩下的，便是整袋整盒整箱的底片、相片、药水。

齐箖没有翻看照片，因为她知道，孟新宇留在这里的照片上，不会有她。

"他没说要去哪儿吗？"齐箖问站在身后的李斌，他是孟新宇的朋友兼老板。

"没有……不过，他应该不在本地了。"

齐箖点点头。

离开前，她从背包里翻出玉镯，连盒子一起，装进了大木箱里。

那是孟晴留给儿媳的玉镯，在她找到孟新宇之前，就让它和孟晴的东西睡在一起吧！

站在人来人往的路口，齐箖真的不知道该去哪里了。

他的手机卡扔了，微信关了，QQ上，也没有了他的头像。齐森知道，是孟新宇将她拉进了黑名单。

他一定希望她能彻底忘掉他，忘掉他们的故事，忘掉这份感情。

可是，她要怎么才能告诉他，他们现在可以在一起，他们现在可以有故事，他们现在可以谈感情，他们……可以爱。

手机响了，齐森条件反射一样一把抓出来。

是方天华打来的。

他要齐森务必马上到公司去，有很重要的快递。

不知道为什么，齐森觉得，那快递一定和孟新宇有关，于是，她急匆匆地拦住一辆出租车，直奔公司去了。

晚上7点，齐森跟着旋转门，转进了中云大厦的前厅。

电梯在17层停了一下，齐森的心跳错了半拍。

可是上来的人，不是孟新宇。

她明明知道，孟新宇已经不在这里，可是看到那个数字，心里还是动了一下。

走进公司的玻璃门，齐森就看到方天华。

"来了来了!"方天华嚷嚷着，"快点快点! 全公司你是最后一个知道的，快! 快来!"

他拖着齐森直奔工作间，一把推开工作间的门。

"当当当当～!"

齐森看到，在她的工作台上，整齐地摆放着一个西服袋和两封快递。

"这是什么?"齐森走过去。

那西服袋很眼熟，那不就是……就是她那天带到Sandy City咖啡馆的那个西服袋吗?!

齐森的手有些发抖。

她拿起了旁边的快递袋。

这是一封同城快递，寄件人是设计大赛组委会，因为里面是晋级证书，这封信早已被方天华带头拆开了。

信件的内容很简单。

首先恭喜她成功赢得复赛第三名的好成绩，另外通知她，她将和晋级的另外4名选手一起角逐最后的大奖。第二页上，是决赛的时间、要求和注意事项。

齐箖粗略地翻看一下，就扔在了一边。

工作台上，有一条打印纸，上面印着复赛晋级奖金明细，金额栏里是齐箖3个月的工资，还有后面刘总龙飞凤舞的签名。

齐箖也扔到了一边。

最下面，是一封私人信件。

边缘有些磨掉色的快递袋，不知走了多远的路才辗转送到这里，面单的字迹也因为是最后一层而模糊不清。

齐箖有种强烈的预感，这封信是给她的，而且，是孟新宇专门寄给她的。

齐箖小心翼翼地拿起文件袋，她仿佛摸到孟新宇的体温，残留在这远道而来的快递中。

不知什么时候，方天华出去了，工作间里，只剩下齐箖一个人。

她鼓了好几次勇气，终于撕开了这份快递。

第五十六章
来 生 再 见

"亲爱的女人：

我知道，你一定会去查询快递单号，找到我寄信的地方。但是很抱歉，这只是我的中转城市，我在这里转车。

我现在坐在一家文具店的桌旁，我每天都对照日历，计算天数，我想，当这封信送到你手上时，比赛的成绩也差不多该出来了。

我替你报了名，因为觉得你天分过人，我不希望因为我们的分开，毁了你的事业和前途。

说好了，你出院之后，我们就再也不见，我想我做到了。

替我照顾我们的父亲，虽然他没能给我一个温暖的家庭，但我从没怪过他。

我从没觉得，表达有这么艰难，想很久也想不出要说什么，我觉得自己很干涩。

我会找一个我喜欢的地方，在遥远的远方好好活着，希望远方的你，也一样好好过，如果我们还能盼望来生，那么，我们来生见。"

没有署名，但熟悉的字迹，就像孟新宇一次次转身时的背影，定格纸上。

看到第一行，齐箖就哭了出来。

亲爱的女人……

他从未这样叫过她，在一起时，他都只唤她的名字。

亲爱的，女人……

也许，现在的他，也只能用女人来唤她。

她不是妻子，不是情人，她只是他的妹妹，可是，她却应该是妻子，应该是情人，他死也不会甘心唤她做妹妹，可是，不做妹妹，又能做什么呢？

齐箖很想冲到孟新宇面前，告诉他，她已经不再是他的妹妹，那几乎要折磨他们终生的魔咒，已经被解开。

可是，她到哪里去找他？

茫茫人海中，谁能告诉她，他去了哪里？

齐箖拉开了西服袋的拉链。

那套"爱的冷蓝色"就躺在里面，仿佛夜空中沉静的眼睛，默默地注视着她。

她的指尖，抚着柔软的蓝色，那上面，早已散了他的气息。

她该怎样做，才能找回走失的爱情？

在黄昏已沉华灯初上的晚上，齐箖抱着冷蓝色的礼服，哭到失声。

10 月 1 日。

早上 7 点。

趴在工作台前的齐箖动了动，睁开惺忪的睡眼。

臂弯里，是她为孟新宇做的礼服。昨晚，她就是枕着这套礼服睡着的，在梦里，她见到了孟新宇。

齐箖揉了揉头，昨晚是什么时候睡着的，她已经记不得了。

早上 9 点，"东西"店里一个顾客都没有。

齐箖推开干净的玻璃门，进了屋。

"早啊！"刘芳微笑着招呼她。

"芳姐早！"齐箖报以微笑。

这里是她和孟新宇留下最多回忆的地方，在一次次的啜饮中，他们曾一起品尝生活的甘甜、咖啡的清苦。

齐箖和刘芳对坐在小桌前，一人捧着一杯咖啡。刘芳的老公，那个她唤作建章的男人，坐在吧台后面，数着他的咖啡豆。

沉默了一会儿，齐箖抬起头。

"芳姐，我想问你件事。"

"什么?"刘芳放下杯子。

"你见过一个男人吗?他是我未婚夫。你可能不认识他,但我们以前经常来,你老公应该知道他。"

"我也知道。"刘芳回答,"他来过。"

她的视线,在齐簌左手的无名指上停留了一下,那里,是一枚婚戒。

"真的?"齐簌忍不住直起身子,她的眼睛亮亮的,映着窗外照进来的阳光,仿佛明月映着太阳。

"嗯。"刘芳点点头。

"他什么时候来的?"

"22号,9月22。"男人的声音从吧台后面传来。

齐簌回过头,男人并没有抬头看她,他依旧低着头,专注地照看着他的咖啡豆。

"嗯,对。"刘芳翻看着手机里的日历,"那天是周日,然后下个周日,也就是前两天,我们收到了他的信。"

"信?"齐簌问。

刘芳看向吧台后的男人:"建章?"

男人从抽屉里找出孟新宇的快递。

齐簌注意到,快递单上的寄信日期写着24日,是同城。

"这是什么时候寄来的?"

"29号,前天。"

"怎么会呢?同城一般一天就到了,信是24号的,怎么29号才到?"

在快递单的右下角,齐簌看到几个小字:"周日派送。"

所以,刘芳是29日收到快递不假,但孟新宇,很可能在24,或是25日就已经离开了。

事实上,他们发现孟新宇的手机关机,也是在那两天。

信封里,是孟新宇寄来的照片,大部分的照片,都是小店里的景物摆设,还有几张,是刘芳和她老公的合影。

齐簌并没有找到有用的线索。

她放下照片,叹了口气。

"我这里还有几张,是那天他看我喜欢,送给我的。"男人的声音在身后响起。

齐箖的眼前，多了几张意义重大的照片。

楼兰遗迹、敦煌石窟、西安华清……

齐箖几乎要颤抖起来："这些都是他拍的吗？"

男人摇头。

"不是。"

"你怎么知道？"刘芳问。

"他那天对我说，他最远只到过西安，这是他的朋友拍了送给他的，因为他一直想去那里。听完，我说我不要了，他说没关系，他可以再去拍。"

男人吃力地表达着，尽可能还原那天的情景。

但是不需要，齐箖已经懂了，眼前的这些风景，正是孟新宇最可能去的地方！

齐箖兴奋得快要昏过去了，她用颤抖的手，费力地从背包里翻出那张快递单，模糊的原字字迹，看不清时间和地点，但齐箖查过单号，这是 28 日从邯郸发出的快递。

孟新宇一定是从邯郸，继续向西去了。

而且，仅仅是在 4 天之前。

看着那些照片，齐箖忽然觉得，她能找到孟新宇。

不管结局会怎样，现在的她，只想即刻出发。

"爸！我找到他的去向了！"齐箖风一样闯进病房。

"什么？找到了？"齐才厚也精神一振。

"嗯，他往西走了！"

泱泱大国，广袤原野，只一句向西，就想在千百万人中找到孟新宇，简直是句疯话。

但齐才厚还是很专注地听着。

"你看！"齐箖把那几张风景照片摆在齐才厚床上，"在他找到定居的城市之前，他一定会先去这些地方。"

"你确定？"

"确定一定以及肯定！"齐箖的眼睛闪闪发亮，"他早就说想去丝绸之路看看。"

"嗯。"

"他出去拍摄时，在同一个地方，只待一周左右，最多 10 天，他 28 号还在邯郸，减去两天的车程，他现在应该刚到一个地方，我现在就去买票！当天能飞过去的话，就来得及找到他。"

"可是……"齐才厚为难地看看眼前的照片，"你第一站打算去哪里呢？"

"这……"

齐棻一时也有些傻眼。

她也不知道，孟新宇到底是从东向西，还是先到最西端，再慢慢向东走呢？

"你说他想去丝绸之路，丝绸之路远着呢，一直到欧洲，你怎么能确定他现在还在国内，也许这会儿，他已经在国际列车上了。"

"不可能。"齐棻说得斩钉截铁，"那天我去影楼的时候特意问了，孟新宇辞职之前什么旅游护照都没办。"

"那，你打算怎么找？"

"找个地方开始，把这些地方都走一遍。"

齐才厚不说话。

她这是要撞大运吗？

齐棻看着面前屈指可数的几张照片。

真可惜，她没有分身术，不能同时到几座城市去找他。

那么，就孤注一掷地选一个吧！

齐棻看了又看。

敦煌，是其中最远的地方。

那么，就从这里开始吧！

来一次疯狂的寻爱之旅。

在浩瀚人海中，寻找那个，和她毫无距离感的，另一个人。

第五十七章
逆旅而行

　　齐箖疲惫地看着地图，又想起那天在她的工作间，孟新宇看着地图，讲着以后。

　　她多后悔当时没和他多聊几句。

　　当时的她，只是随意地听着，听他说以后要去敦煌，去看干燥的大地，去拍坚强的沙棘，要在夕阳中拍下黄沙遍野，要在弯月挂上山尖时，伴着清冷的月光拍下洞窟剪影。

　　现在，她已经游遍了莫高窟，走过两次鸣沙山、月牙泉，看遍了魔鬼城、阳关和玉门关，拍了很多照片，可是，她没有找到孟新宇。

　　当 10 月 8 日上午，齐箖站在兰州五里铺景观桥上时，她忍不住叹了口气。

　　这样漫无目的地寻找，真的会有结果吗？

　　齐箖忽然有些害怕，怕她已经错过了孟新宇。

　　她已经开始怀疑，当她停留在这里时，孟新宇是不是已经沿着另一条路，越走越远了？

　　站在桥的中间，仿佛站在水面上，齐箖的目光，也在水面失焦。

　　景观桥上，挂着成串的同心锁。

　　在桥的中段，也就是齐箖站的位置，有一把大锁，忽然引起了齐箖的注意。

　　那是一把大锁，孤零零地挂在桥栏上，像个碍事的鳏夫，被情侣包围着，好不尴尬。

齐燊既好奇又无事，她伸手抓起这把大锁，翻看着。

多年之后，齐燊仍然庆幸，她当时查看了这把锁。

锁上没有刻字，但是翻过来看，在有钥匙孔的底部，粘着一张同样大小的纸，纸面还用透明胶带保护着。

那上面写着"孟新宇　齐燊"。

齐燊的眼睛差点掉下来，她急忙翻出包里的信，对照着孟新宇的字迹。

是他，真的是他！

"爸，我找到了！"齐燊兴奋地大喊。

"找到小孟了？"

"不是，我在兰州，兰州有他留下的锁，他一定是比我先到的兰州，待上四五天再去西安。"

"你怎么知道他不是先去的西安？"

"要是从西安过来，不可能这么快，他一直想去西安好好看看，不会只待一周就走的！"

这无疑是齐燊最开心的一天，她仿佛已经找到了孟新宇一样。

回到旅馆，她第一次有心情打开 QQ 空间和微信朋友圈，上传了她的旅行照片。

晚上，她躺在床上，摸着手指上的戒指，悄悄低语着：

"孟新宇，我就要找到你了，你可千万别再溜走啊！"

10 月 9 日，齐燊踏上西安的土地。

既然孟新宇一定会来西安，那她不妨在这里等他。

夜晚，当天上的繁星密若春雨，孟新宇躺在青海湖畔的帐篷外，等着月亮升起。

青海湖，是海，还是湖，几百年前的仓央，浅唱着情歌。

今天是上弦月。

孟新宇喜欢弦月，喜欢它半边光亮，半边黑暗，就像这个世界，一半光明，一半黑暗，就像他的感情，曾经光明，现在黑暗。

月亮落下时，已经是半夜。

孟新宇忽然想起齐燊。

明天，他就要离开青海湖到西安去了。

他会在那里停留些时日，也许，还会在那里长住。

在即将结束游荡生活的时候，他忽然想知道，现在的齐箖，过得怎么样。

他掏出手机。

齐箖的空间，从来没有密码和访问权限。

就这样，他看到了她的新照片。

天的蓝色，沙的黄色，熔铁般的落日，纯朴的莫高窟，还有魔鬼城的阴森，月牙泉的清凉，以及胸前挂着望远镜的她。

敦煌……她是来旅行的吗？

那无人的沙漠和长路，不正是阳关外的风景吗？

当他看见齐箖的笑容，和她脸颊旁边那把大大的、写着他们名字的铜锁。

她，是在找他吧……一路从敦煌，追到兰州。

孟新宇的眼睛湿了。

她，知道他在这里吗？

孟新宇抵达西安后，很快在东城找到了一间一室一厅的房子，住了进去，按照计划，他打算在这里住一段时间。

夜里，当他躺在床上，不禁又想起齐箖。

她在这里吗？现在在干吗？是不是走在每一条街看着每一个人，试图寻找他的身影。

孟新宇又觉得自己自作多情了。

也许，她根本就不是在找他，她只是因为心烦，自己出来走走。

他忽然烦闷了。

静静的夜晚，有心事的人，不该醒着。

孟新宇坐起来，从桌上摸过烟盒，抽出一支烟。

"烟是一种比寂寞还要可怕的东西。"孟新宇吸了一口，心里想着。

如果齐箖看到他在吸烟，她会说什么呢？她会不会大惊小怪？

当然，她再也不会看见。

孟新宇又一次打开了齐燊的 QQ 空间。

他看到了兵马俑，还有风轻云淡的骊山，和早已不再烟雾缭绕的华清池。

没有错，她确实在西安，而且，到得比他还早。

孟新宇想象着齐燊泡在温泉里的样子，微笑了，笑着笑着，他的鼻子有点酸。

原来，她并不是追随他才来的啊……

有心事的旅行，是痛苦的、疲惫的、悲哀的。

不渴、不饿、不开心，不吃、不喝、不说话。

终于，齐燊生病了。

整个人，都仿佛陷入真空，连齐燊自己，也要被抽干了。

她在床上整整躺了 3 天，几乎要睡死过去。齐才厚忽然打来了电话。

"喂……"

"燊燊啊。"

"嗯……"

"怎么了？怎么说话都没力气？"

"没事……咳，咳咳！"

"你感冒了？"

"嗯，没大事，稍微有点发烧，躺一天就好了。"

"什么没大事，你话都快说不出来了！收拾收拾回家！就这样吧，不找了。"

"可我还没找到他呢！"

"找不到就找不到！快点回家。"齐才厚的声音很严厉。

"我不回去……"齐燊趴在床上，虚弱地嘟哝着。

这天，孟新宇登上了大雁塔。

从远处看，大雁塔有些倾斜，这种姿态，让孟新宇想到自己，他的人生，已经彻底失衡了。孟新宇甚至奇怪，他是怎么活下来的。

其实，他并没有活下来。

在离开齐燊的时候，在告别母亲的时候，在登车启程的时候，曾经的孟新宇，就已经死去，现在站立着的，只是一堆记忆拼凑成的身体。

他的心，是死的；希望，是死的，身体却还活着，背着那么多的记忆，那么多的伤痛。

一层又一层，这身体向上爬着。

玄奘曾在这座塔里藏经，但千年之后，却没人能告诉他，要怎么解红尘的苦乐。

孟新宇一直上到第七层。

这里，足够高，纵身一跃，便能解脱所有的苦难。

但如果他活着，总还是会见到她的吧？

在以后的以后，在某个意想不到的地方……

晚上6点，孟新宇才离开塔前的广场，而齐箖，却刚刚来到这里。

她不是来登塔的，她只是很想来看看那喷泉。

安静的夜空下，仿佛是五光十色的霓虹，从天上落到地面，隔着水，闪动着，颤抖着，胆怯的精灵，在光影中奔走。

看着跳动的水帘，齐箖的心情，变得轻快起来。

她不由得随着音乐轻轻晃动，看着一排排的灯影和梦幻般的水雾，她忽然感到，孤独并没有那么痛苦，而一个人的生活，也并不像她想的那么艰难。

即使找不到孟新宇，即使这次空手而归，她也会好好活着，好好过。

因为也许在哪一天，哪一次，在哪个街角，突然就遇到他。

她希望，那时的她，是快乐的。

第二天早上五点半，齐箖守着窗，听到了雁塔晨钟。

这不是新的开始，却是旧的结束。

她还会继续寻找下去，但不是用一天、一年。

孟新宇，是要用一生来寻找的……

第五十八章
鼓 楼 的 夜

齐才厚来了。

房间里的空气，说不出的压抑。

"本来你妈妈不想让我来的……"齐才厚开口了。

可你还是来了。齐箖不无讽刺地想。

"可我还是来了。"齐才厚并不在乎承认这点。

"爸……找到他之前，我不会走的。"

"我已经买好了我们俩的返程票，是后天上午的飞机。"齐才厚说着，站起身，向门口走去，"我就住在 2308，你随时可以去找我。"

"可是爸！不是你让我出来找他的吗？"

齐才厚停住脚步，转过身："我是想让你出来散散心，谁知道你拼了命去找。"

齐箖愣住了。

一种被欺骗的感觉浮上心头。

已经不是第一次了，她的父亲，或者说，这个她称作父亲的人，一次又一次地欺骗她，丝毫不顾及她的感受。

看着齐才厚的眼神里，竟然有了冷冷的恨。

"跟我回家。"

"不回。"

"别再找了！"

"不找我也不回，那不是我家。"

"我告诉你齐箢，要么你是我的儿媳，要么你是我的女儿，总之这个家，你必须回！我不会再跟你说第二次。"

齐才厚说着，打开门。

"我凭什么跟你回去！我又不是你女儿，你自己的亲生儿子都跑了，我凭什么跟着你！"齐箢看着齐才厚的背影，喊出了她能想到的，最伤人的话。

喊完这些，齐箢仿佛耗尽了浑身力气，一屁股坐到床上。

齐才厚像没听见一样，关上门。

是啊，连亲生儿子都跑了。

因为痛苦，齐才厚的嘴角忍不住抽动一下。

失去的儿子，本就是他命里不配有的，但他不能没有，更不能不要这个女儿。

宁愿齐箢恨他，也要带她回去。

齐箢手里的信用卡，被齐才厚冻结了，看看钱包的现金，齐箢叹了口气，看起来，要想找到孟新宇，就只有……40个小时了。

"董小姐，你从没忘记你的微笑……你嘴角向下的时候很美，就像安河桥下，清澈的水……董小姐，鼓楼的夜晚时间匆匆……"

这是忽然之间就声名鹊起的一首《董小姐》。

孟新宇在喧闹的公交车上，耳朵里塞着耳机，听着这首歌。

他最喜欢的一句，是"我的家里没有草原"，那种无奈和绝望，他感同身受。

他没去过安河桥，也没逛过鼓楼，但西安也有水岸，也有鼓楼，也许不一样，但那里的夜晚，是不是也会时间匆匆？

今晚，他想去鼓楼转转，据说那里要举办盛大的文娱活动。

齐箢已经在街上漫无目的地转了一整天，这是她在西安的最后一天，她多么希望，能在街上走着走着，就像撞大运一样，遇见孟新宇。

可是没有。

明天11点，齐箢就要在咸阳机场登机了，她只剩16个小时。

这两天，齐箢几乎不吃不睡，她去了兵马俑、骊山、华清池、西安博物馆、陕西博物馆、大唐芙蓉园、曲江公园、兴庆宫公园、碑林、大小雁塔，去了能去的所有寺庙，去了所有她能想到的地方。

可是，孟新宇在哪里……

窝在出租车的后座，齐箖已经疲惫得说不出话来。

外面的景色越来越模糊，渐渐地，隐入昏黄的阴影中。

最后，车子堵在鼓楼广场。

"今晚这里有活动。"司机说。

"什么活动?"齐箖看着窗外，忽然发觉，那座高大的城楼，好熟悉。

这里，不就是孟新宇那张学生照片上的城楼吗?

"市民会演，有舞狮子，吹糖人，做糕饼，剪纸，还有别的，我前妻带我儿子也来看。"他怔了怔，"我儿子，八岁半啦，我有半年没见他了，应该长高了吧……"

齐箖望向广场，灯光明亮，人头攒动。

司机也转头看向广场。

齐箖这才仔细地打量他，他脸膛黝黑，有着日晒后的健康肤色，浓眉大眼，竟然多少有点像兵马俑。

"我也不知道他们在哪里，但是我能感觉到，我儿子，还有我的前妻……她是个好人，只是，太苦了……不过，我只要一想到他们跟我在一个城市里，我就觉得高兴。"他有些语无伦次地说着。

齐箖的眼睛，忽然湿润了。

只要在一个城市里，就是幸福，哪怕一辈子都不会再相见。

"师傅，我在这儿下行吗?"

这里是鼓楼，悠久的楼，现代的灯，还有穿着现代服装，欣赏着历史文化的人。

说话声、歌声、笑声，一切都那么和谐，齐箖的心脏，竟然也慢慢平静下来。

她费了很大力气，才挤进舞狮的场地，很多人都架着很多三脚架，在相机后忙碌着。

广场被照得雪亮，齐箖茫然的目光，扫过一个个三脚架。

忽然，她的目光停住了。

脑海中，心脏里，全身的每一寸肌肤，每一根神经，每一滴血液，都回荡着同一个声音。

那个，是孟新宇吗？

白色的 T 恤，隐藏在一件暗紫色的格子衬衫里，在夜晚的灯光下，白亮亮的。

隔着陆离的光影，齐箖还是清楚地看到，那人有颀长的身体，强壮的脖颈，还有一双指尖修长的手。

正迟疑间，第一声鼓起，舞狮开始了。

齐箖急忙掉头向外挤去。

"请让一下，让我进去，谢谢！麻烦让一下！您让一下好吗，让我过去！"

当齐箖喘着粗气再次挤入人墙，却没有看到那件白色的 T 恤。

齐箖全身的血液都凝固了，大脑空白一片，连耳边震天的锣鼓声，也静下来。

她看向四处，因为紧张，眼前的一切，仿佛都是慢镜头。

真的没有，没有他，他不在这里。

一定是她看错了，那只是她的幻觉。

齐箖转身一头撞开人墙，撞到了外面。

身边的吵嚷声和喝骂声，她充耳不闻。

她的脑海里，只有三个字：孟新宇。

三脚架，相机，白 T 恤，暗紫色格子衬衫。

他在哪里？在哪里？

忽然，她站住了，人群的一角，在秧歌队的排尾，立着那个身影。

火红的腰带，让那件白色 T 恤也变得火热起来。她看到了那张脸，那分明是她日日夜夜无数次想见、梦见、盼望见的脸，那是孟新宇的脸。

齐箖的心脏几乎停止了跳动。

她生怕心脏跳动一下，时间过去一秒，眼前的一切，便不复存在。

孟新宇……

齐箖顺着人群，向孟新宇挤过去。

可是，他却转身。

离去。

"孟新宇!"

她声嘶力竭地喊出了他的名字。

他没有回头。

喧天的锣鼓,吞噬了齐籁的呼喊。

"孟新宇!!!"齐籁几乎要把心脏跟着一起喊出来了。

孟新宇仿佛感觉到什么,他回过头,疑惑地看向这边。

齐籁用尽力气挤开旁边的人。

"哗"的一下,鼓声乍停,腰带四起,红色的宽绸带,瞬间隔绝了视线,也隔阻了所有的希望。

秧歌结束了。

齐籁看向孟新宇的方向。

他已经戴上耳机,重新转过身,隐入了人群。

他们相隔的距离,不到 100 米,可是,他的身影却像残烛上苟延的火苗,飘忽晃动着,随时都可能消失不见。

"不!等等我!"

齐籁推开晃动的人流,连滚带爬地追过去。

她没有时间呼吸,也感觉不到自己的心跳,周围的一切,都不再重要。

100 米的距离,她在这边,而那边,有她最幸福的人生。

上学时,齐籁百米测验的最高纪录是——20 秒。

现在,她只有 20 秒时间,跑出她的幸福,或是,伴着无尽的遗憾和悲伤,熬过这一生。

一生,只有 20 秒。

第五十九章
风 尘 入 户

孟新宇……孟新宇……

你等等我！孟新宇！

齐籁已经发不出声音，喉咙火辣辣的疼痛，已经蔓延到了心口，连呼吸都变得艰难。

腿像灌了满满的铅，胳膊却像软绵绵的藤条，想要举起都好难。

可是孟新宇就在那里。

他背对着她，站在广场边缘，在车水马龙的背景中，站成最美丽的夜色。

这次，她绝不让他从眼前消失。

齐籁提起最后的力气，义无反顾地奔向孟新宇的背影。

5步、4步、3步、2步……挟着连日来的全部思念，齐籁扑了上去。

她想起敦煌炎热的白日和冰冷的午夜，她想起兰州桥下不休的流水，想起为了寻找他，她的焦灼、彷徨、哀怨，和越来越深重的绝望。

她已经找到他了。

她终于，找到他了。

齐籁微笑着，闭上眼睛。

这一刻，她死而无憾。

仿佛是感觉到身后的动静，孟新宇转过身。

他刚一转身，就被一个人影扑倒在地上。

一切发生得太快，直到孟新宇摔在冰凉坚硬的地面上，他才反应过来。

他简直不能相信自己的眼睛。

"齐……齐檌?"

齐檌抬起头，那双亮晶晶的眼睛，在灯光的映照下，格外明艳美丽。

他时常会在脑海中看到的小脸，时常会在深夜梦见的薄唇，现在竟是如此逼真，如此近。

"你怎么在这儿?"孟新宇问。

齐檌笑了。她的喘息声，就在耳边，那小小的身子，趴在他身上，还在微微起伏着。

孟新宇竟然舍不得放开手。

他生怕一转眼，齐檌就会像一个好梦那样，从他怀里消失。

"我……"齐檌一眨不眨地看着孟新宇，忽然，眼前一黑。

齐檌迷迷糊糊地醒来，却没有马上睁开眼。

她好像，梦见自己找到了孟新宇，这么美的梦，她不愿醒。

直到孟新宇带笑的声音在身边响起。

"你已经醒了吧?"

齐檌一下子睁开眼睛。

她正躺在医院里，因为长期睡眠不足，她已经在医院里睡了整整一夜。

忍着浑身的疼痛，齐檌慢慢坐起来。

孟新宇递过一杯温水。

"不要想歪了哦，你是妹妹，我一样也要照顾你的。"

齐檌点点头，忽然笑得灿烂。

"我这次找你，就是想告诉你，我们不是兄妹。"

"你胡说什么?"孟新宇一愣。

齐檌笑得更加灿烂，眼睛也闪闪发光。

"我说，我不是你妹妹。"

看着眼前的一对儿女，齐才厚老泪纵横。

"爸、爸爸……"

虽然有些口吃，孟新宇还是喊出了这个词。

爸爸……

齐才厚使劲地点着头，仿佛要多应下百次千次。

齐箖的心里，柔软地疼了一下。

他不是她的父亲，却又一直是。在此之前，从此以后，她都不可能再有第二个父亲。

"爸……你怎么哭得像个小孩？"齐箖笑着，眼里却是闪闪的泪光。

齐才厚有些不好意思地擦擦眼泪，也笑了。

齐才厚独自回家去了。

看着大巴汇入车流，齐才厚的叮嘱，还犹在耳边："你们俩在外面玩够了，记着回家啊！我和你妈还等着你们的婚礼呢。"

是啊，他们的婚礼，他还欠她一个婚礼……

"现在，就剩下我们俩了。"

齐箖慢慢说着，努力忍住眼眶里打转的泪水。

如此美好的时候，她不应该流泪。

"是啊，就我们俩了，"孟新宇也颇多感慨，他低头看看站在身边的齐箖，"想去哪儿转转吗？"

齐箖摇摇头。

"怎么？为了找我，你把西安都转遍了吗？"孟新宇笑着问，他的笑里有感动，有疼惜，还有深深的愧疚。

齐箖的嘴角动了动，沉默一下才开口："也没有啊……我只是，把我知道的地方都去了，你说过的那些地方……"

齐箖重新跌入那无望的回忆中，直到孟新宇将她整个揽进怀里，直到孟新宇的唇，轻轻地贴上她的嘴唇。

齐箖哆嗦了一下。

不知是因为惊讶、激动、不习惯，或是，悲欢离合之后的难以置信。

就连滚烫的眼泪，也是颤抖着滑落下来。

"没有你的日子，我……很寂寞。"孟新宇坐在沙发里，吸着烟，"甚至想过，如果我死了，你会不会过得快活一点……"

齐森正站在窗前，摆弄着花瓶里蓝色的勿忘我。听到这里，她忽然哭了。

这些日子以来，那些来不及体会的无助、彷徨、焦灼和绝望，现在，全都化作委屈和怨愤，一起涌上心头。

"好了别哭了，都过去了，你不是找到我了吗?"孟新宇走过去，将齐森轻轻揽进怀里。

齐森的哭声，却越来越大。

她只是想哭，只是觉得委屈，只是在怨孟新宇撇下她，只身离开。

"别哭了……"

"我愿意!"齐森哽咽着，恨恨地说。

孟新宇笑了："没听说谁愿意哭的。"说着，他轻轻推开齐森，"我看看，怎么了?"

可是齐森还是用尽全身力气去哭。

孟新宇叹口气，拉了她的手："先坐一会儿吧，过来。"

"我说了不用你管!"齐森一怒之下，狠狠地抽回手。

孟新宇倒抽一口冷气，看向掌心，竟是一道深深长长的伤口，血液直接从伤口流出来。

齐森也是一愣，竟忘了哭。

孟新宇看看齐森，他送的婚戒，正在她左手的无名指上，闪闪发光。

孟新宇忽然笑了。

"好了，别哭了，你看，我都受伤了，你就别再哭了。"

齐森慢慢地平静下来，她无力地靠在沙发靠背上，低下头，喃喃地说：

"就算我们真的是兄妹，你怎么忍心就那么走了，真的走了……"

孟新宇心头一紧，看着齐森。

她的脸苍白而憔悴，露在连衣裙外的胳膊和腿上，到处是擦伤和瘀青。

孟新宇的心里，只觉得疼。

"你居然，连手机号都换了……就连我想告诉你我们不是兄妹，都找不到你……"

齐森的声音，再次淹没在哭声中。

这一次，孟新宇没有制止她。

她是应该好好哭一场，因为他的软弱，因为他远走异乡，抛下她独自一人。

如果不是她拼了命地要找到他，也许这一生，他都要错过她。

看着颓然哭泣的齐莳，孟新宇忽然觉得，他欠她太多。

他走上去，跪下来，抱住她。

这是他的女人，差一点，就成了他的妻，却被他抛在千里之外。

"对不起……"

孟新宇贴着齐莳，低声说。

齐莳没有理他，只是哭得更凶了。

看着齐莳的锁骨，从裙子的领口划出，在哭泣中颤抖着，孟新宇有些出神。

他小心翼翼地，几乎是虔诚地吻了上去。

沿着修长的脖颈，吻上齐莳的脸颊。

耳边的哭声和抽泣声，变成呜咽，最后，又化作一团团的喘息。

孟新宇能感受到，齐莳的小手，抓住了他的上臂，似乎要推开他，却又抓得紧紧的，仿佛生怕他会离开。

孟新宇抬头，眯起眼睛，看着咫尺之内的齐莳。

她是这样动人地颤抖着，半闭着的眼睛，睫毛上还挂着没有落下的眼泪，半开的嘴唇，随着身体，柔软地颤抖着，让他忍不住，再次吻上去。

齐莳伸手抱住孟新宇的脖子，那粗壮的、有力的脖颈，在她的臂弯里，散着薄薄的汗液。

那一天，天气很热。

微风吹送暖暖的阳光，照进屋里。

落地窗帘鼓起，又落下，投下羞涩的影子，掩映着床上纠缠在一起的身体，光影流离间，有暗红的血色，和女人指间闪闪的光芒。

第六十章
裙 与 生 活

在一片明媚的阳光中，齐箖醒过来。

她睁开眼睛，却又被阳光晃得闭上了。

他们又忘了拉上窗帘。

齐箖扭头看看，孟新宇躺在身旁，睡得正好。

这是他们回家后的第二个星期六。

外面传来隐约的碗碟声。

这原本是她的卧室，可是现在，似乎也不是了。

齐箖拿过床头柜上的手机，看看时间，已经 10 点多了。

齐箖翻过身，推推孟新宇。

"干吗啊……"孟新宇不情愿地睁开眼睛。

"该起床了，我听见爸妈做饭的声音。"

孟新宇皱着眉头，翻身躺平自己，嘟哝着："才几点啊？他们不知道，你也装不知道啊，昨晚睡那么晚……"

"昨晚又不是我想。"齐箖嘴一撇。

"要是你想，我得睡到今天下午。"孟新宇闷闷地说了句。

齐箖一脚踹过去。

孟新宇丝毫没有介意，笑着扭过头："咱们换个窗帘吧，换个颜色深点的。"

"不行。"

"为什么啊？"

"因为这是我的卧室。"

"怎么是你的？明明是我的。"

"谁说的？"

"我还没说完呢！我是儿子，你是儿媳，卧室里当然是我说了算。"

"我是在这个屋子里长大的，你只能算是外来的！这可是我的婚前财产。"

"那我也属于婚前财产。"

"为什么啊？"

"我是爸的婚前财产，比你来得早。"

齐桀又是狠狠的一脚。

"干什么你！真踹啊！"

孟新宇翻身一把按住齐桀。

"你干什么！"

"你说我干什么？"孟新宇不怀好意地笑着。

这时，传来敲门声。

"你们两个，吃饭了！"是林竹声的声音。

"好，马上来。"

孟新宇答应着，无奈地从齐桀身上下来，看看齐桀一脸得意的笑，孟新宇鼻子一哼。

"别臭美得太早，除非你今晚不回来。"

说完，孟新宇下床穿好外衣，出了卧室。

齐桀一个人躺在床上。

下个周末，是她和孟新宇的婚礼。

她还记得他们从青海湖回来的那天，齐才厚带着林竹声，开车到机场去接他们。父亲的嘴乐得快要咧到耳朵，母亲也是满眼的温柔，让齐桀忽然重新有了家的感觉。

接着，她加了一周的班，才完成了决赛作品。

那是她和孟新宇的结婚礼服。

算算日子，下周婚礼之前，评审结果应该会出来，她的婚服，也应该被送回来了。

正在这时，她的手机唱起了歌。

"齐森小姐，您好，很荣幸地通知您，您的作品'鸳生花'获得本次设计大赛的冠军奖项，同时您个人还摘取了最佳新人奖……"

颁奖仪式那天，齐森一袭水红色的大摆礼服裙，挽着一身暗紫色礼服的孟新宇，肩并肩走上 T 台。

"我怎么感觉，现在我们俩就像在办婚礼呢?"齐森压低声音。

孟新宇嘴角浮起一抹不易察觉的笑意。

"别这么心急，还有一周就到了。到时候，我会送你一枚更大更亮的戒指，把你手上的这枚换下来。"

"我不换，我就喜欢这个，我是戴着它找到你的，它就是我的婚戒。"

"那你就是已婚的女人咯? 那么，下个周末再办婚礼，你可就是重婚罪了啊!"

"再胡说小心我晚上让你睡地砖!"

眼前的灯光很亮，灯光下的齐森微笑着，光彩照人。

齐森知道，是因为身上的裙子，才有她现在的光彩，但这光彩，绝不仅仅是来自这条裙子。身边双手交握着的孟新宇，才是她真正的光彩。

星期三。

距离他们的婚礼，还有 3 天。

齐森坐在"海市"影楼里，正对着两套婚纱照犹豫不决，孟新宇已经进了仓库。

一进仓库，他就发现有人动过他的东西。

他眯起眼睛，目光扫过影集和底片，最后，落在母亲的大木箱上。

孟新宇掀开木箱，不禁眼前一亮。

这是……

回到家，孟新宇刚把孟晴的箱子放好，齐森就奔过去，想把玉镯找出来。

孟新宇看到，打开箱子的瞬间，齐森的脸色一下子变了。

"你……动过这箱子吗?"

"没有啊。"孟新宇矢口否认。

"……"

这一夜，齐箖彻夜未眠。

玉镯怎么会丢呢？

星期四上午，齐箖顶着大大的黑眼圈，坐在 CW 舒适的大椅子里。

柳安然依旧苗条，却早早换上了轻便的平底鞋，穿上了孕妇装。

"安然，一个多月不见你就成这样了？"孟新宇故作吃惊，"你还用不着吧？"

柳安然笑了："夏启说穿成这样防撞。"

"还是大哥体贴。"金博笑着说。

"什么体贴，他分明是没事瞎操心，闲的。"夏莲翻翻白眼。

夏启只是坐在一旁笑，也不反驳。

只有齐箖，满心惦记着玉镯，不声不响。

"小箖，小箖箖？"夏莲喊她。

"嗯？"齐箖茫然地抬起头。

"你怎么了？怎么不说话呢？"

"没，没事啊。"

"就是啊，怎么不高兴呢？我们几个属你嫁得好！从娘家嫁出来，又嫁回到娘家了！"柳安然笑着说。

"那照你这么说，你嫁给我哥不好呗？"夏莲开玩笑地问。

"不会啊，不过你这个小姑子要是速速嫁出去，我命就更好了。"柳安然笑呵呵地回答。

孟新宇看看齐箖，她好像一夜都没睡。

他不禁摸摸口袋里的玉镯。

"我说两句。"

几个人安静下来。

孟新宇转向齐箖。

"齐箖，从第一次相识，到成为兄妹，我们经历的，比任何人都多……其实这些话，我本想在婚礼上说，但是……"

他把手从口袋拿出来，手里，正是那只玉镯。

"但是我想，如果找不到这个，你可能要一直失眠下去。"

齐箖瞪大眼睛看着镯子："你不是说你没动吗？"

孟新宇笑笑，拉过齐箖的手，小心地为她戴上镯子："对不起，害你一夜没睡。我本来是想先藏起来，到婚礼再给你戴上的，谁知道你一回家就找它……"

齐森忽然笑了。

她看看围坐一圈的大家，一起长大的夏启和夏莲，可信的金博，还有美丽的柳安然，最后，是即将成为她丈夫的、带给她温暖和幸福的男人。

他们一起经历的一幕幕欢笑、感动，甚至是辱骂和厮打，现在回想起来，都是那么亲切、那么珍贵的回忆。

当轻狂和固执，都成了过往的繁华，脸上的张扬，变成沉稳的微笑，每个人，都在偷偷地成长着。

她们藏起光彩夺目的公主裙，收起幼稚的梦想，认真过着真正的生活。

真正的生活，未必现实，未必庸俗，只是将锐气沉淀成稳重，用更坦然的心态，去看，去听，去感受。

齐森的眼中，带了微笑的泪。

"This is not a single night……"

齐森的手机铃声响起，她低头看看，是大赛组委会的电话。

"喂？"

"喂，齐小姐，实在不好意思，都是我们的疏忽。"

"怎么了？"齐森向孟新宇竖起手指——安静。

总不至于是冠军给错了人吧？

抱着好玩的念头，齐森按下了免提。

"是这样的，齐小姐，我们的员工因为疏忽，错把您的作品分错包裹拆开邮寄了，其中的男士礼服，今天就能送到您公司，但是您那条裙子……不过请您放心，我们正在尽快为您追回包裹，预计下周二左右就能送到您手里……"

齐森愣愣地转向孟新宇，看着他。

孟新宇一脸无辜："老婆，这回这裙子，可不是我拿错的……"

"那我的婚礼怎么办！"

完